国家"十二五"高等院校计算机应用型规划教材

Flash CS5动画
设计与制作
基础与项目实训

文 东 朱 宏 主 编

张少斌 副主编

科学出版社

内 容 简 介

本书从应用的角度出发，以项目实现为导向，采用"基础知识+上机实训+综合项目实训+课程设计"相结合的方式，全面介绍Flash CS5动画设计与制作的相关知识和应用。

全书共13章。第1章为初识Flash CS5，主要介绍Flash CS5快速入门的相关知识；第2~4章为Flash动画设计的常用操作，主要包含使用绘图工具绘制图形、图形的编辑与着色、文本的编辑与应用等内容；第5~10章为Flash动画制作，主要包括Flash动画基础，元件、实例和库，动画类型及制作，多媒体的应用，脚本动画基础，组件的应用等内容；第11章主要讲解动画输出与发布；第12章为综合项目实训，精选12个不同类型的动画设计项目，加以分析、讲解，将Flash动画设计的知识和技巧融会贯通，提升综合应用能力；最后在第13章精选了3个课程设计，供学后练习，以检验学习效果，并将网页设计的知识和技能融会贯通。另外，在每一章最后均提供了课后习题与上机操作，以便读者对本章知识加以巩固和复习。

随书光盘（1CD）中包含所有实例的素材与源文件，以及与书中内容同步的实录视频（共40小节，长达231分钟）。为方便教学，本书还会为用书教师提供教学资源包：易教易学的电子课件、多个Flash教学案例和学习资源等。

本书注重实践，突出应用与实训，既可作为应用型本科院校、示范性高职高专及相关培训学校的教材，也可供动画设计与制作从业人员与爱好者学习参考。

图书在版编目（CIP）数据

Flash CS5 动画设计与制作基础与项目实训/文东，朱宏主编. —北京：科学出版社，2011.11
ISBN 978-7-03-032741-3

Ⅰ. ①F… Ⅱ. ①文… ②朱… Ⅲ. ①动画制作软件，Flash CS5 Ⅳ. ①TP391.41

中国版本图书馆 CIP 数据核字（2011）第 229501 号

责任编辑：桂君莉 赵丽平 / 责任校对：刘雪连
责任印刷：新世纪书局 / 封面设计：彭 彭

科学出版社 出版

北京东黄城根北街 16 号
邮政编码：100717
http://www.sciencep.com

中国科学出版集团新世纪书局策划
三河市李旗庄少明印装厂印刷
中国科学出版集团新世纪书局发行 各地新华书店经销

*

2012 年 1 月 第 一 版 开本：16 开
2012 年 1 月第一次印刷 印张：19.5
字数：474 000

定价：36.00 元（含 1CD 价格）
（如有印装质量问题，我社负责调换）

丛 书 序

大学扩招以后，如何培养社会真正需要的人才已成为高校与社会高度关注的问题。

市场经济的发展要求高等院校能培养更多的应用型人才。所谓应用型人才，是指能将专业知识和技能应用于所从事专业的社会实践中的一种人才类型。应用型人才的培养应强调"以知识为基础，以能力为重点，知识、能力、素质协调发展"。在具体的培养目标上应强调学生的综合素质和专业核心能力的培养；在专业方向、课程设置、教学内容、教学方法等方面，都应以知识的应用性为重点。

近年来，已经出版的一些编写得较好的应用型教材，受到了很多院校师生的欢迎。随着 IT 技术的不断发展，以及行业应用的不断拓宽，原有的应用型教材已经很难满足时代发展的需要，特别是现有教材中与行业背景紧密结合、以项目实训为特色的还不是很多，而这种突出项目实训的应用型教材正是当前高等院校迫切需要的。

为此，我们在《国家中长期教育改革和发展规划纲要（2010－2020 年）》关于全面提高高等教育质量和人才培养质量的相关文件和教育专家的指导下，以培养动手能力强、符合企业需求的应用型工程师人才为宗旨，我们组织职业教育专家、企业开发人员以及骨干教师编写了本套国家"十二五"高等院校计算机应用型规划教材。本套丛书重点为"基础与项目实训"（基础指的是相应课程的基础知识和重点知识，以及在实际项目中会应用到的知识。基础为项目服务，项目是基础的综合应用）。

我们力争使本套丛书符合精品课程建设的要求，在作者队伍、内容建设和体例架构上强调"精品"意识，力争打造出一套满足现代高等教育应用型人才培养教学需求的精品教材。

丛书定位 ◎

本丛书面向高等院校应用型本科和全国示范性高职高专，以及需要掌握新的技能或强化技能的在职人员。

丛书特色 ◎

／ 以项目开发为目标 ／

本丛书中的各分册都在一个或多个项目的实现过程中融入相关知识点，以便读者快速将所学知识应用到实践工程项目中。这里的"项目"是指基于工作过程的、从典型工作任务中提炼并分析得到的、符合学生认知过程和学习领域要求的、模拟任务且与实际工作岗位要求一致的项目。通过这些项目的实现，可让读者完整地掌握并应用相应课程的实用知识。

／ 力求介绍最新的技术和方法 ／

计算机与信息技术专业课程的教学具有更新快、内容多等特点，本丛书在体例安排和实际讲述过程中力求介绍最新的技术（或版本）和方法，突出教材的先进性和时代感，并注重拓宽学生的知识面，激发他们的学习热情和创新欲望。

/ 结构合理，易教易学 /

本丛书结构清晰，内容翔实，我们整合了多位教学一线的老师对教学方法进行探讨后总结的经验，并将他们多年的教学心得体现在丛书中，力求把握各门课程的核心，做到通俗易懂，既便于教学的展开，也便于学生学习。

/ 实例丰富，紧贴行业应用 /

本丛书作者精心组织了与行业应用紧密结合的典型实例，让教师在授课过程中有更多的演示环节，让学生在学习过程中有更多的动手实践机会，以巩固所学知识，迅速将所学内容应用于实际工作中。

/ 体例新颖，三位一体 /

本丛书体例新颖，依托"基础+项目实践+课程设计"三位一体的教学模式组织内容。

- 第 1 部分：够用的基础知识。介绍基础知识部分时，列举了大量实例并安排了上机实训，这些实例主要是项目中的某个环节。
- 第 2 部分：完整的实训项目。这些项目是从典型工作任务中提炼、分析得到的，符合学生的认知过程和学习领域要求。项目中的大部分实现环节是前面章节已经介绍到的，通过实现这些项目，学生可以完整地掌握并应用这门课的实用知识。
- 第 3 部分：课程设计（最后一章）。通常是大的商业综合项目案例，不介绍具体的操作步骤，只给出一些提示，以方便教师布置课程设计。具体操作的视频演示文件在多媒体教学资源包中提供，方便教学和自学。

此外，本丛书还安排了"提示"和"技巧"等小项目，打造了一种全新且轻松的学习氛围，让读者在专家的提醒中技高一筹，在知识链接中理解更深、视野更广。

丛书组成 ○

本丛书涵盖计算机基础、程序设计、数据库开发、网络技术、多媒体技术、计算机辅助设计及毕业设计和就业指导等诸多领域，包括：

- Dreamweaver CS5 网页设计基础与项目实训
- Photoshop CS5 平面设计基础与项目实训
- Flash CS5 动画设计基础与项目实训
- 3ds Max 2011 中文版基础与项目实训
- 多媒体技术基础与项目实训（Premiere Pro CS3）
- AutoCAD 2009 中文版建筑设计基础与项目实训
- AutoCAD 2009 中文版机械设计基础与项目实训
- AutoCAD 2009 辅助设计基础与项目实训
- Visual Basic 程序设计基础与项目实训
- Visual FoxPro 程序设计基础与项目实训（第 2 版）
- C 语言程序设计基础与项目实训
- Visual C++程序设计基础与项目实训

- Java 程序设计基础与项目实训
- Access 2003 数据库应用基础与项目实训
- 计算机专业毕业设计基础与项目实训
- 数据库系统开发基础与项目实训——基于 SQL Server 2005
- ASP.NET 程序设计基础与项目实训——基于 Visual Studio 2010
- 网页设计三合一基础与项目实训——基于 Dreamweaver CS5、Flash CS5、Photoshop CS5
  ……

丛书作者

　　本丛书的作者均系国内一线资深设计师或开发专家、双师技能型教师、国家级或省级精品课教师，有着多年的授课经验与项目开发经验。他们将经过反复研究和实践得出的经验有机地分解开来，并融入字里行间。丛书内容最终由企业专业技术人员和国内职业教育专家、学者进行审读，以保证内容符合企业的需求。

光盘特色

　　本丛书的配套光盘是一套精心开发的自学版 DVD（或 CD）多媒体教学资源包或 CD 资料盘，包含内容如下。

　　（1）所有实例的素材文件、结果文件。

　　（2）本书实例全程讲解的多媒体语音视频教学演示录像。

增值服务

　　除了本丛书配套的自学版 DVD（或 CD）多媒体教学资源包或 CD 资料盘外，我们还为任课教师提供了教师版的教学资源包，包含内容如下。

　　（1）电子课件（必有）。

　　（2）赠送多个相关的大案例，供教师教学使用（必有）。

　　（3）工程项目的语音视频技术教程。

　　（4）拓展文档、电子教案、参考教学大纲、学时安排。

　　（5）习题库、习题库答案、试卷及答案。

　　用书教师请致电（010）64865699 转 8033 或发 E-mail 至 bookservice@126.com 免费获取多媒体教学资源包。此外，我们还将在网站（http://www.ncpress.com.cn）上提供更多的服务。希望我们能成为学校倚重的教学伙伴、教师学习工作的亲密朋友、学习人群的教育资源绿洲。

编者寄语

　　希望经过我们的努力，能培养出真正的应用型人才，让学生在毕业后尽快具备实践于社会、奉献于社会的能力，为我国经济发展做出贡献。

　　在教材使用中，如有任何意见或建议，请直接与我们联系。

　　联系电话：（010）64865699 转 8033。

　　电子邮件地址：bookservice@126.com（索取教学资源包）；l-v2008@163.com（内容讨论）。

丛书编委会
2011 年 10 月

前　　言

Flash CS5 是 Adobe 公司推出的一款矢量动画制作和多媒体设计软件，它主要应用于网页设计、广告宣传以及游戏、课件和多媒体创作等领域。通过使用 Flash，可以将音乐、声音效果、动画以及立意全新的界面融合在一起，以制作出高品质的网页动态效果。

本书从应用的角度出发，以项目实现为导向，采用"基础知识+上机实训+综合项目实训+课程设计"相结合的方式，全面介绍 Flash CS5 动画设计与制作的相关知识和应用。

全书共 13 章，主要内容介绍如下。

第 1 章为初识 Flash CS5，主要介绍 Flash CS5 快速入门的相关知识。通过对本章内容的学习，读者能够熟悉 Flash CS5 软件，充分了解 Flash 动画设计与制作的入门知识。

第 2~4 章为 Flash 动画设计的常用操作，主要包括使用绘图工具绘制图形、图形的编辑与着色、文本的编辑与应用等内容。通过这一阶段的学习，读者可以进一步掌握如何利用 Flash CS5 进行绘图、文本编辑等日常设计任务。

第 5~10 章为 Flash 动画制作，主要包含 Flash 动画基础，元件、实例和库，动画类型及制作，多媒体的应用，脚本动画基础，组件的应用等内容。通过这一阶段的学习，读者能够掌握各种动画设计相关知识与应用。

第 11 章主要讲解动画输出与发布。

第 12 章为综合项目实训，精选 12 个不同类型的动画设计项目，加以分析、讲解，将 Flash 动画设计的知识和技巧融会贯通，提升综合应用能力。

最后，在第 13 章精选了 3 个课程设计，供学后练习，检验学习效果，并将网页设计的知识和技能融会贯通。

另外，在每一章最后均提供了课后习题与上机操作，以便读者对本章知识加以巩固和复习，检验和巩固学习效果。

随书光盘（1CD）中包含所有实例的素材、源文件以及与书中内容同步的实录视频（共 40 小节，长达 231 分钟）。为方便教学，本书还会为用书教师提供教学资源包：易教易学的电子课件、多个 Flash 教学案例和学习资源等。

本书注重实践，突出应用与实训，既可作为应用型本科院校、示范性高职高专及相关培训学校的教材，也可供动画设计与制作从业人员与爱好者学习参考。

编　者

2011 年 12 月

目 录

第1章

初识 Flash CS5

本章将带领大家了解 Flash CS5 的基础知识，并介绍 Flash 动画的一些特点、应用领域和基本术语，以及 Flash 文档的一些简单操作。

本章知识点

◎ Flash 动画的特点

◎ Flash 动画的应用领域

◎ Flash CS5 的运行环境

◎ 文档的基本操作

◎ 动画场景的设置

◎ 环境参数的设置

1.1 Flash 动画的特点

Flash 是一种交互式动画设计工具，它主要应用于网页设计、广告宣传以及游戏、课件和多媒体创作等领域，使用它可以将音乐、声音效果、动画以及立意全新的界面融合在一起，以制作出高品质的网页动态效果。

Flash CS5 是 Adobe 公司推出的一款经典动画制作软件，其操作简单、制作的效果流畅并兼有画面多样化的风格。作为当前最流行的动画制作软件，Flash CS5 必定有其独特的技术优势，了解这些知识，对于今后学习和制作动画会有很大帮助。

Flash 是以流式技术和矢量技术为核心的，制作出的动画具有短小精悍的特点，因此备受广大用户的青睐。与其他动画软件制作出的动画相比，Flash 动画具有以下特点。

1. 支持矢量格式

Flash CS5 与其他动画软件不同的是，它支持矢量图形格式。计算机对图像处理方式分为两种——位图图像和矢量图形，具体介绍如下。

图 1-1　放大后的位图

- 位图图像：使用像素来表现图像，这种图像与分辨率有关，如果对位图图像进行缩放操作，就会丢失位图图像中的细节，呈现出锯齿状，如图 1-1 所示。
- 矢量图形：根据图像的几何特性描绘图像，它与分辨率无关。矢量图形的一个重要特点就是，创建的图像及动画不管放大多少倍，都不会产生失真现象，有利于在网络上进行传播。

> **提示**　Flash CS5 软件不但支持矢量图格式，同时也支持位图图像格式，并能对导入的位图图像进行优化，以减小动画文件的容量，或者直接将位图图像转换为矢量图形，这样既保持了位图图像的细腻和精美，又具有矢量图形的精确和灵活。

2. 支持流式下载

GIF、AVI 等传统动画文件，由于必须在文件全部下载后才能开始播放，因此需要等待很长时间，而 Flash 支持流式下载。Flash 动画放在互联网上供人们下载，由于制作使用的是矢量图技术，而动画具有文件小、传输速度快、播放采用流式技术等特点，因此下载动画时，可以一边下载一边播放，大大节省了时间，这也是 Flash 动画能够在互联网上广泛传播的一个主要原因。

3. 支持导入音频和视频文件

Flash 支持多种格式的声音文件导入，比如 WAV、WMA、SWA、MP3 等格式。其中，MP3 是一种压缩性能比较高的音频格式，能很好地还原声音，不仅能保证在 Flash 中添加的声音文件有很好的音质，还能保证文件具有很小的体积。

Flash 还提供了功能强大的视频导入功能，可以让用户的 Flash 应用程序界面更加丰富多彩。

4. 交互性强

Flash 动画最大的特点就是具备强大的交互控制功能，因为它内置的 ActionScript 脚本运行机制可以让用户添加任何复杂的程序。设计者可以在动画中加入滚动条、复选框、下拉菜单等各种交互组件，使用户可以通过鼠标单击、选择等动作或输入文字来决定动画的运行过程和结果，这一点是传统动画所不能比拟的。图 1-2 所示为在文本框中输入文字以获得搜索结果的动画。

5. 支持多种文件导入

在 Flash 中，不但可以整合图形、音乐、视频等多媒体元素，还可以利用"导入"命令导入其他软件制作的图形和图像的源文件，比如 Photoshop、Illustrator、Freehand 等软件制作的源文件，然后进行动画的制作，并保留源文件的精确矢量图。比如，在 Flash 中导入一个 PSD 文件时，将弹出如图 1-3 所示的对话框，在该对话框中可以对文件图层进行选择，然后单击"确定"按钮，要运行的文件即可显示在 Flash 中。

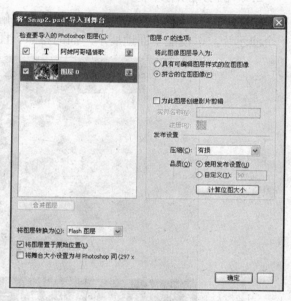

图 1-3　导入 PSD 文件

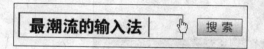

图 1-2　输入文字获得搜索结果

6. 图形动画文件格式转换工具

Flash CS5 是一个优秀的图形动画文件的格式转换工具，它不仅可以输出 SWF 动画格式，还可以将动画以 GIF、JPG、AVI、MOV、MAV 等文件格式进行输出。

7. 平台的广泛支持，普及性强

Flash CS5 的播放插件很小，很容易下载安装，目前包括 IE 在内的大多数浏览器都对 Flash 插件有着很好的支持，用户可以方便地通过网络免费安装和升级 Flash 的插件。另外，Flash CS5 简单易学，用户不必掌握高深的动画技术，也可以制作出令人满意的动画。

1.2　Flash 动画的应用领域

Flash 动画因其容量小、交互性强、速度快等特点，在互联网中得到广泛的传播和推广。在互联网中随处可见 Flash 制作的网站、各类的艺术影片、广告、导航工具，同时，Flash 还被广泛地应用于手机领域。目前，Flash 动画主要应用在以下几个方面。

1. 宣传广告

宣传广告动画无疑是Flash应用最广泛的一个领域。由于在新版 Windows 操作系统中已经预装了 Flash 插件，使得 Flash 在这个领域的发展非常迅速，已经成为大型门户网站广告动画的主要形式。目前，新浪、搜狐等大型门户网站都很大程度地使用了 Flash 动画。图 1-4 所示就是网站中的 Flash 广告动画。

图 1-4　Flash 广告动画

2. 产品功能演示

很多产品被开发出来以后，为了让人们了解它的功能，设计者往往使用 Flash 来制作一个演示片，以便能全面地展示产品的特点。图 1-5 所示为演示动画。

图 1-5　演示动画

3. 音乐 MTV

自从有了 Flash，在网站上实现 MTV 就成为可能。由于 Flash 支持 MP3 音频，而且能边下载边播放，大大节省了下载的时间和所占用的带宽，因此迅速在网上火爆起来。图 1-6 所示为系列 MTV 中的《笑傲江湖》。

 提示　能一边下载一边播放的动画称为"流式动画"。

4. 教学课件

Flash 是一个完美的教学课件开发软件，它操作简单、输出文件体积小，而且交互性很强，非常有利于教学的互动。因此，利用 Flash 课件能够很好地表达教学内容，增强学生的学习兴趣，现在越来越多地被应用到教学工作中。图 1-7 所示的 Flash 教学课件是一个非常典型的教学课件。

图 1-6 《笑傲江湖》MTV

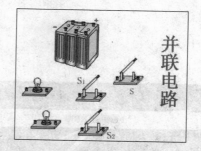

图 1-7 串联电路的教学课件

5. Flash 游戏

Flash 动画有别于传统动画的重要特征之一就是它的互动性。用户可以在一定程度上参与和控制 Flash 动画的过程和结果，这得益于 Flash 拥有较强大的 ActionScript 动态脚本编程语言。Flash 支持动画、声音以及视频，并且通过 Flash 的交互性制作出简单风趣、寓教于乐的 Flash 小游戏，如图 1-8 所示。

6. 网站导航

由于 Flash 能够响应鼠标单击、双击等事件，因此很多网站利用这一特点制作出具有独特风格的导航界面，如图 1-9 所示。

图 1-8 Flash 在线游戏

图 1-9 导航界面

7. 网站片头

追求完美的设计者往往希望自己的网站能让浏览者过目不忘，于是就出现了炫目的网站片头。现在几乎所有的个人网站或设计类网站都有网站片头动画，如图 1-10 所示。

8. Flash 贺卡

利用 Flash 制作的贺卡与过去单一文字或图像的静态贺卡相比互动性强、表现形式多样、文件体积小，因此，这种 Flash 贺卡一直受到用户的喜爱，如图 1-11 所示。

9. 手机应用

Flash 作为一款多媒体软件在很多领域中得到应用，特别是 Adobe 公司逐渐加大了 Flash 对手机的支持，使用 Flash 可以制作出手机的应用动画，包括 Flash 手机屏保、Flash 手机主题、Flash 手机小游戏、Flash 手机应用工具等。

Flash 的应用远远不止这些，它在电子商务和其他媒体领域也得到了广泛的应用，随着 Flash 技术的不断发展，Flash 的应用范围会越来越广。

图 1-10　网站片头　　　　　　　　　　图 1-11　Flash 贺卡

1.3 Flash CS5 的运行环境

1.3.1 运行 Flash CS5

安装好 Flash CS5 后，双击桌面上 Flash CS5 的快捷方式图标，即可启动该程序。程序启动后将弹出一个"引导"页面，如图 1-12 所示。在"引导"页面中可以选择"从模板创建"、"新建"、"学习"、"打开最近的项目"、"扩展"等项目。

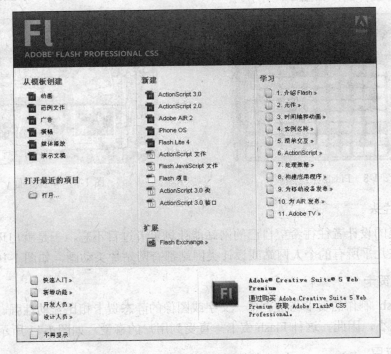

图 1-12　"引导"页面

1.3.2 Flash CS5 的工作界面

在"引导"页面中选择 ActionScript 3.0 或 ActionScript 2.0 选项，即可进入 Flash CS5 默认的工作界面。Flash CS5 默认的工作界面由菜单栏、标题栏、编辑栏、工具面板、工作区域及舞台、时间轴面板、属性面板、折叠面板组成，如图 1-13 所示。

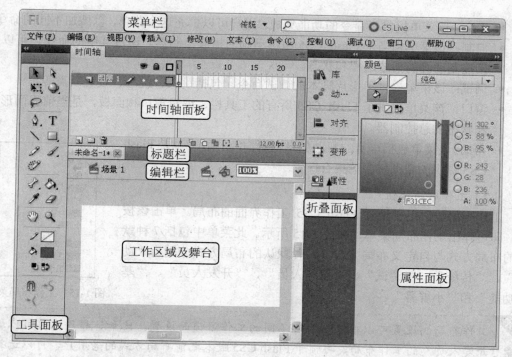

图 1-13　Flash CS5 的工作界面

1. 菜单栏

菜单栏由 Flash CS5 的命令菜单、工作布局按钮和关键字搜索栏等组成,如图 1-14 所示。

图 1-14　菜单栏

（1）命令菜单

命令菜单中汇集了创作动画的大部分操作命令,单击某个菜单项即可弹出其子菜单,这些菜单命令都相应设置了快捷键,以加快 Flash 动画的创建速度。各菜单的功能如下。

- 文件:该菜单主要用于一些基本的文件管理操作,如新建、保存、打印等,也是最常用和最基本的功能。
- 编辑:该菜单主要用于进行一些基本的编辑操作,如复制、粘贴、选择及相关设置等,它们都是动画制作过程中很常用的命令组。
- 视图:该菜单中的命令主要用于屏幕显示的控制,如缩放、网格、各区域的显示与隐藏等。
- 插入:该菜单提供的多为插入命令,例如,向库中添加元件、在动画中添加场景、在场景中添加层、在层中添加帧等操作,都是制作动画时所需的命令组。
- 修改:该菜单中的命令主要用于修改动画中各种对象的属性,如帧、层、场景,甚至动画本身等,这些命令都是进行动画编辑时必不可少的重要工具。
- 文本:该菜单提供的多为处理文本对象的命令,如字体、字号、段落等文本编辑命令。

- 命令：该菜单提供了命令的功能集成，用户可以扩充这个菜单，以添加不同的命令。
- 控制：该菜单相当于 Flash CS5 电影动画的播放控制器，通过其中的命令，可以直接控制动画的播放进程和状态。
- 调试：该菜单提供了影片脚本的调试命令，包括跳入、跳出、设置断点等。
- 窗口：该菜单提供了 Flash CS5 所有的工具栏、编辑窗口和面板，是当前界面形式和状态的总控制器。
- 帮助：该菜单包括丰富的帮助信息、教程和动画示例，是 Flash CS5 提供的帮助资源的集合。

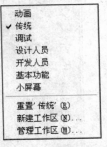

（2）工作布局按钮

工作布局按钮用于设置 Flash CS5 工作界面的布局。单击该按钮，即可弹出工作布局菜单，如图 1-15 所示。此菜单中包括 7 种默认的布局方式与自定义布局方式，7 种默认的布局方式分别为"动画"、"传统"、"调试"、"设计人员"、"开发人员"、"基本功能"和"小屏幕"。

图 1-15　工作布局菜单

> **提示**　工作布局的设置可以根据创作者不同的工作习惯而设置，比如，程序人员可以选择"开发人员"的工作布局，习惯于 Flash CS5 版本之前布局方式的老用户，可以选择"传统"的工作布局。

（3）关键字搜索栏

关键字搜索栏是一条为用户提供快速查询帮助信息的通道。当需要查找某个帮助内容时，直接在文本框中输入相关帮助信息的关键字，按 Enter 键，即可通过在线帮助找到自己所需的帮助信息。

2．标题栏和编辑栏

（1）标题栏

标题栏用于显示 Flash CS5 中打开文档的名称，在标题栏中如果打开多个文档，则当前编辑的文档名称将以高亮显示，如图 1-16（上部分）所示。如果需要编辑哪个文档，只要在该文档的名称上单击，即可切换到此文档的编辑窗口中。

（2）编辑栏

编辑栏用于控制场景和元件编辑窗口的切换，以及场景与场景、元件与元件之间的切换，如图 1-16（下部分）所示。

图 1-16　标题栏和编辑栏

其中，单击右侧的"显示比例"按钮，从弹出的下拉列表中设置舞台窗口的显示比例，如图 1-17 所示。其中，相关选项介绍如下。

- 符合窗口大小：用来自动调节到最合适的场景工作区比例大小。

- 显示帧：可以显示当前帧的内容。
- 显示全部：可以显示整个工作区中包括场景之外的元素。

> **提示** 用户可以在"显示比例"下拉列表中选择固定的比例数值，也可以在"显示比例"文本框中设置比例数值，最小比例值为 8%，最大比例值为 2000%。

图 1-17 "显示比例"下拉列表

3. 工作区域及舞台

（1）工作区域

工作区域包含舞台和舞台周围的灰色区域，如图 1-18 所示。该区域是制作动画的区域，用户可以将动画素材放置在工作区域的任何位置，但是，只有白色区域（舞台）是动画实际显示的区域，而舞台之外的灰色区域在播放动画时则不会被显示。

（2）舞台

图 1-18 Flash 的工作区域

舞台是指 Flash 中心的白色区域（此时舞台背景颜色是白色的，舞台背景颜色是可以根据用户的需求随时进行改变的），是用户对动画中的对象进行编辑、修改的场所，也是最终导出影片的实际显示区域。放置在舞台中的内容，可以包括图片、媒体文件、按钮等。

> **提示** 在最终生成的.swf 播放文件中播放的内容只限于在舞台中出现的对象，舞台以外区域的对象不会在播放时出现。

4. 主工具栏

在编辑动画时，常用到的一个工具栏就是主工具栏，主工具栏中集中了平时使用最多的工具按钮。该工具栏平时是隐藏的，选择"窗口"|"工具栏"|"主工具栏"命令，即可将该工具栏打开，如图 1-19 所示。其中，相关按钮介绍如下。

图 1-19 主工具栏

- 文档常规操作：其中包括新建、打开、保存、剪切、复制等工具。
- 贴紧至对象 🔘：单击该按钮，将使选中的对象自动进行对齐操作。
- 平滑 ⁺Ｓ：单击该按钮，会对选中的线条进行平滑操作。
- 伸直 ⁺〈：单击该按钮，会对选中的线条进行伸直操作。
- 旋转与倾斜 ↺：单击该按钮，可以对选中对象进行任意角度的旋转。
- 缩放 ▣：单击该按钮，可以对选中对象进行任意大小的变换。
- 对齐 ▤：单击该按钮，将打开"对齐"面板，在该面板中可以设置舞台对象相对于舞台对齐或相对于另一个对象对齐。

5. "时间轴"面板

"时间轴"面板用于组织和控制文档内容在一定时间内播放的图层数和帧数。它可以记录的内容有调用动画脚本、确定关键帧的标识名称、调整图层的叠放次序等。"时间轴"面板包括图层操作区、帧操作区、编辑按钮和视图菜单 4 部分，如图 1-20 所示。

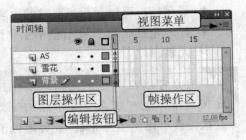

图 1-20　"时间轴"面板

（1）图层操作区

图层就像堆叠在一起的多张幻灯片一样，在舞台上一层层地向上叠加，上面图层中的对象会叠加在下面图层的上方，如果上面图层中没有内容，即可透过该层看到下面图层的内容。在图层操作区，可以对图层进行创建图层、删除图层、显示和锁定图层等操作。

（2）帧操作区

帧操作区对应左侧的图层操作区，每一个图层对应一行帧系列。在 Flash CS5 中，动画是按照时间轴从左向右顺序播放的，每播放一格即是一帧，一帧则对应一个画面。时间轴上的数值 5、10、15 等是动画制作记数用的编辑帧，被称为"第 5 帧"、"第 10 帧"和"第 15 帧"。其中，红色的矩形是播放头，随着播放头从左到右移动，就是动画播放的过程。

（3）编辑按钮

编辑按钮包括"插入图层"、"添加运动引导层"、"绘图纸外观"和"编辑多个帧"，是动画创作中不可缺少的按钮。

（4）视图菜单

单击"时间轴"面板右上角的按钮 ，将打开视图菜单，如图 1-21 所示。在默认的状态下，帧是以标准形式显示的，在该菜单中可以修改时间轴中帧的显示方式，以控制帧单元格的宽度。

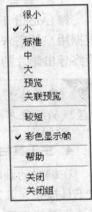

图 1-21　视图菜单

6. "属性"面板

"属性"面板是一个非常实用而又特殊的面板，"属性"面板中的参数选项会随着所选择的工具不同而出现不同的选项设置，从而可以方便地对所选对象的属性进行设置。图 1-22 所示分别为选择颜料桶工具和线条工具后出现的该工具的"属性"面板。

图 1-22　工具的"属性"面板

7. "工具"面板

"工具"面板（又称其为工具箱）是制作 Flash 动画过程中使用最多的一个面板。"工具"面板中放置了可供编辑图形和文本的各种工具，利用这些工具可以进行绘图、选取、喷涂、修改及编排文字等操作，有些工具还可以改变查看工作区的方式。选择某一工具时，其对应的附加选项也会在工具箱下面的位置出现，附加选项的作用是改变相应工具对图形处理的效果。

"工具"面板分为工具区、查看区、颜色区和选项区 4 个区域，如图 1-23 所示，其中各工具的名称和功能如下。

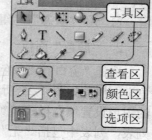

图 1-23　"工具"面板

- 选择工具：选择图形、拖曳、改变图形形状。
- 部分选取工具：选择图形、拖曳和分段选取。
- 任意变形工具：变换图形形状。
- 3D 旋转工具：允许使用 3D 旋转和 3D 平移工具使对象沿 X、Y、Z 轴进行三维空间的操作。
- 渐变变形工具：用于变化一些特殊图形的外观，如渐变图形的变化。
- 套索工具：选择部分图像。
- 钢笔工具：绘制直线和曲线。
- 文本工具 **T**：创建和修改字体。
- 线条工具：绘制直线条。
- 椭圆工具：绘制椭圆形。
- 矩形工具：绘制矩形和圆角矩形。
- 铅笔工具：绘制线条和曲线。
- 刷子工具：制作闭合区域图形或线条。
- Deco 工具：用于将创建的图形形状转变为复杂的几何图案。
- 骨骼工具：可以像 3D 软件一样，为动画角色添加骨骼。
- 墨水瓶工具：改变线条的颜色、大小和类型。
- 颜料桶工具：填充和改变封闭图形的颜色。
- 滴管工具：选取颜色。
- 橡皮擦工具：去除选定区域的图形。
- 缩放工具：用于缩放舞台中的图形。
- 手形工具：当舞台上的内容较多时，使用该工具平移舞台以及各个部分的内容。

> **提示**　在创建动画时，如果发现需要应用的工具按钮是灰色的，则表明使用该工具的条件还没有成立。

1.3.3　常用面板及其操作

面板是 Flash 工作窗口中最重要的操作对象，Flash CS5 中包括多个面板，它们大多集中在"窗口"菜单中，为了更好地使用各个面板，首先要了解常用面板的作用和面板的操作方法。

1. "动作"面板

"动作"面板又称为动作脚本编辑器，是 Flash 动画创作中不可缺少的部分。利用该面板可以对对象或帧进行 ActionScript 代码的添加和编辑，以实现复杂的交互功能。

选择"窗口"|"动作"命令，即可打开"动作"面板。"动作"面板主要由"命令列表"窗口、"当前位置"窗口、"工具"栏、"命令编辑"窗口和"状态"栏组成，如图 1-24 所示。

2. "颜色"面板

选择"窗口"|"颜色"命令，即可打开"颜色"面板，如图 1-25 所示，该面板是为所绘制

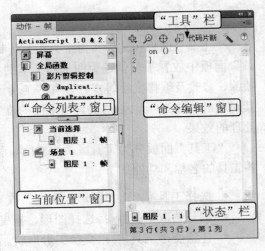

图 1-24 "动作"面板

的图形设置填充样式和颜色的，单击"颜色类型"下拉列表按钮，可以弹出"颜色类型"列表，列表中包括"无"、"纯色"、"线性渐变"、"径向渐变"和"位图填充"5 种填充类型。其中，部分选项的含义如下。

- 线性渐变：颜色从起始点到终点沿直线逐渐变化。
- 径向渐变：颜色从起始点到终点按照环形模式由内向外逐渐变化。

 ◆ 当选择填充色为渐变类型时，渐变色编辑栏的左、右各有一个"小色标" （也叫色块），该色标是用来改变关键点颜色的，双击小色标，可在弹出的"拾色器"面板中选取颜色，从而改变对象的颜色。

 ◆ 编辑时，将鼠标指针放在两个色标中间，当鼠标指针右下方出现"+"字时，按下鼠标左键，即可添加一个色标。如果要删除色标，只需拖动色标向下移动即可。

- 位图填充：将所选择的位图图形填充到所选定的图形中。

3. "样本"面板

选择"窗口"|"样本"命令，即可打开"样本"面板，"样本"面板是用来保存调制好的颜色的。

（1）"样本"面板分为上、下两个部分，上部是纯色样表，下部是渐变色样表。默认纯色样表中的颜色称为"Web 安全色"，一共有 216 色。

（2）如果已在"颜色"面板中调制好一种颜色，用户可将光标移动到"样本"面板的底部空白区域，当光标变成一个颜料桶时，按下鼠标左键，即可将调制好的颜色添加到颜色样表中，如图 1-26 所示。

4. "对齐"面板

选择"窗口"|"对齐"命令，即可打开"对齐"面板，如图 1-27 所示。在"对齐"面板中，可以对选中的对象按一定规律进行对齐、分布、相似度和留空的操作。

（1）如果选中面板中的"与舞台对齐"复选框，则所选定的对象将相对于舞台对齐分布。

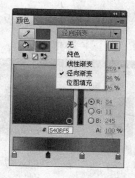

图 1-25　"颜色"面板

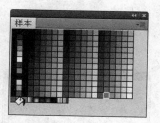

图 1-26　"样本"面板

　　（2）如果取消选中"与舞台对齐"复选框，则表示的是两个以上对象之间的相互对齐和分布。

5．"变形"面板

　　选择"窗口"|"变形"命令，即可打开"变形"面板，如图 1-28 所示。"变形"面板主要用于对选定的对象执行缩放、旋转、倾斜和 3D 旋转等操作。

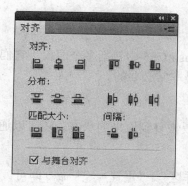

图 1-27　"对齐"面板

图 1-28　"变形"面板

　　（1）当选中"变形"面板中的"约束"复选框后，可以使所选择的对象按原来的尺寸在"水平"和"垂直"方向上成比例地进行缩放。

　　（2）单击"变形"面板中的"重制选区和变形"按钮🔲，可执行变形操作，并且可复制对象的副本。

6．"场景"面板

　　"场景"面板是用来显示当前动画的场景数量和播放动画的先后顺序的。选择"窗口"|"其他面板"|"场景"命令，即可打开"场景"面板，如图 1-29 所示。

　　"场景"面板的操作是通过其功能按钮来实现的，面板上有 3 个按钮，从左到右依次为 "添加场景"按钮🔲、"重制场景"按钮🔲、和"删除场景"按钮🗑。

7．"库"和"公共库"面板

　　"库"面板用来管理图形、按钮、影片、音视频文件和所创建的元件。Flash CS5 中的"库"面板功能更加完善，允许在多个动画文档中利用拖曳的方法移动库项目或文件夹，

以创建新文档的"库"面板。选择"窗口" | "库"命令，即可打开"库"面板，如图 1-30
所示。

图 1-29　"场景"面板

图 1-30　"库"面板

（1）"库"面板的下方从左到右顺序排列的 4 个按钮分别为"新建元件"按钮、"新
建文件夹"按钮、"属性"按钮和"删除"按钮。

（2）Flash CS5 还提供了多个公共库，其中常用的库项目有"声音"、"按钮"和"类"。

1.3.4　面板的布局及操作

面板是 Flash 工作窗口中最重要的操作对象，Flash CS5 中包括多个面板，它们大都集
中在"窗口"菜单中，熟悉面板的布局和操作方法是非常必要的。

1. 面板的布局

如果面板被打乱，用户可以通过选择命令将面板恢复到原来的状态，还可以通过命令
保存自己设置好的面板布局。

- 恢复原来的面板状态：选择 "窗口" | "工作区" | "重置××"命令即可。
- 保存"当前"面板布局：选择"窗口" | "工作区" | "新建工作区"命令，在弹出
  的"新建工作区"对话框中输入布局的名称，然后单击"确定"按钮即可。
- 删除保存的面板布局：选择"窗口" | "工作区" | "管理工作区"命令，在弹出的"管
  理工作区"对话框中，选中要删除的方案，单击"确定"按钮，即可删除所保存的
  面板布局方案。

2. 面板的操作

- 打开面板：可以通过选择"窗口"菜单中的相应命令打开指定面板。
- 关闭面板：鼠标右键单击面板的标题栏，在弹出的快捷菜单中选择"关闭面板"命
  令即可。
- 折叠面板：鼠标右键单击面板的标题栏，在弹出的快捷菜单中选择"折叠为图标"
  命令，即可将面板显示为图标状态，如图 1-31 所示。
- 移动面板：通过拖动标题栏移动面板位置，将固定面板移动为浮动面板。
- 重组面板：用鼠标左键按住面板的标题栏，将其拖到其他面板的标题栏，当出现蓝
  色边框时，放开鼠标左键即可，如图 1-32 所示。

图 1-31　折叠面板

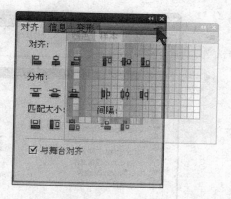

图 1-32　重组面板

- 隐藏/显示面板：当众多的面板给制作动画带来不便时，可以将所有的面板隐藏起来。隐藏/显示所有面板的操作方法如下。

    ◆ 选择"窗口"|"隐藏面板"命令，此时，工作界面中的所有面板都被隐藏起来。
    ◆ 选择"窗口"|"显示面板"命令，即可将原本被隐藏的面板显示出来。

> **提示**　折叠/展开面板还可以通过双击面板顶部的黑色边框快速实现；隐藏/显示面板还可以通过按 F4 键快速实现。

1.4　文档的基本操作

　　创建 Flash 动画文件有两种方法，可以新建空白的动画文件，也可以新建模板文件。在创建好文件后，可以设置文件的属性。文件建立完成后，可以保存并预览动画。

1.4.1　新建文件

　　制作动画之前，首先要创建一个新的文档，除了可以创建一个新文档以进行全新的动画创作外，也可以打开已经完成的老文档进行修改和编辑。在 Flash CS5 中可以创建多种格式的文档，并且提供了多种创建文档的途径。

1. 使用菜单命令创建文档

Step 01 选择"文件"|"新建"命令，打开"新建文档"对话框，如图 1-33 所示。

Step 02 单击"常规"标签，在"类型"列表框中选择要创建文档的类型，单击"确定"按钮，即可创建一个名为"未命名-1"的空白 Flash 文档。

> **提示**　当选中创建某个类型的新建文档后，在对话框右侧的"描述"列表框中将显示对当前选择对象的描述。

2. 使用模板创建文档

Step 01 在上述"新建文档"对话框中单击"模板"标签，即可打开"从模板新建"对话框，如图 1-34 所示。

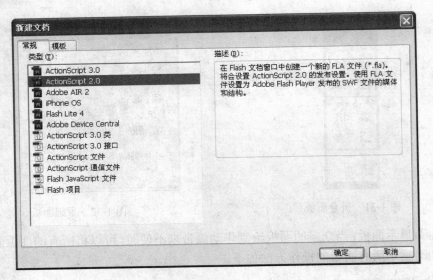

图 1-33　"新建文档"对话框

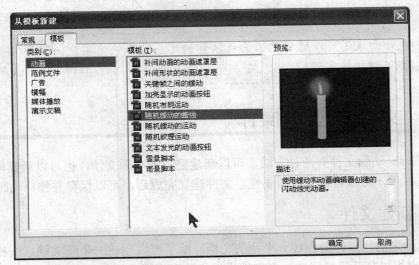

图 1-34　"从模板新建"对话框

Step 02 在"类别"列表框中选择模板类型，然后在"模板"列表框中选择所需的模板样式，单击"确定"按钮，即可创建一个新文档，该新文档被应用了所选择的模板样式。

3. 使用按钮创建文档

Step 01 在 Flash CS5 的工作界面中选择"窗口"|"工具栏"|"主工具栏"命令，打开主工具栏，如图 1-35 所示。

图 1-35　主工具栏

Step 02 单击主工具栏中的"新建"按钮，即可创建一个新的 Flash 文档。

1.4.2 打开文档

如果要打开一个已经创建的 Flash 文档，可以按以下步骤操作。

Step 01 在 Flash CS5 的工作界面中选择"文件"|"打开"命令，弹出"打开"对话框，如图 1-36 所示。

图 1-36 "打开"对话框

Step 02 在该对话框中确定文件所在的位置，选择所需打开的文件名称、格式后，单击"打开"按钮即可。

> **提示**　如果在 Flash 中同时打开多个文档，用户可以通过单击文档标签的方式，在多个文档之间切换。默认情况下，各文档的标签是按照创建的先后顺序排列的，如图 1-37 所示的"未命名-1"、"蝴蝶"、普通引导层，而各文档的标签顺序是不可以通过拖动进行更改的。

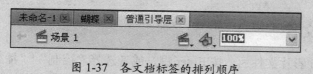

图 1-37 各文档标签的排列顺序

1.4.3 保存文档

在完成对 Flash 文档的编辑和修改后，需要对文档进行保存，以便后期使用保存的文档有以下几种类型。

1. 保存 Flash 源文件

Step 01 在 Flash CS5 的工作界面中选择"文件"|"保存"命令，可打开"另存为"对话框，如图 1-38 所示。

Step 02 在该对话框中设置文档的保存路径、文档名称，并选择保存文件为"Flash CS5 文档（*.fla）"类型，单击"确定"按钮，即可将文档保存。

源文件的扩展名为.fla，文件的图标为 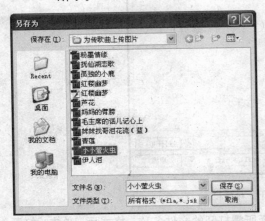。Flash 源文件是可以进行再编辑的文件。另外，在编辑动画的过程中，为了防止意外造成数据丢失，必须随时对制作的文档进行保存。

2. 保存 Flash 输出文件

当动画编辑或修改结束后，要对文档进行输出，输出后的文件可以上传到网络中。

Step 01 选择"文件"|"导出"|"导出影片"命令，将弹出"导出影片"对话框，如图 1-39 所示。

图 1-38　"另存为"对话框　　　　图 1-39　"导出影片"对话框

Step 02 在该对话框中，设置要导出文件的名称、保存路径，并选择保存文件为"SWF 影片（*swf）"类型，然后单击"保存"按钮即可。

输出文件的扩展名为.swf，文件的图标为 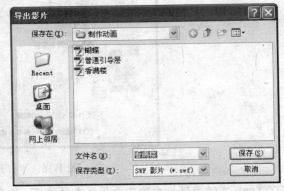，输出文件是不可以进行再编辑的。另外，最简单的输出文件的方法就是按下 Ctrl+Enter 组合键，即可输出并浏览动画效果。

1.4.4　测试文件

打开一个 Flash 影片文件后，按 Enter 键，或者选择"控制"|"播放"命令，可以播放该影片。在播放影片的过程中，会发现在"时间轴"面板上有一个红色的播放头从左向右移动，如图 1-40 所示。

若需要测试整个影片，则选择"控制"|"测试影片"|"在 Flash Professional 中"命令，或者按下 Ctrl+Enter 组合键，Flash CS5 会调用播放器来测试整个影片，如图 1-41 所示。测试完成后，若要返回源文件，单击 Flash 播放器中的"关闭"按钮即可。

若是第一次保存文件，需要在弹出的对话框中输入文件名并设置文件保存的位置。若需要以另一个文件名保存当前文件，则选择"文件"|"另存为"命令。

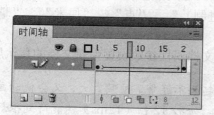

图 1-40　"时间轴"面板中的播放头

图 1-41　Flash 播放器

1.5　动画场景的设置

1.5.1　设置文件属性

根据动画的需要，在制作动画之前，要对 Flash 舞台的属性进行设置，设置方法及步骤如下。

Step 01 选择"修改"|"文档"命令，弹出"文档设置"对话框。

Step 02 在该对话框中设置舞台尺寸、背景颜色、帧频等参数，单击"确定"按钮即可，如图 1-42 示。

"文档设置"对话框中各主要参数的功能如下。

- 尺寸：通过在"宽度"和"高度"文本框中输入数值，设置文档尺寸大小。默认为 550×400（像素），最大尺寸为 2880×2880（像素），最小尺寸为 1×1（像素）。
- 匹配：选中"默认"单选按钮，则将文档尺寸设置为系统默认的尺寸；选中"内容"单选按钮，文档尺寸与动画制作的内容相匹配；在系统安装了打印机的前提下，选中"打印机"单选按钮后，文档尺寸与打印机相匹配。
- 背景颜色：设置文档背景颜色。在"背景颜色"框中单击，将弹出拾色器，在拾色器中选取适当的颜色，如图 1-43 所示，即可改变文档的背景颜色。

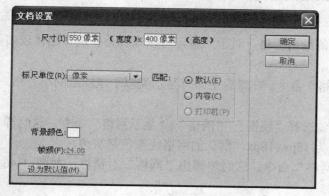

图 1-42　"文档设置"对话框

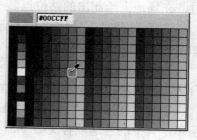

图 1-43　拾色器

- 帧频：设置每秒显示动画帧的数量。帧频越大，每秒播放的帧数越多，动画连贯性越好；反之，帧频越小，播放动画的停滞现象越严重。默认的帧频为24fps。
- 标尺单位：用来设置舞台尺寸的单位。单击"标尺单位"右侧的下三角按钮，在打开的下拉列表中有"英寸"、"英寸（十进制）"、"点"、"厘米"、"毫米"和"像素"6种单位。
- 设为默认值：单击该按钮，可以将修改后的文档属性参数设置为新文档的默认属性。

> **提示** 动画在播放时，其帧频太小，会使得动画看起来不连贯，帧频太大，又会使动画的细节变得模糊，因此，一般动画在网页中播放时，每秒12帧（12fps）就能得到很好的动画效果。所以，在动画制作时，通常将帧频设置为12fps。另外，因为整个 Flash 文档只有一个帧频，所以在创建动画之前就应当设定帧频。

1.5.2 使用标尺、网格和辅助线

在动画制作过程中，通常需要一些工具进行辅助创作，这会使整个动画在创建过程中具有比较合理的结构和编排，也会使动画显得更加有条理。Flash CS5 中提供了标尺、网格、辅助线以及快捷键等辅助工具。

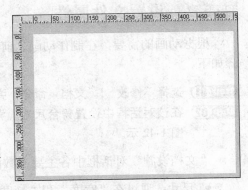

图 1-44　标尺

1. 标尺

默认情况下，标尺是没有打开的。选择"视图"|"标尺"命令或按下 Ctrl+Alt+Shift+R 组合键，即可打开标尺，打开后的标尺出现在文档窗口左侧和顶部，如图 1-44 所示。

标尺使用的默认单位是像素。如果要修改单位，可以选择"修改"|"文档"命令，在弹出的"文档设置"对话框的"标尺单位"下拉列表框中选择其他单位。

> **提示** 在标尺被打开后，如果用户在工作区内移动一个元素，那么元素的尺寸位置就会反映到标尺上。

2. 网格

网格是显示或隐藏在所有场景中的绘图栅格。对于网格，可以理解为在进行团体表演时，在场地上绘制出的站位点。

选择"视图"|"网格"|"显示网格"命令，在舞台上即可显示类似于坐标纸的小方格，如图 1-45 所示。

在默认情况下，网格是不显示的。选择"视图"|"网格"|"显示网格"命令，这时舞台上将出现灰色的小方格，默认大小为 18px×18px，默认的网格线颜色是灰色。

选择"视图"|"网格"|"编辑网格"命令，这时将弹出"网格"对话框，如图 1-46 所示，其中的各选项含义如下。

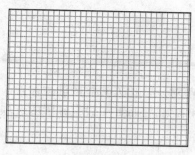

图 1-45　网格

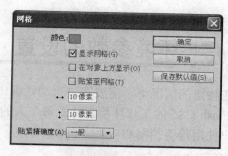

图 1-46　"网格"对话框

- 颜色：设置网格线的颜色。
- 显示网格：设置是否显示网格。
- 在对象上方显示：设置网格显示在所绘制对象的上方。
- 贴紧至网格：设置是否吸附到网格。
- 左右、上下箭头：设置网格线的间距，单位为像素。
- 贴紧精确度：设置对齐网格线的精确度。

3. 辅助线

辅助线用于实例的定位，不同的实例之间可以以这条线作为对齐的标准。

Step 01 选择"视图"|"辅助线"|"显示辅助线"命令，然后从标尺处开始向舞台中拖动鼠标，会拖出一条绿色（默认）的直线，这条直线就是辅助线，如图 1-47 所示。

Step 02 使用选择工具选中辅助线，将其拖到水平或垂直标尺外部即可删除辅助线。

Step 03 选择"视图"|"贴紧"|"贴紧至辅助线"命令后，当在舞台中靠近辅助线绘制对象时，对象将自动吸附在辅助线上，如图 1-48 所示。

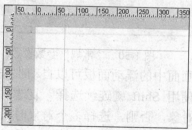

图 1-47　辅助线

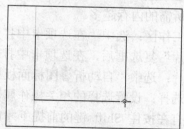

图 1-48　对象与辅助线对齐

Step 04 选择"视图"|"辅助线"|"编辑辅助线"命令，弹出"辅助线"对话框，在该对话框中进行辅助线参数的设置，如辅助线的颜色、是否显示、对齐、锁定等，如图 1-49 所示。

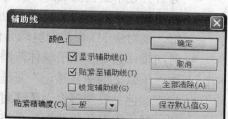

- 颜色：设置辅助线的颜色。
- 显示辅助线：设置是否显示辅助线。
- 贴紧至辅助线：设置是否吸附到辅助线。
- 锁定辅助线：设置是否将辅助线锁定。
- 贴紧精确度：设置对齐辅助线的精确度。

图 1-49　"辅助线"对话框

1.6 环境参数的设置

在特定的情况下，需要在进行动画编辑、制作之前对一些相关的参数进行设置，从而定制 Flash CS5 的工作环境。针对每个人的操作习惯和喜好，Flash 中设有预置的选项，能让用户使用得更加得心应手。

1.6.1 设置首选参数

选择"编辑"|"首选参数"命令，弹出"首选参数"对话框，该对话框中包括 9 个类别，其中最常用的是"常规"参数设置、ActionScript参数设置、"绘画"参数设置和"文本"参数设置。

1. 设置"常规"参数

"常规"是默认的参数类别，如图 1-50 所示。在该选项卡中可对以下参数进行设置。

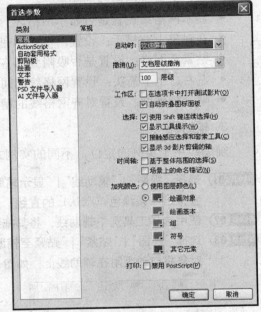

图 1-50 "常规"参数设置

- 启动时：默认设置是"欢迎屏幕"，还包括"不打开任何文档"、"新建文档"、"打开上次使用的文档"选项。

- 撤销：包括"文档层级撤销"和"对象层级撤销"。"层级"数设置得越高，所需的内存越多。

- 工作区：选中"在选项卡中打开测试影片"复选框后，在选项卡中打开测试影片；选中"自动折叠图标面板"复选框后，画面中的浮动面板可以自动收缩。

- 选择：设置选择的相关操作属性。若选中"使用 Shift 键连续选择"复选框，则只有在按住 Shift 键的前提下才可以选择多个对象，否则，选择多个对象时只能逐次单击要选择的对象；若选中"显示工具提示"复选框，则在光标指向工具时，工具旁边会显示工具的名称，反之亦然；如果选中"接触感应选择和套索工具"复选框，则使用选择和套索工具时，反应会敏感；如果选中"显示 3d 影片剪辑的轴"复选框，则对应 3D 影片的剪辑元件将显示其 3D 轴。

- 时间轴：选中"基于整体范围的选择"复选框，可以在时间轴上选择一个区域；选中"场景上的命名锚记"复选框，可以在操作中指定一个场景。

- 加亮颜色：设置舞台上所选对象边框的显示颜色。若选中"使用图层颜色"单选按钮，则选中对象的边框颜色将采用所在层编辑区的小方块的颜色；若选中第 2 个单选按钮，则可以单击右侧按钮，选择一种颜色作为选中对象的边框颜色，包括"绘画对象"、"绘画基本"、"组"、"符号"和"其他元素"。

- 打印：用于设置是否使用 PostScript 打印机输出文件。

2. 设置 ActionScript 参数

参数设置中的 ActionScript 类别用于设置用户在使用 ActionScript 时的相关属性，如图 1-51 所示。

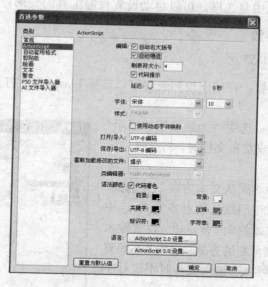

图 1-51 ActionScript 参数设置

- 编辑：主要用于设置使用 ActionScript 时的自动缩排及代码的延迟时间。
- 字体：设置的是使用 ActionScript 编写脚本时所用的字体和字号。
- 打开/导入、保存/导出：设置文档编码。
- 重新加载修改的文件：设置重新加载修改的文件的提示方式。
- 语法颜色：用于设置使用 ActionScript 时各处的颜色，包括"前景"、"背景"、"关键字"、"注释"、"标识符"、"字符串"等。
- 语言：设置 ActionScript 的语言。
- 重置为默认值：可以将 ActionScript 选项中的所有参数设置为默认值。

3. 设置"绘画"参数

"绘画"类别如图 1-52 所示。

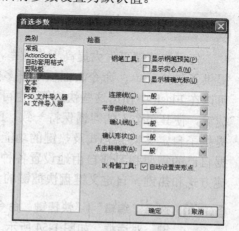

- 钢笔工具：选中"显示钢笔预览"复选框，在使用钢笔工具时将会显示跟随钢笔移动的预览线；选中"显示实心点"复选框，在使用钢笔工具时显示实心的节点；选中"显示精确光标"复选框，在使用钢笔工具时光标显示为十字形。
- 连接线：设置两个独立的端点可连接的有效距离范围。
- 平滑曲线：设置使用铅笔工具时所绘线条的光滑度。

图 1-52 "绘画"参数设置

- 确认线：设置可以被拉直的用铅笔工具绘制的直线的平直度。
- 确认形状：设置可以被完善的用铅笔工具绘制的形状的规则度。
- 点击精确度：设置单击的精度及其有效范围。
- IK 骨骼工具：选中复选框，可以自动设置骨骼工具的变形点。

4. 设置"文本"参数

"文本"类别如图 1-53 所示。

- 字体映射默认设置：在该下拉列表中可以选择 Flash CS5 打开文档时替换缺失字体所使用的字体。

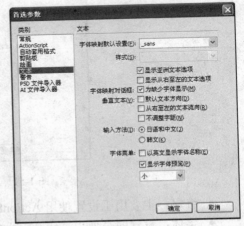

- 字体映射对话框：选中"为缺少字体显示"复选框，在导出或发布文档时，将会弹出警告框。
- 垂直文本：选中"默认文本方向"复选框，设置输入文本时使用默认的对齐方式；选中"从右至左的文本流向"复选框，设置输入文本时使用由右至左的方式；选中"不调整字距"复选框，可以在输入文本时不进行字距调整。
- 输入方法：用来设置是以"日语和中文"还是以"韩文"作为输入语言。

图 1-53　"文本"参数设置

- 字体菜单：选中"以英文显示字体名称"复选框，将会以英文显示字体名称；选中"显示字体预览"复选框，可以在选择字体时显示字体的样式；用户可以在下方的下拉列表中选择字体并预览样式的大小。

"首选参数"对话框中 9 个类别的内容基本包括 Flash CS5 中所有工作环境参数的设置，用户只需根据每个选项旁的说明文字进行设置、修改即可。

1.6.2　设置快捷键

使用快捷键可大大提高工作效率，Flash 本身就提供了包括菜单、命令、面板等许多快捷键，用户可以在 Flash 中使用这些快捷键，也可以自己定义快捷键，使其与个人的习惯保持一致。Flash CS5 同样提供了自定义快捷方式及热键的功能，用户可以根据自己的需要和习惯自由地设置各种操作的相应快捷方式和热键。自定义键盘快捷键的步骤如下。

Step 01 选择"编辑"|"快捷键"命令，打开"快捷键"对话框，如图 1-54 所示。

Step 02 在以上已配置的快捷方式中选出与要自定义的最理想的快捷方式最接近的那一种，如选

图 1-54　"快捷键"对话框

择 Flash 5.0 快捷方式配置方案（需要注意的是，Flash CS5 自带的内置快捷方式的标准配置——Adobe 标准，是不能修改的），单击右侧的"直接复制副本"按钮，在弹出的对话框中为自定义的快捷方式命名，然后单击"确定"按钮，就可以根据自己的习惯进行相应的自定义设置。

Step 03 如果想给一项操作设置多个快捷方式，只需单击"快捷键"后面的添加按钮 **+**，然后在"按键"文本框中输入另外的热键并单击"更改"按钮即可。

Step 04 如果想删除不需要的热键设置，只需选定要删除的组合键使其高亮显示，然后单击删除按钮 **—** 即可。

Step 05 如果要删除不再需要的个性化快捷方式配置，则先单击"当前设置"下拉列表右侧的"删除设置"按钮，然后在弹出的对话框中选择要删除的配置，使其高亮显示，再单击删除按钮 **—** 即可。

> **提示** 在"快捷键"对话框中，Flash CS5 为用户配置了 Adobe 标准、Fireworks 4、Flash 5.0、FreeHand 10、Illustrator 10、Photoshop 6 等快捷方式，用户可以更方便地使用 Flash CS5。

1.7 上机实训

1.7.1 上机实训 1——创建 Flash 文档

实训说明

下面介绍创建 Flash 文档的步骤。其实创建 Flash 文件非常简单，只要选择需要使用的模板类型，再根据构思的场景大小设置尺寸即可。

效果文件	素材与源文件\第 1 章\上机实训 1\我的第一个 Flash 文档.fla
同步视频文件	同步教学文件\第 1 章\1.7.1 上机实训 1——创建 Flash 文档.avi

实训目标

通过对本例的学习，用户可以掌握如何创建一个 Flash 文档，如何设置文档属性，并且学会如何保存 Flash 源文件，操作步骤如下。

Step 01 运行 Flash CS5 软件后，弹出如图 1-55 所示的"引导"页面，也可以在打开的文档中选择"文件"|"新建"命令，打开"新建文档"对话框，如图 1-56 所示。

Step 02 从"新建"或"从模板创建"选项组中选择需要创建的文档类型，创建一个新文档。

图 1-55　"引导"页面

Step 03 选择"修改"|"文档"命令，弹出"文档设置"对话框，在该对话框中设置文档的舞台尺寸为 400×200（像素），背景颜色为蓝色，帧频为 12fps，如图 1-57 所示。

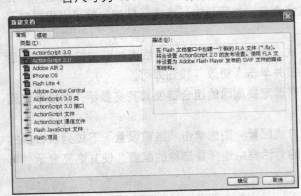

图 1-56 "新建文档"对话框

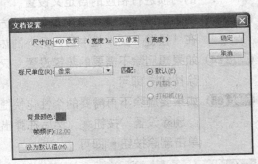

图 1-57 设置文档属性

Step 04 单击"设为默认值"按钮，将该属性设置为文档默认的属性，单击"确定"按钮，设置完成后的文档如图 1-58 所示。用户可以在该舞台中发挥想象，创建出属于自己的 Flash 动画。

Step 05 选择"文件"|"保存"命令，在弹出的"另存为"对话框中选择保存路径，并将文档命名为"我的第一个 Flash 文档.fla"，如图 1-59 所示。单击"保存"按钮，将新文档保存在指定的文件夹下。

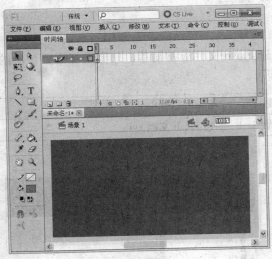

图 1-58 Flash 文档

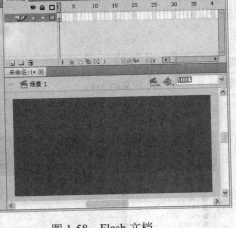

图 1-59 保存新文档

1.7.2 上机实训 2——利用模板制作简单动画

 实训说明

Flash CS5 提供了很多实用的模板，利用模板制作动画可以使文档的创建更加简便快捷。

效果文件	素材与源文件\第 1 章\上机实训 2\利用模板制作动画.fla
同步视频文件	同步教学文件\第 1 章\1.7.2 上机实训 2——利用模板制作简单动画.avi

📖 **实训目标**

通过对本例的学习，用户可以掌握如何利用模板来创建一个简单的动画，学会运用命令发布动画，并学会运用组合键输出动画，操作步骤如下。

Step 01 运行 Flash CS5 软件，选择"文件" | "新建"命令，弹出"新建文档"对话框，在该对话框中选择"模板"选项卡，此时将弹出"从模板新建"对话框，在该对话框中的"类别"列表中选择"媒体播放"选项，在"模板"列表中选择"高级相册"选项，如图 1-60 所示。

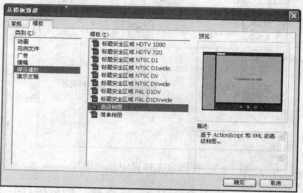

图 1-60　从模板创建新文档

Step 02 单击"确定"按钮，即可创建一个新的 Flash 文档，如图 1-61 所示。

Step 03 选择"文件" | "另存为"命令，弹出"另存为"对话框，在该对话框中选择路径，并将该文档命名为"利用模板制作动画.fla"，如图 1-62 所示，单击"保存"按钮。

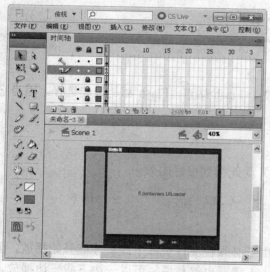

图 1-61　新建文档

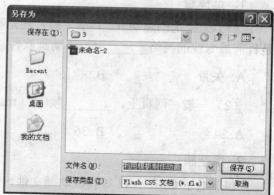

图 1-62　保存文档

Step 04 选择"文件"|"发布预览"|"Flash"命令，弹出 Flash 播放器，可预览动画效果（4
张图片按顺序自动播放），如图 1-64 所示。

图 1-63　在指定文件夹中预存图片　　　　　图 1-64　预览动画效果

另外，按下 Ctrl+Enter 组合键，也可以打开 Flash 播放器，输出动画并测试动画效果。

1.8 小结

通过对本章的学习，用户对 Flash CS5 的概念及特色有了一定的了解，在后续各章节的
学习中，将会循序渐进地讲解 Flash 工具的使用方法、Flash 中各种面板的具体操作，以及
动画制作的相关知识。

1.9 课后习题与上机操作

1．选择题

（1）无论是创建动画、广告、短片还是整个 Flash 站点，Flash 都是最佳选择，因为它
是目前最专业的网络_____动画软件。

A．矢量　　　　　　　　B．位图

（2）一般在网页上，_____帧/秒（fps）就能得到很好的效果。

A．24　　　　　　B．36　　　　　　　　C．12　　　　　　　　D．6

2．填空题

（1）对于 GIF、AVI 等传统动画文件，由于必须在文件全部下载后才能开始播放，因
此需要等待很长时间；而 Flash 支持_____下载，也就是说，可以一边下载一边播放，
大大节省了浏览时间。

（2）若需要测试整个影片，则选择"控制"|"测试影片"命令，或者按_____键。

（3）计算机对图像的处理方式有_____和_____两种。

3．上机操作题

根据自己的习惯设置快捷键。

第2章

使用绘图工具绘制图形

本章主要讲解 Flash CS5 工具箱中绘图工具的使用，并介绍如何使用工具绘制线条、几何和不规则图形。

本章的实例将介绍使用绘图工具绘制小鸡图形，使用钢笔工具绘制苹果图形。

本章知识点

- ◎ 绘制线条工具
- ◎ 绘制几何图形工具
- ◎ 绘制不规则图形工具
- ◎ 辅助绘图工具

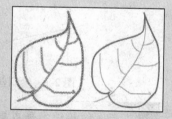

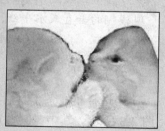

2.1 绘制线条工具

复杂的动画对象都是由基本图形组合而成的，因此，绘制基本图形是制作 Flash 动画的基础。本节将介绍工具箱中提供的基本图形绘制工具的使用方法，包括线条工具、铅笔工具、矩形工具、椭圆工具和多角星形工具。

2.1.1 线条工具

线条工具 是 Flash CS5 中最基本的工具之一，我们常常利用线条工具绘制不同角度、平滑的直线，同时利用该工具还可以绘制出封闭的直线化图形。

1. 绘制直线

单击工具箱中的线条工具后，当将鼠标指针移动到工作区后，鼠标指针就变成了十字形，这说明该工具已被激活。绘制一条直线，具体操作如下。

Step 01 建立一个新文档，选择线条工具，移动鼠标指针至舞台，此时鼠标指针变为十字形状，按下鼠标左键并拖动。

Step 02 松开鼠标左键便确定了该直线的方向和位置，如图 2-1 所示。如果在拖动鼠标时按住键盘上的 Shift 键，则绘制出的直线是倾斜角度为 0°、45°、90°、135° 等按 45° 倍数变化的直线。图 2-2 所示为倾斜角度为 45° 的直线段。

图 2-1　绘制直线段　　　　　　　图 2-2　绘制 45° 角的直线段

> **提示**　　当直线接近水平或垂直时，Flash 能够自动捕捉到水平或垂直放置状态，以防止出现模糊的垂直或水平线。按住 Ctrl 键时可以暂时切换到选择工具，对工作区中的对象进行选取，当松开 Ctrl 键时，又会自动换回到线条工具。

2. 属性

当选择了线条工具后，选择"窗口"|"属性"命令，即可打开该工具的属性面板，如图 2-3 所示。其中，某些选项的含义如下。

- 笔触颜色 ：用于设置当前线条的颜色，单击它即可打开调色板，此时鼠标指针变成滴管状，用滴管直接拾取颜色，如图 2-4 所示，也可以在文本框里输入线条颜色的十六进制 RGB 值，如"#FF3300"来选取颜色。

> **提示**　　如果预先设置的颜色不能满足永远需要，还可以通过单击右上角的 按钮，打开如图 2-5 所示的"颜色"对话框，在该对话框中详细地设置颜色。

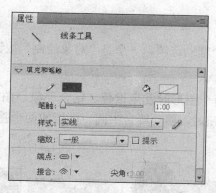

图 2-3 "属性"面板

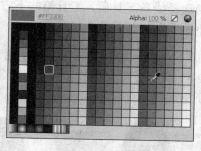

图 2-4 调色板

- 笔触高度：用于设置所绘制的线条的粗细度，可以直接在文本框中输入笔触高度值，数值范围为 0.1～200，也可以拖动滑块来调节笔触高度。Flash 中的线条粗细是以像素为单位的。
- 笔触样式：用于显示和改变当前线条的类型。可供选择的线型有实线、虚线、点状线等 7 种，如图 2-6 所示。单击面板中的"编辑笔触样式"按钮 ，可以在打开的"笔触样式"对话框中对选择的线条类型的属性进行相应的设置，如图 2-7 所示。

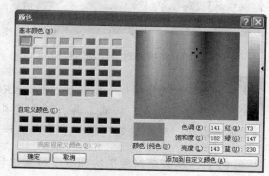

图 2-5 "颜色"对话框

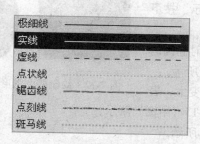

图 2-6 "笔触样式"下拉列表

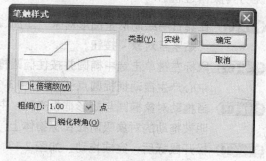

图 2-7 "笔触样式"对话框

- 端点：用于定义线条端点的形式，共有如图 2-8 所示的 3 种形式。
- 接合：用于定义两直线相接时的形式，共有如图 2-9 所示的 3 种形式。

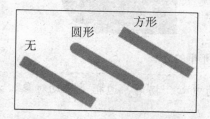

图 2-8 3 种端点形式

图 2-9 3 种接合形式

3. 辅助选项

当选择线条工具后，工具箱的下方会出现两个辅助选项，一个是"对象绘制"按钮 ◎，另一个是"贴紧至对象"按钮 ⋒。

（1）"对象绘制"按钮：用于避免在绘制两个图形时发生重叠、粘合现象。图 2-10 和图 2-11 所示分别为释放和按下"对象绘制"按钮时，移动舞台中同一图层的两个重叠图形时所出现的不同状态。

图 2-10　释放"对象绘制"按钮　　　　　　图 2-11　按下"对象绘制"按钮

> **提示** 当按下"对象绘制"按钮后，可以直接在舞台上创建形状而不影响被覆盖图形的形状。选择线条工具、椭圆工具、矩形工具、铅笔工具、钢笔工具时，工具的辅助选项中都会出现"对象绘制"按钮，单击该按钮，就可以进入对象绘制模式。

（2）"贴紧至对象"按钮（又称为"自动吸附"按钮）：当按下"贴紧至对象"按钮时，可以在物体被拖动的情况下，使之自动吸附到舞台中已经存在对象的边框、中心线、中心点和端点上。下面通过移动一个图形（椭圆）至目标图形（矩形框）的边框上，简单说明其操作过程。

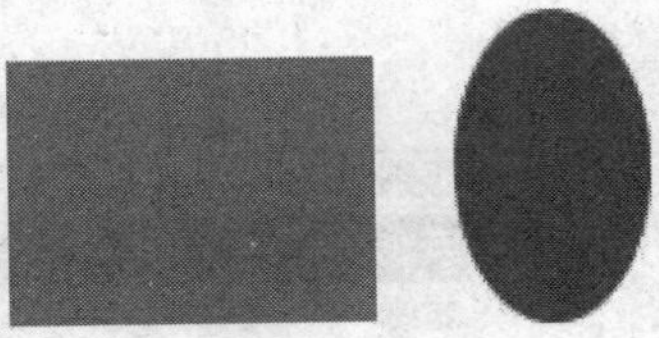

Step 01 在舞台中绘制两个图形对象，如图 2-12 所示，按下"贴紧至对象"按钮。

Step 02 鼠标左键单击选中椭圆并按住椭圆拖动，此时椭圆的中心产生自动捕捉圆点，如图 2-13（左图）所示。

图 2-12　绘制两个图形对象

Step 03 当拖动对象椭圆与矩形框相交时，中心的点变大，表明被拖动的对象吸附在目标物体上，如图 2-13（中图）所示。

Step 04 松开鼠标后，完成拖动，如图 2-13（右图）所示。

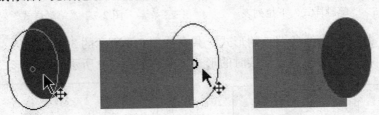

图 2-13　拖动椭圆到矩形框的边框

> **提示** 在使用该辅助选项时，只有用鼠标在对象的中心、拐角、边框上拖动对象，才会出现自动捕捉圆点。

2.1.2　铅笔工具

铅笔工具 ✐ 与线条工具类似，通过它们都可以绘制笔触线条，但是两者相比，铅笔工具更加灵活，它可以按照用户的意愿随意地绘制各种直线和曲线。

1. 辅助选项

单击工具箱中的铅笔工具，在舞台中拖动鼠标，即可按照拖动的轨迹绘制出相应的线段。选择铅笔工具后，在工具箱的下方将出现两个辅助选项，分别为"对象绘制"按钮 ○ 和"铅笔模式"按钮 ⑤。"对象绘制"按钮的作用在 2.1.1 节中已经阐述，此处不再赘述。"铅笔模式"按钮用于绘图时平滑或伸直线条和形状，它共有伸直、平滑和墨水 3 种模式，如图 2-14 所示。

图 2-14　"铅笔模式"选项

- 伸直：选择该模式，在绘制线段时，系统会自动将线段细节部分转成直线，同时锐化拐角处，使绘制的曲线形成折线效果，因此，该模式适合绘制有棱角的图形，当绘制的图形接近矩形或圆形时，会自动转换为矩形和圆形，如图 2-15 所示。
- 平滑：选择该模式，在绘制线段时，系统将尽可能地消除矢量线边缘的棱角，使绘制的线段更加趋于光滑，使用此模式适合绘制平滑的图形，如图 2-16 所示。

图 2-15　"伸直"模式的效果

图 2-16　"平滑"模式的效果

- 墨水：选择该模式，所绘制的线段将最大限度地保持绘图原样，使用此模式适合绘制手绘效果的图形，如图 2-17 所示。

2. 属性

当选择铅笔工具后，选择"窗口"|"属性"命令，即可打开该工具的属性面板。

铅笔工具的属性设置与线条工具的属性设置基本相同（相同的部分不再赘述），不同的是，铅笔工具比线条工具多了一个用于设置笔触平滑度的选项，如图 2-18 所示。

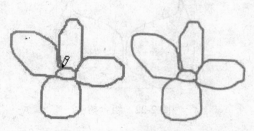

图 2-17　"墨水"模式的效果

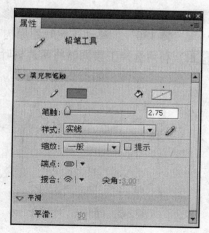

图 2-18　"属性"面板

平滑：用于设置铅笔工具绘制线条的平滑度。将鼠标指针放置在"平滑"右侧的参数上时，会出现双向箭头，按住鼠标左键向左移动，参数值变小，绘制的线段趋于直线；按住鼠标左键向右移动，参数值变大，绘制的线段趋于曲线，参数的数值范围为 0～100。

> **提示** "平滑"选项只有在选择铅笔工具的辅助选项为"平滑"模式后才能被激活，在其他模式下不起作用。

2.1.3　绘制树叶

使用铅笔工具绘制树叶，具体的操作步骤如下。

Step 01 运行 Flash CS5，创建一个新文档，默认其属性。

Step 02 选择"文件"|"保存"命令，将新文档保存到"素材与源文件\第 2 章\素材"文件夹下，并将文件命名为"绘制树叶.fla"。

Step 03 选择铅笔工具，设置笔触颜色为绿色、笔触高度为 2、笔触样式为实线，单击铅笔工具的辅助选项中的"平滑"按钮，拖动鼠标在舞台中粗略地勾勒一片树叶，如图 2-19（左图）所示。

Step 04 选择铅笔工具，设置笔触颜色为棕色、笔触高度为 1，拖动鼠标为树叶添加叶脉，如图 2-19（右图）所示。

Step 05 单击工具箱中的选择工具（该工具将在后续章节中讲述），拖动鼠标将舞台中的树叶全部选中，选择"编辑"|"复制"命令，然后再选择"粘贴到当前位置"命令，利用选择工具将新复制的树叶拖动到一侧，如图 2-20 所示。

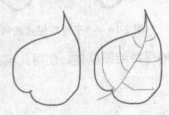

图 2-19　绘制树叶

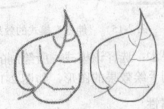

图 2-20　复制树叶

Step 06 选中新复制的树叶，选择"修改"|"变形"|"水平翻转"命令，将复制得到的树叶翻转 180°，移动该树叶到原树叶的一侧，如图 2-21 所示。

Step 07 利用选择工具同时将两片树叶选中，选择"修改"|"组合"命令，将两片树叶组合为一个整体，如图 2-22 所示。

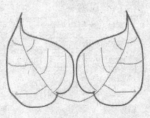

图 2-21　翻转一片树叶

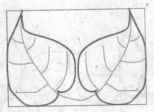

图 2-22　组合树叶

Step 08 制作结束后，保存文件，按 Ctrl+Enter 组合键，输出并浏览动画。

2.2 绘制几何图形工具

使用椭圆工具、矩形工具或多角星形工具可以绘制基本的形状，另外，使用新增加的基本椭圆工具、基本矩形工具可以针对矩形或椭圆的一个角调整圆角的弧度，也可轻易地绘制出镂空的图形。

2.2.1 椭圆工具和基本椭圆工具

椭圆工具◎绘制的图形是椭圆形或正圆形，使用椭圆工具不但可以为椭圆设置填充颜色，还可以任意选择椭圆轮廓线的颜色、线宽和线型。

1. 绘制椭圆

按住工具箱中的矩形工具，弹出工具下拉列表，如图 2-23 所示，在该下拉列表中选择椭圆工具◎，此时工作区中的光标变成一个十字，说明椭圆工具已被激活，此时即可在舞台中绘制椭圆。绘制一个椭圆或正圆的步骤如下。

Step 01 创建一个新文档，选择工具箱中的椭圆工具。

Step 02 将光标移到工作区内，按住鼠标左键拖动鼠标，此时将在舞台上出现一个椭圆，拖动鼠标到合适的位置后松开鼠标，即可确定椭圆的形状，如图 2-24（左图）所示。

Step 03 在绘制椭圆时，按住 Shift 键，则可绘制出一个正圆，如图 2-24（右图）所示。

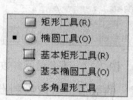

图 2-23　选择椭圆工具

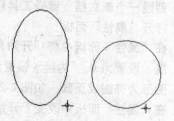

图 2-24　绘制一个椭圆和一个正圆

2. 属性

选择椭圆工具后，选择"窗口"|"属性"命令，打开其"属性"面板，如图 2-25 所示。在"属性"面板中可以设置包括笔触颜色、填充颜色、笔触高度、起始/结束角度等基本参数。

- 填充和笔触："填充"指的是绘制图形的内部颜色；"笔触"指的是绘制图形的边框颜色。单击"笔触"颜色框（或"填充"颜色框），将弹出调色板，此时鼠标指针变成滴管状，用滴管直接拾取颜色即可，如图 2-26 所示，也可以在文本框中输入颜色的十六进制 RGB。另外，还可以设置笔触的线型及线条端点和接合处的形式等。

> **提示**　在绘制图形的过程中，往往只需要绘制一个边框，而不需要其中的填充色，或者只需要绘制一个带有填充色的图形，而不需要边框，此时就可以单击调色板上的"关闭"按钮☑关闭调色板。

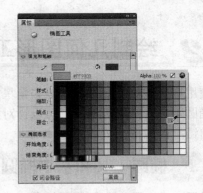

图 2-25　"属性"面板　　　　　　　　图 2-26　打开调色板

- 椭圆选项：改变椭圆选项中的属性，还可以绘制出扇形图形。

  - 开始角度：设置扇形的起始角度。
  - 结束角度：设置扇形的结束角度。
  - 内径：设置扇形内角的半径，其参数的数值范围为 0～99。
  - 闭合路径：确定椭圆的路径是否闭合，如果绘制的图形为开放路径，则绘制的图形不会填充颜色，仅绘制笔触。默认情况为闭合路径。
  - 重置：恢复角度、半径的初始值。

下面通过设置不同的角度值观察图形的变化，操作步骤如下。

Step 01 创建一个新文档，选择工具箱中的椭圆工具，打开"属性"面板。

Step 02 在"属性"面板中将"开始角度"与"结束角度"设置为 0，"内径"设置为 0，则绘制出的图形为椭圆或正圆，如图 2-27 所示。

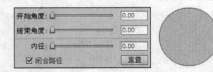

图 2-27　改变角度参数绘制图形

Step 03 在"属性"面板中改变"开始角度"与"结束角度"的数值，可以绘制出扇形、半圆及其他不规则的图形，如图 2-28 所示。

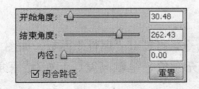

图 2-28　改变角度参数绘制不同形状的图形

Step 04 在"属性"面板中，改变"内径"的数值，则绘制出的图形如图 2-29 所示。同时改变"开始角度"、"结束角度"和"内径"的数值，可以得到如图 2-30 所示的不同图形。

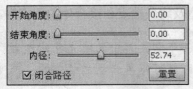

图 2-29　改变内径参数绘制的图形　　　　　图 2-30　改变角度及内径参数绘制的图形

3. 基本椭圆工具

利用基本椭圆工具绘制图形后，可以对椭圆的起始角度、结束角度和内径进行再次设置，因此，基本椭圆工具能够更方便地绘制扇形图形。

> **提示** 椭圆工具只是将形状绘制为独立的对象，绘制结束后只能对填充、线条、端点和结合参数进行调整，而不能像基本椭圆工具那样修改角度和内径。

在矩形工具的列表中选择基本椭圆工具，选择"窗口"|"属性"命令，打开"属性"面板，如图2-31所示。在"属性"面板中修改"开始角度"、"结束角度"、"内径"的数值，即可改变椭圆的形状。绘制一个基本椭圆图形的操作步骤如下。

Step 01 新建文档后，选择基本椭圆工具，在"属性"面板中将"开始角度"、"结束角度"和"内径"的数值都设置为0，绘制的图形如图2-32所示（图形中有两个调节节点）。

图2-31 "属性"面板

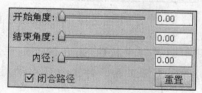

图2-32 绘制椭圆

Step 02 选中舞台中的图形，在"属性"面板中，设置椭圆的"开始角度"、"结束角度"和"内径"，舞台中的基本椭圆将变形为如图2-33所示的形状，图形边缘出现了4个调节节点。

Step 03 移动鼠标指针靠近图形中的调节节点（任意一个调节节点），当鼠标指针变为黑色三角形时，如图2-34（左图）所示，按住鼠标左键拖动调节节点，可以将图形调节为其他形状，如图2-34（右图）所示。

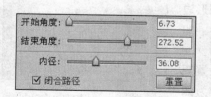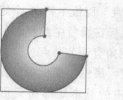

图2-33 设置参数绘制图形

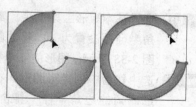

图2-34 调整图形形状

2.2.2 矩形工具和基本矩形工具

矩形工具绘制的图形是矩形或正方形，该工具和椭圆工具类似，使用时都可以设置填充颜色和笔触颜色。

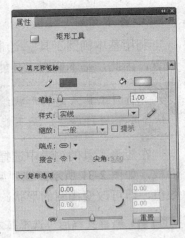

1. 属性

选择工具箱中的矩形工具后，选择"窗口"|"属性"命令，即可打开"属性"面板，如图 2-35 所示。矩形工具的常用属性与椭圆工具相同，在此不再赘述。除了常用的属性外，在"属性"面板中还有"矩形选项"参数。其中，某些选项的含义如下。

- 矩形边角半径：可以分别设置圆角矩形 4 个边缘的角度值，范围为 0～999（磅），默认值为 0。
- 重置：恢复圆角矩形角度的初始值。

在矩形工具的"属性"面板中，通过更改"矩形边角半径"的数值，可对矩形的边角半径进行设置。设置边角半径及绘制的图形如图 2-36 所示。

图 2-35　"属性"面板

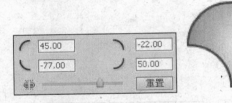

图 2-36　改变参数后的图形

> **提示**　如果在绘制矩形的过程中按住 Shift 键，则可以在工作区中绘制一个正方形，按住 Ctrl 键可以暂时切换到选择工具，对工作区中的对象进行选取。

2. 基本矩形工具

利用基本矩形工具 □ 绘制图形后，可以对矩形的边角半径进行再次设置。相对于矩形工具，基本矩形工具绘制的是更加方便控制边角半径的矩形对象。选中基本矩形工具后，选择"窗口"|"属性"命令，打开该工具的"属性"面板，如图 2-37 所示。利用基本矩形工具绘制图形的操作步骤如下。

Step 01 选择基本矩形工具，在"属性"面板中将 4 个矩形边角半径都设置为 0，移动鼠标在舞台中绘制图形，如图 2-38 所示，图形的 4 个拐角有调节节点。

Step 02 选中舞台中的矩形图形，在"属性"面板中，设置矩形四角的边角半径，舞台中的基本矩形将变形为如图 2-39 所示的形状，图形边缘出现了 8 个调节节点。

Step 03 移动鼠标指针靠近图形中的调节节点（任意一个调节节点），当鼠标指针变为黑色三角形时，如图 2-40（左图）所示，按住鼠标左键拖动调节节点，可以将基本矩形变形，如图 2-40（右图）所示。

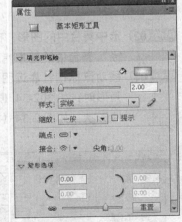

图 2-37　"属性"面板

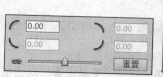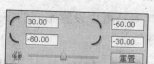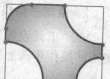

图 2-38　绘制图形　　　　　　　图 2-39　改变参数后的图形

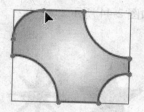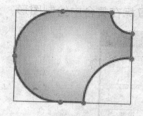

图 2-40　调节节点使图形变形

> **提示**　边角半径值越大，矩形的圆角半径就越长；反之，矩形的圆角半径就越短。如果边角半径的值为 0，则绘制的是直角矩形。

2.2.3　多角星形工具

利用多角星形工具可以绘制多边形和多角形图形。在矩形工具列表中选择多角星形工具，选择"窗口"|"属性"命令，打开"属性"面板，如图 2-41 所示。多角星形工具的常用属性与椭圆工具相同，在此不再赘述，所不同的是，该工具有一个"选项"按钮。

1. 绘制多边形

在默认的状态下，用多角星形工具绘制出来的是一个正五边形，如果绘制一个八边形图形，操作步骤如下。

Step 01 选择多角星形工具，单击"属性"面板中的"选项"按钮，将弹出"工具设置"对话框。

Step 02 在该对话框中选择"样式"为"多边形"，在"边数"文本框中输入将要绘制的多边形的边数，这里输入 8，如图 2-42（左图）所示。

Step 03 单击"确定"按钮，返回工作窗口，拖动鼠标在舞台上绘制八边形图形，如图 2-42（右图）所示。

图 2-41　"属性"面板

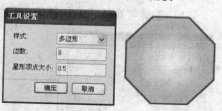

图 2-42　绘制八边形图形

> **提示**　多边形的"边数"取值范围为 3～32，在绘制多边形时，无须修改"星形顶点大小"选项，它对边数无影响。

2. 绘制多角星形

在"工具设置"对话框中设置不同的参数，可以绘制不同边数、不同顶点大小的星形图形，操作步骤如下。

Step 01 选择多角星形工具，打开"属性"面板，单击"选项"按钮，打开"工具设置"对话框。

Step 02 在该对话框中选择"星形"样式，设置不同的边数和不同的星形顶点大小，如图 2-43 所示，拖动鼠标在舞台中绘制图形，如图 2-44 所示。

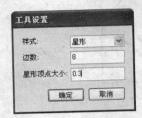

图 2-43　设置参数 　　　　　　　　　图 2-44　绘制不同参数的星形图形

 星形的"星形顶点大小"取值范围为 0～1，数值越接近于 0，创建的顶点越深。

2.2.4　绘制面包车

运用所学过的工具绘制一辆面包车，具体操作步骤如下。

Step 01 创建一个新文档，默认属性选项。选择"文件"|"保存"命令，将新文档保存到"素材与源文件\第 2 章\素材"文件夹下，并将文件命名为"绘制面包车.fla"。

Step 02 选择矩形工具，在"属性"面板中，设置笔触颜色为黑色、笔触大小为 4pts，如图 2-45（左图）所示，拖动鼠标在舞台上绘制一个无填充色的矩形框（用作车厢），如图 2-45（右图）所示。

Step 03 选择线条工具，在"属性"面板中，设置笔触颜色为黑色、笔触大小为 4pts，拖动鼠标在车头处绘制一条倾斜的直线段，然后选择橡皮擦工具（橡皮擦工具将在后续章节中讲解）将车头多余的线段擦除，如图 2-46（左图）所示。

Step 04 选择椭圆工具，在"属性"面板中，设置笔触颜色为黑色笔触高度为 4pts，按住 Shift键，拖动鼠标在车厢的底部绘制两个无填充色的正圆（用作车轮），然后选择橡皮擦工具将车轮多余的线段擦除，如图 2-46（右图）所示。

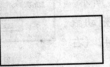

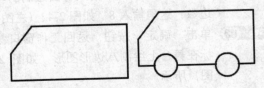

图 2-45　绘制一个矩形框 　　　　　　　图 2-46　绘制图形

Step 05 选择椭圆工具，打开"属性"面板，设置填充颜色为黑色，拖动鼠标在车轮中间绘制一个无边框的正圆，如图 2-47（左图）所示。

Step 06 选择线条工具，在"属性"面板中设置属性，拖动鼠标绘制窗口，如图 2-47（中图）所示。

Step 07 选择铅笔工具，设置属性，为汽车添加方向盘等，如图 2-47（右图）所示。

图 2-47　绘制线条

Step 08 制作结束后，保存文件，按 Ctrl+Enter 组合键，输出并浏览动画。

2.3 绘制不规则图形工具

Flash 对复杂图形的处理速度很慢，如果图形太复杂，应尽量将图形分成多个部分绘制，然后再将它们组合为最终的图像。

2.3.1 钢笔工具

Flash CS5 中的路径工具有两个：一个是钢笔工具，它是用于绘制路径的；另一个是部分选取工具，它是用来调整路径的。钢笔工具可以绘制直线或曲线段，并且可以调整直线段的角度和长度，以及曲线段的斜率，它是比较灵活的形状创建工具。使用钢笔工具在舞台中简单地移动鼠标指针并连续单击就可以绘制出一系列直线，每一次单击的位置便是一条直线的起点或终点。

1. 绘制直线和折线

使用钢笔工具绘制一条直线和折线的操作步骤如下。

Step 01 创建一个新文档，选择钢笔工具，移动鼠标指针到舞台，此时鼠标指针变为一支钢笔形状。

Step 02 在舞台中确定直线的起始位置，拖动鼠标单击，即可产生第一个锚点，然后选择第 2 个点单击鼠标，产生第 2 个锚点，从而形成了一条直线，如图 2-48 所示。

图 2-48　绘制直线段

Step 03 移动鼠标继续单击，即可产生一条折线，继续单击，可以产生多条折线，如图 2-49（左图）所示，单击选择工具后，结束绘制，如图 2-49（右图）所示。

Step 04 移动鼠标在舞台中连续单击，最后将光标移到起始点单击，此时图形将变成闭合状态，如图 2-50 所示。

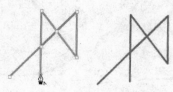

图 2-49　绘制折线并结束绘制

图 2-50　绘制闭合区域

> **提示** 用钢笔工具绘制图形，如果要结束绘制，一定要单击选择工具，否则会一直处于钢笔工具的绘制状态。

2. 绘制曲线

使用钢笔工具绘制曲线的步骤如下。

Step 01 创建新文档，选择钢笔工具，拖动鼠标在舞台中单击，即可确定曲线的第 1 个锚点。

Step 02 移动光标到第 2 个锚点，单击鼠标并拖动切线手柄到合适的位置，松开鼠标后，将绘制出一段曲线，如图 2-51（左图）所示。

Step 03 移动光标到第 3 个锚点，单击鼠标并拖动切线手柄到合适的位置，松开鼠标后，将绘制出一段曲线，如图 2-51（中图）所示。

Step 04 单击选择工具后，即可创建出一条光滑的曲线，如图 2-51（右图）所示。

图 2-51　绘制曲线

> **提示** 利用钢笔工具绘制曲线时，要控制好曲线的弧度和方向，如果在拖动鼠标的同时按下 Shift 键，将限制切线手柄只出现在 45° 整数倍角度的方向上。

3. 锚点工具

在钢笔工具按钮的位置按住一小段时间，弹出下拉列表，如图 2-52 所示。其中，添加锚点工具、删除锚点工具和转换锚点工具分别用于增加、删除与调整路径的锚点。

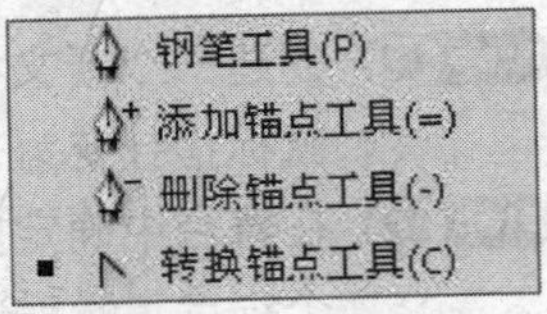

```
♦  钢笔工具(P)
♦⁺ 添加锚点工具(=)
♦⁻ 删除锚点工具(-)
■ ⌐ 转换锚点工具(C)
```

图 2-52　锚点工具列表

（1）添加锚点工具

添加锚点工具用于在路径上添加锚点，操作方法很简单，只需选择该工具，此时光标的右下角为+号显示，然后将光标放置在路径处单击鼠标左键，即可在路径上添加一个锚点，如图 2-53（左图）所示。

（2）删除锚点工具

删除锚点工具用于删除路径上的锚点，操作也很简单，只需选择该工具，此时光标的右下角为-号显示，然后将光标放置在需要删除的锚点上单击鼠标左键，即可将路径上的该锚点删除，如图 2-53（右图）所示。

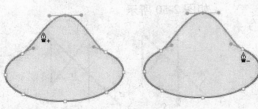

图 2-53　添加和删除锚点

（3）转换锚点工具

转换锚点工具 用于在折点和曲点之间进行转换。当路径上的锚点为曲点时，只需选中该工具，在要转换的锚点上单击，就可以将曲点转换为折点，如图 2-54（左图）所示；当路径上的锚点为折点时，使用该工具在锚点上单击并拖曳鼠标，可以拖出方向线，通过拖动方向线上的手柄，即可改变锚点两端曲线的形状，松开鼠标后，路径的折点转换为曲点，如图 2-54（右图）所示。

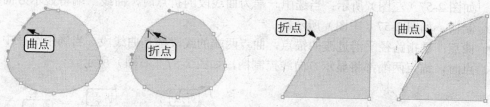

图 2-54　曲点、折点转换

2.3.2　部分选取工具

部分选取工具 又称"白箭头"工具，该工具常用来修改和调节路径，它经常与钢笔工具一同使用。部分选取工具可以选取并移动对象，除此之外，它还可以对图形进行变形等处理。

> **提示**　部分选取工具没有相应的"属性"面板，而且在工具箱的"选项"面板中没有任何选项设置。该工具主要用于调节对象的详细形状，没有颜色和缩放之类的属性设置。

1. 路径和锚点

- 路径：直线、曲线、折线、手绘线都可以称为路径，图形则是由路径构成的轮廓再加上内部的色彩填充而成的。
- 锚点（又称为节点）：构成路径的基本单位。锚点控制着路径的方向、曲直和长短，如图 2-55 所示。

图 2-55　图形的路径和节点

> **提示**　路径是构成图形的元素，而节点则是路径的组成部分。

2. 切线控制柄

通过选择、移动、编辑线条和图形轮廓上的锚点，以达到修改线条和图形对象的目的，具体操作步骤如下。

Step 01　当某一对象被部分选取工具选中后，对象的轮廓线上将出现许多空心方形的控制点，表示该对象已被选中，如图 2-56（左图）所示。

Step 02 单击其中的一个锚点，该点变为实心点，表明该锚点已经被选中，可以拖动该锚点来
改变图形对象，如图 2-56（右图）所示。

路径中的锚点有两种，它们分别是折点和曲点。

- 折点：是指突然改变路径方向的锚点，折点两端的线段可以是直线段，也可以是曲
线段。当选中一个两端线段都是直线段的折点时，锚点上不会出现方向线控制柄，
如图 2-57（左图）所示；当选中一端为曲线段的折点时，曲线一端将显示方向线控
制柄，如图 2-57（中图）所示。

- 曲点：是指路径平滑过渡的锚点，曲点两端的线段都是曲线段。当选中路径中的曲
点时，锚点两端都将显示方向线控制柄，如图 2-57（右图）所示。

图 2-56　选择对象并调整图形

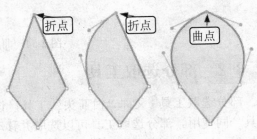

图 2-57　折点和曲点

Step 03 用鼠标拖动选中的节点，将它拖到需要的位置，
然后用方向线控制柄调整路径的弯曲程度和弯
曲方向，从而调整对象的形状，如图 2-58 所示。

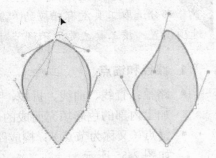

提示 锚点上的控制柄方向线始终与锚点处的曲线
相切，其中，每条方向线的角度决定曲线的斜率，
而每条方向线的长度决定曲线的高度或深度，因
此，方向线控制柄又被称为切线控制柄。

图 2-58　移动手柄修改图形

2.3.3　刷子工具

刷子工具 ✐（又称为画笔工具）用于绘制毛笔效果
的图形，应用于绘制对象或内部填充，它的使用方法与
铅笔工具类似，但是，铅笔工具绘制的图形是笔触线段，
而刷子工具绘制的图形是填充颜色。

1．属性

在工具箱中选择刷子工具后，选择"窗口"|"属性"
命令，打开"属性"面板，如图 2-59 所示。刷子工具的
属性参数只有两项，一项是"填充和笔触"（该参数的
设置与线条工具相同，此处不再赘述），另一项是
"平滑"。

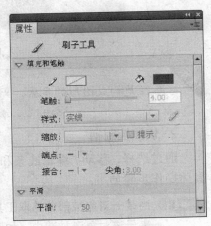

图 2-59　"属性"面板

平滑用于设置图形边缘的光滑度。数值设置得越大，绘制出的图形的边缘就越光滑。

使用刷子工具绘制图形的方法是，将鼠标指针移动到舞台中，此时鼠标指针将变成黑色的圆形或方形，在舞台中按住鼠标左键拖动，即可绘制图形。

 提示　利用刷子工具绘制图形时，按住 Shift 键拖动，可以绘制出垂直或水平方向的图形；如果按住 Ctrl 键，则可以暂时切换到选择工具，对工作区中的对象进行选取。

2. 辅助选项

选择刷子工具后，将在工具箱的下方出现刷子工具的辅助选项，如图 2-60 所示。刷子工具的辅助选项中包括"对象绘制"模式（前面章节讲解过，此处不再赘述）、"刷子大小"、"刷子形状"、"刷子模式"和"锁定填充"5 个选项。

（1）刷子工具的大小和形状

如果要修改刷子工具的笔触大小和笔触形状，则可选用"刷子大小"和"刷子形状"列表中的样式，如图 2-61 所示。

（2）刷子模式

Flash CS5 提供了 5 种不同的刷子模式。不同刷子模式的设置对舞台中其他对象的影响方式不同，单击"刷子模式"按钮，弹出下拉列表，如图 2-62 所示。

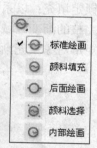

图 2-60　辅助选项　　　　图 2-61　刷子大小和刷子形状　　　图 2-62　"刷子模式"列表

- 标准绘画 （默认）：选择该选项，新绘制的线条将覆盖在同一图层中的原有图形上，如图 2-63 所示。
- 颜料填充 ：选择该选项，只能在空白区和原有的颜色填充区中涂色，原有线条将被保留。也就是说，刷子所绘图形将被原有线条截断，如图 2-64 所示。
- 后面绘画 ：选择该选项，只能在同一层的空白区域涂色，原有的颜色填充区及线条将被保留，如图 2-65 所示。

图 2-63　"标准绘画"模式　　　图 2-64　"颜料填充"模式　　　图 2-65　"后面绘画"模式

- 颜料选择 ：选择该选项，只能在选择的区域里涂色，如图 2-66 所示。

- 内部绘画 ◎：选择该选项，只能在起始笔触所在的填充区中涂色，但不影响线条，如图 2-67 所示。如果在空白区域中开始涂色，该填充不会影响任何现有填充区域。

图 2-66　"颜料选择"模式　　　　　　　图 2-67　"内部绘画"模式

> **提示**　在"内部绘画"模式下绘制图形时，一定要从图形填充区域内部向外涂画，否则，绘制的图形将会出现在原图形的外部。

（3）"锁定填充"模式

"锁定填充"选项用来切换在使用渐变色进行填充时的参照点，单击"锁定填充"按钮🔒，即可进入"锁定填充"模式。

- 非锁定填充：对现有的图形进行填充，即在刷子经过的地方，都将包含着一个完整的渐变过程，比如，为一个矩形对象填充渐变色的效果如图 2-68（左图）所示。
- 锁定填充：以系统确定的参照点为准进行填充，完成渐变色的过渡是以整个动画为完整的渐变区域，刷子经过什么区域，就对应出现什么样的渐变色，比如，为一个矩形对象填充渐变色的效果如图 2-68（右图）所示。

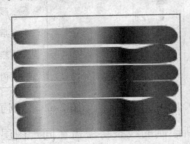 

图 2-68　选择两种模式后的填充结果

2.3.4　喷涂刷工具

喷涂刷工具 🖌 的作用类似于粒子喷射器，使用该工具可以一次将形状图案刷到舞台中。在默认的情况下，喷涂刷工具使用当前选定的填充颜色喷射粒子点，但也可以使用该工具将影片剪辑或图形元件作为图案应用。

1．使用喷涂刷工具

使用喷涂刷工具的操作过程如下。

Step 01　按住刷子工具，在弹出的下拉列表中选择喷涂刷工具。选择"窗口"|"属性"命令，打开"属性"面板，如图 2-69 所示。在该面板中选择要填充的颜色。

Step 02　拖动鼠标在要填充的图形上单击，即可为图形填充喷涂点，如图 2-70 所示。

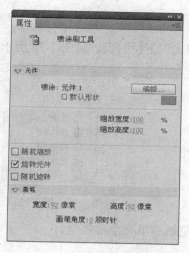

图 2-69 "属性"面板

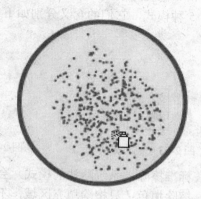

图 2-70 填充喷涂点

2. 属性

喷涂刷工具的"属性"面板如图 2-69 所示，其中一些选项的含义如下。

- 编辑：单击该按钮，在弹出的"选择元件"对话框中，从"库"面板中选择影片剪辑元件或图形元件，如图 2-71 所示，作为喷涂粒子对舞台中的图形进行喷涂。
- 颜色选取器：用于选择喷涂刷工具喷涂的填充颜色。如果选择"库"面板中的元件作为喷涂粒子，则"颜色选取器"将被禁用，如图 2-72 所示。

图 2-71 "选择元件"对话框

图 2-72 "颜色选取器"被禁用

- 缩放宽度：用于设置喷涂粒子的元件宽度。比如，输入值为 10%，则将使元件宽度缩小 10%。
- 随机缩放：用于设置填充的喷涂粒子按随机缩放比例进行喷涂。
- 宽度、高度：用于设置喷涂刷填充图案时的宽度和高度。
- 画笔角度：用于设置喷涂刷填充图案时的旋转角度。

2.3.5 橡皮擦工具

利用橡皮擦工具 可以对矢量图形进行修改和擦除操作，以去除矢量图形中多余的部分。

选择橡皮擦工具后，将在工具箱的下方出现橡皮擦工具的辅助选项，它们分别为橡皮擦模式、橡皮擦形状和水龙头工具，如图 2-73 所示。

1. 橡皮擦形状

选择橡皮擦形状，有利于细致地擦除图片中不需要的部分，其形状如图 2-74 所示。

2. 橡皮擦模式

单击"橡皮擦模式"按钮 ，将弹出"橡皮擦模式"下拉列表，如图 2-75 所示。橡皮擦共有 5 种模式，它们的含义分别如下。

图 2-73　辅助选项　　　　　图 2-74　橡皮擦形状　　　　　图 2-75　橡皮擦模式

- 标准擦除：系统默认的模式，会将图形中的笔触和填充全部擦除。
- 擦除填色：只擦除填充区域，不影响边框。
- 擦除线条：只擦除边框，不影响填充区域。
- 擦除所选填充：只擦除用选择工具选中的填充区域，不影响笔触（不管笔触是否被选中）和未被选中的填充区域。
- 内部擦除：只擦除橡皮擦笔触开始处的填充。如果从空白点开始擦除，则不会擦除任何内容，这种模式不影响边框。

选择其中任何一种橡皮擦模式，然后拖动鼠标，就可以擦除图形，但效果是不同的，不同橡皮擦模式所擦除的结果如图 2-76 所示。

标准擦除　　　　　擦除填色　　　　　擦除线条　　　　擦除所选填充　　　　内部擦除

图 2-76　不同模式的擦除结果

> **提示**　在"内部擦除"模式下擦除图形时，一定要从图形填充区域内部向外擦除，否则此操作将不起任何作用。

3. 水龙头工具

如果图形中的某些区域是连续的，要删除它们，也可以使用橡皮擦"选项"面板中的"水龙头工具"按钮 。

单击"水龙头工具"按钮后，将光标移到要删除的笔触段或填充区域上，然后单击鼠标即可将其删除。

2.3.6　擦除图片背景

在制作动画时，往往需要删除导入图片的背景，才能更好地制作动画，因此，删除背景就可以用橡皮擦工具进行。但是，在舞台上创建的文字或导入的位图图形是不可以直接使用橡皮擦工具擦除的，必须先选择"修改"|"分离"命令，将文字或图形分离成矢量图形后才能进行擦除。

下面通过一个简单的实例来说明，操作步骤如下。

Step **01** 运行 Flash CS5，创建一个新文档，默认其属性选项。选择"文件"|"保存"命令，将新文档保存到"素材与源文件\第 2 章\素材"文件夹下，并将文件命名为"擦除图片背景.fla"。

Step **02** 选择"文件"|"导入"|"导入到舞台"命令，任意导入一张图片，如图 2-77 所示。

Step **03** 使用选择工具选中图片，选择"修改"|"分离"命令，将位图分离成矢量图形，此时图片上布满了"麻点"，如图 2-78 所示。

Step **04** 选择橡皮擦工具，然后在其辅助选项中选择"标准擦除"模式，拖动鼠标在图片上将图片背景擦除，得到如图 2-79 所示的擦除效果。

图 2-77　导入图片　　　　图 2-78　分离成矢量图形　　　图 2-79　擦除背景效果

Step **05** 制作完毕，保存文件，按 Ctrl+Enter 组合键，输出并浏览动画。

 将位图进行"分离"的操作通常又被称为"打散"操作。

2.3.7　创建心形图形

使用部分选取工具创建一个心形图形，操作步骤如下。

Step **01** 创建一个新文档，默认其属性选项。选择"文件"|"保存"命令，将新文档保存到"素材与源文件\第 2 章\素材"文件夹下，并将文件命名为"创建心形图形.fla"。

Step **02** 选择椭圆工具，在"属性"面板中，设置填充颜色为红色，如图 2-80（左图）所示，拖动鼠标在舞台上绘制一个无边框的正圆，如图 2-80（中图）所示。

Step **03** 按照同样的方法再绘制一个相同的正圆，并将两个圆如图 2-80（右图）所示那样放置。

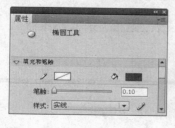 

图 2-80　绘制图形

Step **04** 选中两个圆，选择"修改"|"合并对象"|"联合"命令，将图形组合在一起，如图 2-81（左图）所示。

Step **05** 选择部分选取工具，单击组合后图形的边缘，此时图形边缘出现了许多控制点，如图 2-81（中图）所示。

Step 06 拖动控制点改变图形的形状，使其呈现一个心的形状，如图 2-81（右图）所示。

图 2-81　组合、调整为心形

Step 07 制作结束后，保存文件，按 Ctrl+Enter 组合键，输出并浏览动画。

2.4　辅助绘图工具

　　使用 Flash CS5 软件绘制图形时，除了前面介绍的各种绘图工具外，还经常使用到一些辅助绘图工具，比如手形工具与缩放工具等，这些工具在绘图过程中也是同等重要的。

2.4.1　手形工具

　　手形工具 通过平移舞台，在不改变舞台缩放比率的情况下，查看对象的不同部分。它的作用与舞台下方和右侧的滚动条相同。

　　选择手形工具后，将光标放置在舞台中，此时光标以图标 显示，在舞台中的任意位置处按住鼠标左键向任意方向拖曳，此时显示的内容将跟随鼠标的移动而改变。

 在使用其他工具绘制图形时，按住键盘中的空格键都可以切换为手形工具。

2.4.2　缩放工具

　　缩放工具 用于缩小和放大图形，以便于查看编辑操作。选择缩放工具后，在工具箱下方出现该工具的两个选项——放大 和缩小 。选择相应的选项，在舞台上单击鼠标，就可以放大或缩小图形。

　　 在使用缩放工具进行缩小或放大图形时，可以通过按住 Alt 键进行放大或缩小的快速切换。

2.5　上机实训

2.5.1　上机实训 1——绘制小鸡图形

 实训说明

　　本实例是使用所学过的工具绘制一个小鸡图形。

效果文件	素材与源文件\第 2 章\上机实训 1\绘制小鸡图形.fla
同步视频文件	同步教学文件\第 2 章\2.5.1　上机实训 1——绘制小鸡图形.avi

实训目标

通过对本实例的学习，熟练掌握绘图工具的使用，效果如图 2-82 所示。具体的操作步骤如下。

Step 01 运行 Flash CS5，创建一个新文档，默认其属性选项。选择"文件"|"保存"命令，将新文档保存到"素材与源文件\第 2 章\上机实训 1"文件夹下，并将文件命名为"绘制小鸡图形.fla"。

图 2-82　效果图

Step 02 选择椭圆工具，打开"属性"面板，设置椭圆工具的属性如图 2-83（左图）所示，拖动鼠标在舞台中绘制一个无填充色的大正圆（小鸡的头），如图 2-83（中图）所示，然后再在大圆内的下方绘制一个小椭圆（小鸡的眼睛），如图 2-83（右图）所示。

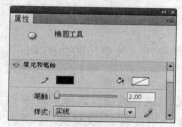

图 2-83　设置属性并绘制小鸡的脑袋

Step 03 选择线条工具，打开"属性"面板，在面板中设置工具的属性如图 2-84（左图）所示，拖动鼠标为小鸡添加嘴巴，如图 2-84（中图）所示。

Step 04 选择刷子工具，打开"属性"面板，在面板中设置填充颜色为黑色，拖动鼠标为小鸡绘制黑眼球，如图 2-84（右图）所示。

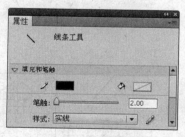

图 2-84　绘制小鸡的嘴巴和眼球

Step 05 选择椭圆工具，设置属性，拖动鼠标在舞台中绘制一个大椭圆作为小鸡的身体，并将大椭圆移动到小鸡脑袋的右侧，如图 2-85（左图）所示。

Step 06 选择橡皮擦工具，将两个椭圆交互处多余的线条擦除，如图 2-85（右图）所示。

Step 07 选择线条工具，设置属性，拖动鼠标为小鸡绘制翅膀、腿和脚，如图 2-86（左图）所示。

Step 08 选择喷涂刷工具，在"属性"面板中将颜色设置为棕黄色，拖动鼠标在舞台中喷涂，如图 2-86（右图）所示。

Step 09 制作结束后保存文件，按 Ctrl+Enter 组合键，输出并浏览动画。

图 2-85　绘制小鸡的身体

图 2-86　绘制图像并喷涂粒子

2.5.2　上机实训 2——绘制苹果图形

实训说明

本实例是使用钢笔工具绘制一个苹果图形。

效果文件	素材与源文件\第 2 章\上机实训 2\绘制苹果图形.fla
同步视频文件	同步教学文件\第 2 章\2.5.2 上机实训 2——绘制苹果图形.avi

实训目标

通过对本实例的学习，熟练掌握钢笔工具的使用，效果如图 2-87 所示。具体的操作步骤如下。

Step 01 运行 Flash CS5，创建一个新文档，默认其属性选项。选择"文件"|"保存"命令，将新文档保存到"素材与源文件\第 2 章\上机实训 2"文件夹下，并将文件命名为"绘制苹果图形.fla"。

Step 02 选择"视图"|"网格"|"显示网格"命令，打开网格。选择钢笔工具，拖动鼠标在舞台中心处单击鼠标左键，确定苹果图形路径的第 1 个锚点，如图 2-88（左图）所示。

Step 03 拖动鼠标继续确定苹果图形路径的第 2 个锚点，如图 2-88（中图）所示，然后再拖动鼠标确定苹果图形的各个锚点位置，绘制到最后一个锚点时，即可将苹果图形的各个锚点确定好，如图 2-88（右图）所示。

图 2-87　效果图

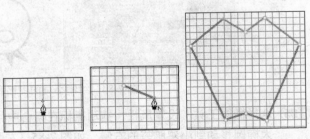

图 2-88　绘制锚点确定苹果图形

Step 04 关闭网格。选择转换锚点工具，使用该工具将图形的各个折点转换为曲点，如图 2-89（左、中图）所示，然后再利用部分选取工具对绘制的图形路径进行细致的调整，如图 2-89（右图）所示。

Step 05 选择钢笔工具，拖动鼠标在苹果的上方绘制小树枝图形路径的各个锚点，如图 2-90（左图）所示。

Step 06 选择转换锚点工具，将树枝中间的两个折点转换为曲点，然后再利用部分选取工具细致地调整图形的形状，如图 2-90（中图）所示。

Step 07 选择椭圆工具，拖动鼠标在树枝的右侧绘制一个小椭圆作为苹果的叶子，如图 2-90（右图）所示。

图 2-89　将折点转换为曲点并调整图形　　　　图 2-90　绘制并调整树枝和树叶

Step 08 绘制结束后，保存文件，按 Ctrl+Enter 组合键，输出并浏览动画。

2.6 小结

Flash CS5 具有强大的绘图工具，包括编辑图形的各种工具，利用这些工具可以绘图，选择某一工具后，其对应的选项会在工具箱的选项设置区中出现。在使用绘图工具前，应该先了解 Flash CS5 的绘图工具是如何工作的，以及绘制、着色、修改及造型等操作会影响到同层中的其他造型。

2.7 课后习题与上机操作

1. 选择题

（1）使用线条工具，按住_____键可以绘制直线。

  A. Shift   B. Ctrl   C. Alt   D. Ctrl+Alt

（2）使用铅笔工具的_____模式绘制线条，可以自动平滑曲线，减少抖动造成的误差，从而明显地减少线条中的"碎片"，达到一种平滑的线条效果。

  A. 直线化   B. 平滑   C. 墨水

2. 填空题

（1）当使用钢笔工具绘画时，_____可以在曲线段上创建点。通过这些点可以调整直线段和曲线段，可以将曲线转换为直线，反之亦然。

（2）如果在绘制矩形的过程中按住_____键，则可以在工作区中绘制一个正方形。按住_____键可以暂时切换到选择工具，对工作区中的对象进行选取。

3. 上机操作题

（1）参照实例中介绍的绘制小鸡图形的方法，绘制其他形态的小鸡图形。

（2）利用钢笔工具绘制一朵简单的花朵。

第3章

图形的编辑与着色

　　本章继续介绍图形编辑工具和着色工具的使用方法，主要讲解使用选择工具选择对象并调整图形，使用变形工具对图形进行变形的技巧，介绍对象着色工具的使用方法，并通过课堂实训和上机实训进一步地加深这些工具的使用。

　　使用任意变形工具编辑图形和使用颜料桶工具为图形填充颜色是本章的重点，希望读者在学习的过程中认真学习，为后面的学习打下基础。

本章知识点

◎　选择对象工具

◎　变形对象工具

◎　图形对象的其他操作

◎　对象着色工具

3.1 选择对象工具

一般来说，对舞台中的对象进行编辑必须事先选择对象，因此，选择对象是最基本的操作。选择对象有很多种方法，Flash 中提供了多种选择工具，主要有选择工具（又称其为黑箭头工具）、部分选取工具（第 2 章已讲述，此处不再赘述）和套索工具。

3.1.1 选择工具

选择工具 ▶ 主要用于在舞台上选择和移动对象，同时还具备将矢量图形变形的功能，是使用最为频繁的一个工具。选中对象的方法很简单，只需在工具箱中单击选择工具后，拖动鼠标在选择对象上单击（或双击）即可选中对象。

1. 选择对象

（1）非合并模式图形的选择：只需在选中选择工具后在所要选择的图形对象上单击鼠标左键即可选中图形对象，图形对象上呈现麻点，如图 3-1（左图）所示。

（2）合并模式图形的选择：在选中选择工具后，双击带有边框和填充色的图形对象即可选中对象，此时，边框与填充色均布满了麻点，如图 3-1（右图）所示。

图 3-1　选择图形对象

（3）选择多个对象：按住 Shift 键，然后在每个对象上单击即可将多个对象选中。

> **提示** 选择对象最简便的方法是，使用选择工具在需要选择的对象上拖曳，画出一个选取框，松开鼠标后，在选取框范围内的对象将全部被选中。

2. 选择不同的对象

在 Flash CS5 中，利用选择工具选择不同的对象其表现形式是不同的。

（1）选择填充物或线条时，其上布满了麻点，麻点覆盖的地方就是所选择的部分，如图 3-2（左图）所示。

（2）选择元件或组件时，会有细蓝色边框出现在元件或组件的周围，如图 3-2（中图）所示。

（3）选择导入的位图文件时，位图被一个灰色锯齿形边框包围，以体现被选中状态，如图 3-2（右图）所示。

图 3-2　用选择工具选中不同对象时的效果

3. 移动对象

移动对象的方法很多，下面介绍 3 种常见的方法。

（1）用选择工具移动对象。单击选择工具，将鼠标指针放在要移动的对象上，当鼠标指针右下角出现带有十字方向的箭头时，按下鼠标左键即可拖动对象，如图 3-3 所示。

（2）用键盘上的方向键移动对象。选中要移动的对象，按相应的方向键（上、下、左、右键），按一次方向键移动 1 个像素，如果在按住 Shift 键的同时按方向键，则一次可以移动 8 个像素。

图 3-3　利用选择工具移动对象

（3）通过"信息"面板或"属性"面板来移动对象。选择"窗口"|"信息"命令，在弹出的"信息"面板中输入 X、Y 坐标值（在"属性"面板中同样改变 X、Y 坐标值），如图 3-4 所示。

 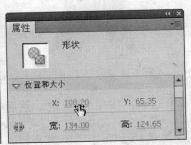

图 3-4　通过两面板移动对象

4. 复制对象

复制对象的具体操作方法如下。

（1）选中需要复制的对象，选择"编辑"|"复制"命令（或按 Ctrl+C 组合键），复制对象，然后再选择"编辑"|"粘贴"命令（或按 Ctrl+V 组合键），粘贴对象，从而完成复制对象的操作。

（2）选中要复制的对象，在对象上单击鼠标右键，在弹出的快捷菜单中选择"复制"命令，再在该菜单中选择"粘贴"命令，即可完成复制对象的操作。

（3）使用 Alt+鼠标拖曳的方法复制对象：按下键盘上的 Alt 键，然后用鼠标拖曳复制的对象到合适的位置，即可复制一个新的对象。

选择"编辑"|"复制"命令，然后再选择"编辑"|"粘贴到中心位置"、"粘贴到当前位置"命令，也可完成复制对象的操作。

5. 删除对象

删除对象的具体操作方法如下。

（1）选中要删除的对象，选择"编辑"|"剪切"命令，即可将对象删除。

（2）选中要删除的对象，按 Delete 键，即可将对象删除。

（3）选择"编辑"|"清除"命令，也可删除对象。

如果要删除一个由外部导入的对象或者元件实例，仅仅从作品中删除对象还不够，还要从"库"面板中将其删除。

6. 辅助选项

当使用选择工具时，将在工具箱的下方出现该工具的辅助选项，它们分别是"贴紧至对象"按钮 （该选项的功能和操作方法在第 2 章中已经阐述，在此不再赘述）、"平滑"按钮 和"伸直"按钮 。

（1）对齐对象

当按下"贴紧至对象"按钮时，可以在物体被拖动的情况下，使之自动吸附到舞台中已经存在的物体上，它可以准确地吸附到对象的边框、中心线、中心点和端点上（该选项的功能和操作方法在第 2 章中已经阐述，在此不再赘述）。

（2）平滑和伸直

"平滑"和"伸直"按钮的作用都是简化选定的曲线和形状。

- 平滑：使曲线和形状更加圆滑。
- 伸直：使曲线和形状更加平直。

图 3-5（左图）所示为使用铅笔工具绘制的一条曲线，图 3-5（中图）所示为应用"平滑"选项后的曲线，图 3-5（右图）所示为应用"伸直"选项后的曲线。

图 3-5 使用"平滑"和"伸直"选项后的不同效果

"平滑"和"伸直"选项的区别在于，使用"平滑"选项可使曲线更接近圆弧，而使用"伸直"选项可使曲线更接近折线或直线。

7. 选择工具的 3 种形态

使用选择工具，在不选中舞台中的对象时，当将鼠标指针放在线条或填充的形状上时（非拖动），鼠标指针会因为位置的不同而呈现不同的形态，所呈现的形态一共有 3 种，借助这 3 种不同的形态可以完成对象的移动和变形。

图 3-6 所示为选择工具放在一个矩形填充对象的不同位置上时，所呈现的不同形态，左图所示为"移动"状态，黑箭头下方有一个四方向移动箭头标记；中图所示为"曲线调整"形态，黑箭头下方有一个黑色圆弧标记；右图所示为"拐角拉伸"形态，黑箭头下方有一个直角线标记。

图 3-6　选择工具 3 种不同的鼠标指针形态

3.1.2　套索工具

套索工具 ⌀ 用于在舞台上成组选择图形中的不规则形状区域，在选定区域后，整个区域作为一个单元可以被移动、缩放、旋转、变形或删除。在利用套索工具删除图片背景时，经常和橡皮擦工具结合起来使用。

套索工具的辅助选项中包含两个工具选项和一个工具属性设置选项，如图 3-7 所示。使用套索工具的时候，除了可以选择自由选取模式 ⌀ 外，还可以选择辅助选项中的魔术棒模式 ➘ 或多边形模式 ▷。

图 3-7　辅助选项

1. 自由选取模式

自由选取模式是系统默认的模式，在这种模式下选取对象比较随意，只要在工作区中拖动鼠标，就会沿光标运动轨迹产生一条不规则的黑线，拖动的轨迹可以是封闭区域，也可以是不封闭区域。下面利用自由选取模式制作一个不规则边缘的锯齿图形，操作步骤如下。

Step 01 创建一个新文档，绘制一个蓝色无边框的矩形，如图 3-8（a）所示。

Step 02 选择套索工具，按住鼠标左键在蓝色矩形中拖动并形成一个闭合区域，如图 3-8（b）所示，然后松开鼠标，这时图形将有一部分被选中，如图 3-8（c）所示。

Step 03 单击选择工具，然后拖动该区域，就可移动该部分；如果要删除这部分，直接按下 Delete 键即可，如图 3-8（d）所示。

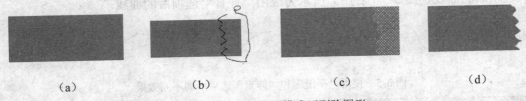

| （a） | （b） | （c） | （d） |

图 3-8　在自由选取模式下删除图形

2. 多边形模式

多边形模式用来建立多边形的选择区域，用户可以用直线勾勒出自由形状的多边形区域加以选择。

在多边形模式下，单击鼠标建立选择点，鼠标指针与起始点之间显现出一条直线，拖动鼠标到终点再次单击，绘制出一条边，连续如此操作，最后在终点双击，即可完成多边形的建立，如图 3-9 所示。

3. 魔术棒模式

在 Flash CS5 中，魔术棒模式用于在位图中选择分离颜色相近的范围。进入该模式后，将鼠标指针移动到某种颜色处，当鼠标指针变成魔术棒形状※时，单击鼠标左键，即可将该颜色及该颜色相近的颜色图形块选中。

4. 属性设置

在使用魔术棒模式时，需要对魔术棒的属性进行设置。单击"魔术棒设置"按钮※，将弹出"魔术棒设置"对话框，如图 3-10 所示。

图 3-9　多边形模式

图 3-10　"魔术棒设置"对话框

该对话框中的参数含义如下。

- 阈值：该值越大，选取对象时的容差范围就越大，其范围在 0～200 之间。
- 平滑：用于定义选区边缘的平滑程度。在"平滑"下拉列表框中有 4 个选项，分别是像素、粗略、一般和平滑，这 4 个选项是对阈值的进一步补充。

3.1.3　制作变形的图形

使用选择工具对直线条和矩形进行变形，具体的操作步骤如下。

Step 01 运行 Flash CS5，创建一个新文档，默认其属性。

Step 02 选择"文件"|"保存"命令，将新文档保存到"素材与源文件\第 3 章\素材"文件夹下，并将文件命名为"制作变形的图形.fla"。

Step 03 选择线条工具，拖动鼠标在舞台中绘制一条直线，如图 3-11（左图）所示。单击选择工具，在舞台的空白地方单击一下，将光标移到直线上，这时光标尾部出现一个弧线标记，此时按住鼠标左键不放，拖动鼠标到合适的位置，如图 3-11（中图）所示，松开鼠标左键，直线将变成一条光滑的曲线，如图 3-11（右图）所示。

图 3-11　变形直线条

> **提示**
> 当要选择一个新的工具之前，可以在舞台空白的地方单击鼠标，然后再选取所需的工具。这样做是先取消原来所选的工具，再选新工具，这样可以选取得更直接和准确一些。

Step 04 选择矩形工具，拖动鼠标在舞台中绘制一个矩形，如图 3-12 所示。

Step 05 单击选择工具，将光标移到矩形的一个直角上，当光标尾部出现一个拐角拉伸标记时，按住鼠标左键不放，往矩形的中间点拖动，如图 3-13 所示，将其拖到直角线的中间位置后松开鼠标，这时矩形就变成了三角形，如图 3-14 所示。

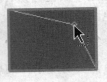

图 3-12　绘制矩形　　　　　　图 3-13　拖动矩形直角　　　　　图 3-14　矩形变成三角形

Step 06 如果只是拖动到边框中间的某个位置上，矩形就变成一个梯形，如图 3-15 所示；如果再拖动左上角的顶点到边框的中间位置上，可形成一个等腰三角形，如图 3-16 所示。

图 3-15　矩形变成梯形　　　　　　　　　图 3-16　矩形变成等腰三角形

Step 07 绘制结束，保存文件。

3.2　变形对象工具

在 Flash CS5 中变形对象有多种方法，可以使用任意变形工具完成，也可以通过"变形"面板完成，这两种变形方法有着各自不同的特点。

3.2.1　任意变形工具

使用任意变形工具 可以对图形对象进行旋转、封套、扭曲、缩放等操作，选择任意变形工具后，将在工具箱的下方出现该工具的 5 个辅助选项，它们分别是贴紧至对象、旋转与倾斜、缩放、扭曲和封套，如图 3-17 所示。

图 3-17　辅助选项

1. 旋转和倾斜对象

使用任意变形工具旋转和倾斜对象的具体操作步骤如下。

Step 01 选择任意变形工具后，再选择"旋转与倾斜"辅助选项，单击要变形的对象，对象的周围出现 8 个方形控制点，中心出现一个圆形中心点，如图 3-18 所示。4 个角上的控制点是用来控制对象的旋转的，而边框中间的 4 个控制点是用来控制对象倾斜的。

Step 02 移动鼠标指针到图片拐角上的控制点上，当鼠标指针呈状态时，拖动鼠标旋转图片，如图 3-19（左图）所示。

图 3-18　选中对象

Step 03 移动鼠标指针到边框中间的控制点上，当鼠标指针变成 ⇌ 状态时，拖动鼠标，如图 3-19（右图）所示，拖动鼠标到达新位置，释放鼠标，图片即被倾斜了一个角度。

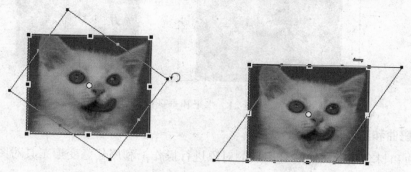

图 3-19　旋转和倾斜对象

> **提示**　旋转是将一个对象以其中心点为基点转动一定的角度；倾斜是根据拖动鼠标使方框产生的变化来判断倾斜的程度。

2. 缩放对象

使用任意变形工具缩放图形的操作步骤如下。

Step 01 选择任意变形工具，再选择"缩放"辅助选项，单击要变形的对象，此时，选中对象的四周出现 8 个控制点，上下水平线中间的控制点可以控制垂直缩放，左右垂直线中间的控制点可以控制水平缩放，4 个拐角的控制点可以控制比例缩放，如图 3-20（左图）所示。

Step 02 选择对象拐角上的比例缩放控制点，拖动鼠标，根据出现的黑色方框判断缩放的程度，如图 3-20（右图）所示。

图 3-20　缩放工具的控制点及比例缩放

> **提示**　对于一个绘制的图形，如果要通过拖动 4 个拐角的控制点实现等比缩放，一定要按住 Alt 键。

Step 03 选择水平和垂直缩放控制点，可进行水平和垂直方向上的拉伸或压缩操作，如图 3-21 所示。

> **提示**　拖动边框中间的缩放点压缩图片，在一定的位置上放开鼠标，即可翻转图片。

图 3-21   水平和垂直拉伸对象

3. 扭曲和封套变形对象

扭曲和封套变形只能对分离后的对象进行操作，利用任意变形工具对图形对象扭曲和封套变形的具体操作步骤如下。

Step 01 创建文档后，任意导入一张图片，选择"修改"|"分离"命令，将图片转换为矢量图形（图片呈现麻点状），如图 3-22 所示。

Step 02 选择"扭曲"辅助选项，对象四周出现 8 个控制点，这 8 个控制点都可以用来扭曲变形对象。

Step 03 将鼠标指针移动到控制点上，当鼠标指针变为 ▷ 状态时，拖动控制点，根据出现的黑色虚线框判断扭曲操作的程度，如图 3-23（左图）所示，放开鼠标后，效果如图 3-23（右图）所示。

图 3-22   分离图片

图 3-23   扭曲对象

Step 04 选中舞台中的图片对象，选择"封套"辅助选项，在图片对象的周围出现众多的控制点，如图 3-24（左图）所示。

Step 05 拖动任一控制点对图片对象进行变形，如图 3-24（中图）所示。继续对其他控制点执行变形操作，直至达到所期望的形状，如图 3-24（右图）所示。

> **提示**   扭曲工具与倾斜工具的区别是，倾斜工具只能在水平或垂直方向上使对象变形，而扭曲工具可以在任意方向上使对象变形。另外，除了使用任意变形工具对图形进行变形外，还可以使用菜单命令对图形进行变形。选中舞台中的图形后，选择"修改"|"变形"命令，在子菜单中选择所需变形的命令即可。

图 3-24　使用封套工具变形对象

3.2.2　对象的 3D 定位

在 Flash 的旧版本中，舞台坐标体系是平面上的，它只有 X 和 Y 方向的坐标轴，从 Flash CS4 开始引入了三维定位系统，增加了 Z 坐标轴，因此，在 3D 定位中要确定对象的位置就需要 3 个坐标 X、Y、Z。用 3D 旋转工具 或 3D 平移工具 ，绕 Z 轴旋转或平移影片剪辑元件，将会产生 3D 效果。三维定位的具体操作步骤如下。

Step 01 运行 Flash CS5，创建一个新文档。

Step 02 任意导入一张图片，选择"修改"|"转换为元件"命令，在弹出的对话框中将图片转换为影片剪辑元件，如图 3-25 所示。

图 3-25　将图形转换为影片剪辑元件

Step 03 选择"窗口"|"属性"命令，打开"属性"面板，在该面板中通过修改"透视角度"和"消失点"的数值来设置 3D 的位置，如图 3-26 所示。

- 透视角度：透视角度就像是照相机的镜头，通过调整透视角度的数值，可将镜头推远或拉近。透视角度的取值范围为 1～180。
- 消失点：消失点确定了视觉的方向，同时确定了 Z 轴的走向，Z 轴始终是指向消失点的。系统默认的消失点在舞台的中心，即（275，200）处。

图 3-26　"属性"面板

Step 04 选中影片剪辑元件，单击"3D 旋转工具"按钮，影片剪辑元件会出现 4 种颜色的线条，如图 3-27 所示，拖动这些线条即可出现不同的旋转效果，如图 3-28 所示。

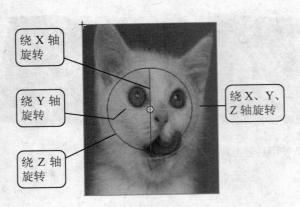

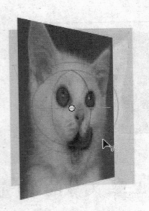

图 3-27　3D 旋转轴　　　　　　　　　　　　图 3-28　3D 旋转效果

3.2.3　使用"变形"面板变形对象

使用任意变形工具可以对对象进行任意变形操作，但是不能精确地控制对象缩放的比例大小、旋转角度以及倾斜角度等。在 Flash CS5 中提供了一个"变形"面板，使用该面板可以对对象进行精确的变形操作，具体的操作步骤如下。

Step 01 运行 Flash CS5，创建一个新文档，任意导入一张图片，如图 3-29 所示，选择"窗口"|"变形"命令，打开"变形"面板，如图 3-30（左图）所示。

图 3-29　导入图片

- 缩放宽度、高度：用于设置选择对象的宽度和高度的百分比。
- 约束：该选项用来锁定宽度和高度的百分比，调整任一参数，另一参数也随之调整。
- 重置：当对象进行缩放操作后，"重置"按钮被激活，单击此按钮，对象恢复到缩放前的状态。
- 旋转：用于设置选择对象的旋转角度。
- 倾斜：用于设置选择对象的水平倾斜与垂直倾斜的角度值。
- 重制选区和变形：单击此按钮，使对象进行复制的同时再应用变形。

Step 02 选中舞台中的图片对象，在"变形"面板中设置相关参数，即可变形对象，如图 3-30（右图）所示。

图 3-30　图像变形效果

3.2.4 制作变形的蝴蝶翅膀

运用任意变形工具为蝴蝶翅膀变形，具体操作步骤如下。

Step 01 运行 Flash CS5，创建一个新文档，选择"修改"|"文档"命令，在弹出的"文档设置"对话框中，将"背景颜色"修改为蓝色，默认其他属性选项，如图 3-31 所示。

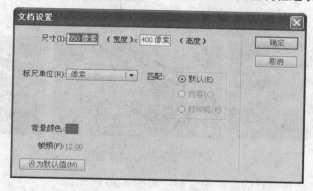

图 3-31　设置文档属性

Step 02 选择"文件"|"保存"命令，将新文档保存到"素材与源文件\第 3 章\素材"文件夹下，并将文件命名为"制作变形的蝴蝶翅膀.fla"。

Step 03 选择"文件"|"导入"|"导入到舞台"命令，从"素材与源文件\第 3 章\素材"文件夹下导入名为"灰蝴蝶.jpg"的图片，如图 3-32 所示。

Step 04 选中舞台上的图片，打开"属性"面板，在面板中修改图片的尺寸与舞台相同，打开"对齐"面板，选择面板中的"水平中齐"与"垂直居中分布"按钮，如图 3-33 所示。

图 3-32　导入图片

图 3-33　选择对齐选项

> **提示**
> 由外部导入图片时，在"对齐"面板中选择"水平中齐"与"垂直居中分布"两个选项按钮，通常称为"相对于舞台对齐"。反正，当要求图片"相对于舞台对齐"时，只要在选中图片的同时，按下"水平中齐"与"垂直居中分布"两个选项按钮即可。

Step 05 选择"修改"|"分离"命令，将图片打散（图片呈麻点状），如图 3-34（左图）所示。选择套索工具和橡皮擦工具，将图片背景删除，如图 3-34（右图）所示。

Step 06 利用选择工具选中蝴蝶右侧的翅膀，如图 3-35（左图）所示，选择任意变形工具，蝴蝶的右翅膀上出现了控制点，将光标放置在右侧水平缩放点上往中间推动，如图 3-35（中图）所示，然后放开鼠标，可以看到蝴蝶翅膀被压缩了，如图 3-35（右图）所示。

图 3-34　分离图片并删除背景

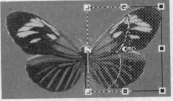

图 3-35　变形蝴蝶的右翅膀

Step 07 用相同的方法将蝴蝶的左翅膀变形，如图 3-36 所示。

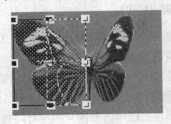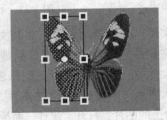

图 3-36　变形蝴蝶的左翅膀

Step 08 制作完毕，保存文件，按 Ctrl+Enter 组合键，输出并浏览动画。

> **提示**　将蝴蝶的翅膀在连续帧中变形，就可以使蝴蝶的翅膀扇动起来。

3.3　图形对象的其他操作

除了对象的选择、变形操作之外，图形对象的其他操作还包括组合对象、对齐对象、分离对象、修饰图形等。下面将对它们进行简单的介绍。

3.3.1　对象的组合与分解

对象的组合与分解是 Flash 动画制作过程中经常需要用到的两种操作。利用 Flash CS5 编辑多个对象时，可以利用组合的方式将它们"捆绑"在一起，以防止它们之间的相对位置发生改变，当编辑结束后，还可以将组合后的对象通过解组操作恢复原来的状态，具体的操作步骤如下。

Step 01 运行 Flash CS5，创建一个新文档，绘制一个图形对象并导入一张图片对象，如图 3-37 所示，此时的每个对象都是可以单独移动的。

Step 02 将舞台上的对象全部选中，选择"修改"|"组合"命令，将两个图形组合起来，组合后的对象就变成了一个整体，被一个蓝色边框所包围，边框内所包含的图形是不能单独移动的，如图 3-38 所示。

图 3-37 舞台中的两个对象

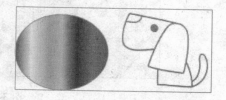

图 3-38 组合对象

Step 03 若要解开组合，选择"修改"|"取消组合"命令，即可将组合解除，解组后的图形可以单独移动。

Step 04 若只希望在组合的状态下单独移动某个对象，可双击该组合对象，文档编辑窗口将自动进入组对象编辑状态，编辑栏中出现了一个名为"组"的图标，此时，文档编辑窗口中的图形对象即可单独移动，如图 3-39 所示。

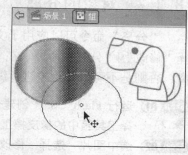

图 3-39 进入组对象编辑状

3.3.2 对象的排列

在对齐对象时可以借助于一些辅助工具，比如标尺、网格和辅助线等，但还可以利用"对齐"面板来使舞台中的对象精确定位，排列对象的具体操作步骤如下。

Step 01 运行 Flash CS5，默认其属性选项。打开两个图形对象，如图 3-40 所示。选择"窗口"|"对齐"命令，打开"对齐"面板。

Step 02 选中面板中的"与舞台对齐"复选框，该复选框的作用是相对于舞台尺寸对齐，如图 3-41 所示。

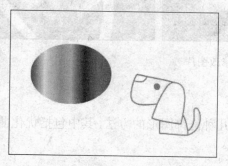

图 3-40 打开两个图形对象

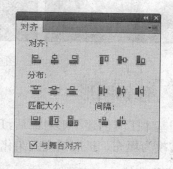

图 3-41 "对齐"面板

Step 03 选中舞台中的两个对象，单击"对齐"面板中的"底对齐"按钮，如图 3-42（左图）所示，此时，舞台中被对齐的对象如图 3-42（右图）所示。

如果要使两个图形之间对齐，则取消选中面板中的"与舞台对齐"复选框。

图 3-42　对齐对象

3.3.3　对象的分离

　　"分离"命令可以应用于文本和图形图像，要想分离对象，首先要选中对象，然后选择"修改"|"分离"命令。在 Flash 中，要想对一个对象进行编辑和修改，就要将对象分离，否则是不可以对对象进行编辑和修改的。分离对象的操作步骤如下。

Step 01 运行 Flash CS5，创建一个新文档，任意导入一张图片，如图 3-43（左图）所示。选择工具箱中的橡皮擦工具，在图片中任意涂抹，其结果是图片是不可擦除的。

Step 02 选中图片，选择"修改"|"分离"命令，将图片分离，图片呈现麻点状，如图 3-43（中图）所示。

Step 03 选择橡皮擦工具，在图片中涂抹，可见此时可以对图片进行任意修改，如图 3-43（右图）所示。

图 3-43　分离并修改图片

3.3.4　修饰图形

　　使用基本工具创建图形对象后，Flash 提供了几种修饰图形的方法，其中包括优化曲线、将线条转换为填充、扩展填充及柔化填充边缘等。

1. 优化曲线

　　优化曲线通过减少用于定义这些元素的曲线数量来改进曲线和填充轮廓，能够减小 Flash 文件的尺寸。优化曲线的操作步骤如下。

Step 01 在舞台中绘制矩形，如图 3-44 所示。

图 3-44　绘制矩形

Step 02 使用选择工具选择要进行优化的对象，选择"修改"|"形状"|"优化"命令，弹出"优化曲线"对话框，拖动"优化强度"滑块来确定平滑的程度，如图 3-45 所示。

Step 03 如果选中"显示总计消息"复选框，单击"确定"按钮后，将弹出提示窗口，提示平滑完成时优化的程度，如图 3-46 所示。

图 3-45 "优化曲线"对话框

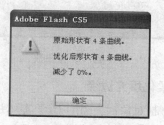

图 3-46 显示总计消息

2. 将线条转换为填充

将线条转换为可填充区域的操作步骤如下。

Step 01 在舞台中绘制一个矩形框，如图 3-47（左图）所示。

Step 02 选择这个矩形框，选择"修改"|"形状"|"将线条转换为填充"命令，即可将该线段转换为填充区域。

Step 03 选中矩形区域，可以为其填充颜色，如图 3-47（右图）所示。

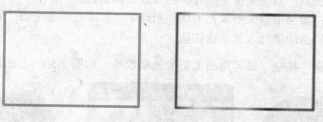

图 3-47 填充渐变色后的矩形

将线段转化为填充区域会增大文件尺寸，但是可以提高计算机的绘图速度。

3. 扩展填充

将线条转换为填充后，还可以通过命令扩展填充形状，操作步骤如下。

Step 01 选中转换为填充后的矩形，选择"修改"|"形状"|"扩展填充"命令，弹出"扩展填充"对话框，如图 3-48 所示。

Step 02 在该对话框中设置"距离"和"方向"参数，单击"确定"按钮后，舞台中的矩形如图 3-49 所示。

"扩展填充"对话框中各选项的含义如下。

● 距离：用于指定扩充、插进的尺寸。

● 方向：如果希望扩充形状，则选中"扩展"单选按钮；如果希望缩小形状，则选中"插入"单选按钮。

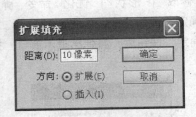

图 3-48　设置参数

图 3-49　扩展填充后的效果

4．柔化填充边缘

在绘制对象时，往往感觉实体边界太过分明，影响了整体的效果。如果对实体的边界柔化一下，效果看起来就会好很多。Flash 提供了柔化填充边缘的功能。

下面以制作太阳为例，对柔化填充边缘进行简单的介绍，具体操作步骤如下。

Step 01 在舞台上绘制无边框填充的红色正圆图形，如图 3-50（左图）所示。

Step 02 选中图形，选择"修改"｜"形状"｜"柔化填充边缘"命令，弹出"柔化填充边缘"对话框，在该对话框中设置参数，如图 3-50（中图）所示。该对话框中的选项含义如下。

- 距离：柔边的宽度，以像素为单位。
- 步长数：控制用于柔边效果的曲线数。使用的步长数越多，效果就越平滑，但增加步长数，会使文件变大并影响播放的流畅性。
- 方向：如果希望向外柔化形状，则选中"扩展"单选按钮；如果希望向内柔化形状，则选中"插入"单选按钮。

Step 03 单击"确定"按钮，即可做出太阳的光晕效果，如图 3-50（右图）所示。

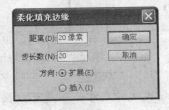

图 3-50　柔化填充边缘

3.4 对象着色工具

调整对象色彩是处理和绘制图形对象很重要的一步，可以添加和修改对象颜色的工具包括墨水瓶工具、颜料桶工具、滴管工具、渐变变形工具和刷子工具（刷子工具的使用详见 2.3.3 节）。

3.4.1　墨水瓶工具

墨水瓶工具 的主要作用是为填充区域添加轮廓，改变已经存在的轮廓线的颜色和类型，但它只能应用纯色，不能应用渐变色和位图，墨水瓶工具经常与滴管工具结合使用。下面利用墨水瓶工具为文本添加轮廓，具体操作步骤如下。

Step 01 创建一个新文档，选择"文件"|"打开"命令，从"素材与源文件\第 3 章\素材"文件夹下打开名为"文字"的源文件。

Step 02 选中舞台上的文字，选择"修改"|"分离"命令，将文字打散，如图 3-51（左图）所示。

Step 03 用相同的命令将文字再分离一次，将文字转换为矢量图形（文字呈现麻点状），如图 3-51（右图）所示。

图 3-51　分离文字

Step 04 在舞台空白处单击，以便取消选择，然后选择墨水瓶工具（一旦墨水瓶工具被选中，光标在工作区中将变成一个小墨水瓶的样式，表明此时已经选中了墨水瓶工具），选择"窗口"|"属性"命令，打开"属性"面板，在该面板中设置笔触颜色为黑色，笔触高度为 2pts，笔触样式为实线，如图 3-52 所示。

图 3-52　墨水瓶工具的"属性"面板

Step 05 将光标移动到文本边缘上单击，这时文本就被添加了 2pts 宽的黑色边线，如图 3-53（左图）所示。依次给所有的文本加上黑色的轮廓，最终得到如图 3-53（右图）所示的图形。

图 3-53　为文本添加黑色轮廓

> **提示**　如果墨水瓶工具的作用对象是矢量图形，则可以直接为其加轮廓。如果将要作用的对象是文本或者位图，则需要先将其分离，然后才可以使用墨水瓶工具添加轮廓。另外，墨水瓶工具的属性选项与线条工具、铅笔工具一样，此处不再赘述。

3.4.2　颜料桶工具

颜料桶工具 主要用于为闭合区域和未完全闭合区域进行颜色填充。另外，还可以更改已涂色区域的颜色。利用颜料桶工具，可以使用纯色、渐变色和位图填充涂色。

1．闭合区域填充

Step 01 创建一个新文档，选择矩形工具，在舞台中绘制一个黑色的矩形框，如图 3-54 所示。

Step 02 选择颜料桶工具（一旦该工具被选中，光标在工作区中将变成一个小颜料桶），打开"属性"面板，在该面板中设置填充颜色为黄色，然后将光标移动到矩形内单击，矩形区域即可被填充黄色，如图 3-55 所示。

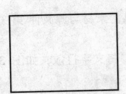

图 3-54　绘制矩形

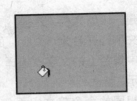

图 3-55　填充颜色

2. 非闭合图形填充

Step 01 创建一个新文档，选择椭圆工具，拖动鼠标在舞台上绘制一个无填充色的椭圆，选择橡皮擦工具，在椭圆框上擦出一个小缺口，如图 3-56 所示。

Step 02 选择颜料桶工具，在工具箱下方出现该工具的辅助选项，单击"空隙大小"按钮，在弹出的下拉列表中有 4 个选项按钮，如图 3-57 所示。这些选项的含义如下。

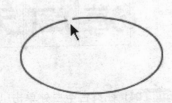

图 3-56　有缺口的椭圆

- 不封闭空隙 ：不能有空隙，只能用于封闭区域。
- 封闭小空隙 ：在空隙比较小的条件下，Flash 会近似地将其视为封闭而进行填充。
- 封闭中等空隙 ：在空隙大小中等的条件下，Flash 会近似地将其视为完全封闭而进行填充。
- 封闭大空隙 ：在空隙尺寸比较大的条件下，Flash 会近似地将其视为完全封闭而进行填充。

Step 03 选择"封闭大空隙"选项，拖动鼠标在椭圆框中单击，即可为椭圆框填充颜色，如图 3-58 所示。

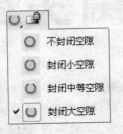

图 3-57　"空隙大小"选项

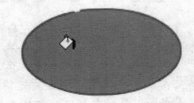

图 3-58　填充后的椭圆

> **提示**　如果要填充的图形没有空隙，则选择"不封闭空隙"选项，否则要根据空隙的大小选择可执行的选项；如果空隙太大，则要在手动封闭后进行填充。

3.4.3　滴管工具

滴管工具 用于从图形中获取内部填充色或笔触线段的颜色，从而可以轻松地将吸取的颜色复制到另一个对象上。滴管工具还允许用户从位图上取样，并将其填充到其他区域中。滴管工具没有自己的属性，也没有相应的辅助选项，这说明该工具没有任何属性需要设置，它的功能就是对颜色特征进行采集。

1. 复制笔触颜色为文字添加边框

复制笔触颜色为文字添加边框的操作步骤如下。

Step 01 创建一个新文档，选择"文件"|"打开"命令，在"素材与源文件\第 3 章\素材"文件夹下，打开名为"文字"的源文件。

Step 02 选中舞台上的文字，并两次选择"修改"|"分离"命令，将文字转换为矢量图形（使文字呈现麻点状），如图 3-59 所示。

Step 03 选择矩形工具，拖动鼠标在舞台上绘制一个笔触颜色为绿色、填充区域为黄色的矩形，如图 3-60 所示，此时舞台上共有两个对象。

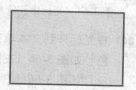

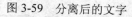

图 3-59　分离后的文字

图 3-60　绘制矩形

Step 04 选择滴管工具，移动光标至矩形边框，此时光标呈现滴管状，如图 3-61（左图）所示，单击矩形的边框，光标由滴管状变成了墨水瓶形状（这表明滴管工具已经吸取了颜色），如图 3-61（右图）所示。

Step 05 此时打开"属性"面板，可见已是墨水瓶工具的"属性"面板，笔触颜色为矩形框的绿色，如图 3-62 所示。

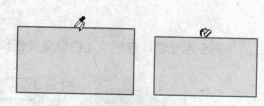

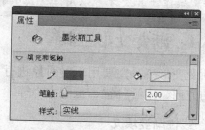

图 3-61　光标由滴管状变成墨水瓶形状

图 3-62　墨水瓶工具的"属性"面板

Step 06 移动光标至文本的边缘上单击，即可将矩形边框颜色添加到文本，为文本添加绿色边框，如图 3-63 所示。

图 3-63　为文本添加边框

2. 复制填充区域

滴管工具还可以填充区域。下面将矩形的填充颜色复制到文本的填充区域中，操作步骤如下。

Step 01 移动鼠标在舞台的空白区域单击，然后选择滴管工具，将光标移动到矩形填充区域，滴管工具呈现为滴管下附加一个小刷子的状态，如图 3-64（左图）所示。

Step 02 单击矩形填充区域，光标由滴管状变成颜料桶形状（这表明滴管已经吸取了填充区域的黄颜色），如图3-64（右图）所示。

Step 03 此时打开"属性"面板，可见已是颜料桶工具的"属性"面板，如图3-65所示。

图3-64　光标由滴管状变成颜料桶形状　　　　图3-65　颜料桶工具的"属性"面板

Step 04 将光标移到文本填充区域中单击，此时文本填充区域即可变换成矩形填充区域的黄颜色，如图3-66（左图）所示。继续单击其他文本的填充区域，为所有文本修改填充颜色，如图3-66（右图）所示。

图3-66　修改文本的填充区域的颜色

提示 利用滴管工具还可以将位图填充到预制的图形中，但要注意的是，首先要对位图进行分离操作，其次才可以用滴管工具获取，最后被应用到其他填充物上。

3.4.4　渐变变形工具

渐变变形工具主要用于对对象进行各种方式的填充变形处理，包括填充的渐变颜色和位图的方向、中心位置、范围大小等。

1. 线性渐变填充

在设置了图形的线性渐变填充后，当选择渐变变形工具后，鼠标指针变成形状，单击舞台上已经绘制好的填充对象，此时将在图形上出现两条平行的垂直线，这两条平行线称为渐变控制线，在填充对象周围出现数个调节手柄，如图3-67所示。

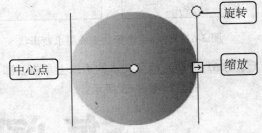

图3-67　线性渐变填充手柄

渐变填充对象的填充变形是制作图形对象很重要的一个环节，修改线性渐变填充效果的操作步骤如下。

Step 01 创建一个新文档，选择椭圆工具，打开"颜色"面板，选择"线性渐变"填充类型，双击渐变色编辑栏下方的左侧色标，在弹出的拾色器中选择淡蓝色，再双击渐变色编辑栏右侧的色标，在弹出的拾色器中选择红色，拖动鼠标在两个色标中间单击，添加一个色标，将填充颜色设置为紫色，如图3-68（左图）所示，拖动鼠标在舞台上绘制一个椭圆图形，如图3-68（右图）所示。

图 3-68　设置颜色并绘制椭圆

Step 02 选择渐变变形工具，在椭圆的填充区域中单击，在渐变控制线上显示渐变填充手柄，如图 3-69 所示。

> **提示**　如果所需的颜色超过两种，可以在渐变色编辑栏中的两个小色标中间添加色标，方法就是在两个色标之间单击鼠标。添加完后单击色标，在弹出的拾色器中选取所需的颜色即可。

Step 03 用鼠标单击并拖动位于两条渐变控制线之间的中心控制手柄，可以移动渐变图形中心点的位置，如图 3-70 所示。

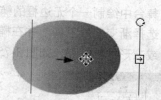

图 3-69　选中椭圆　　　　　　　　　　　图 3-70　移动渐变中心点的位置

Step 04 用鼠标单击并拖动缩放手柄，可以调整填充的渐变大小，如图 3-71 所示。

> 　调整填充渐变大小相当于缩放渐变图案。

Step 05 用鼠标单击并拖动位于渐变控制线上的旋转手柄，可以调整渐变控制线的倾斜方向，如图 3-72 所示。

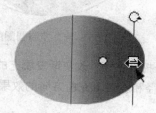
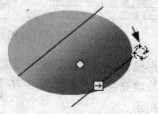

图 3-71　调整填充的渐变大小　　　　　　图 3-72　调整渐变控制线的倾斜方向

渐变变形工具调整的对象必须是渐变色或位图填充。

2. 径向渐变填充

在设置了图形的径向渐变填充后，选择渐变变形工具，在图形的径向渐变填充上单击，在图形的周围出现一个圆弧线，这个圆弧线称为渐变控制线，在渐变控制线上和填充区域中显示其调节手柄，如图 3-73 所示。

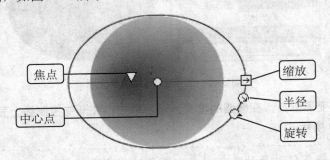

图 3-73　径向渐变调节手柄

修改径向渐变填充效果的操作步骤如下。

Step 01 创建一个新文档，选择椭圆工具，打开"颜色"面板，在该面板中选择"径向渐变"填充类型，双击渐变色编辑栏下方的色标，在弹出的拾色器中选择所需的颜色，将填充颜色从左到右依次设置为黄色、紫色和绿色，如图 3-74（左图）所示，拖动鼠标在舞台中绘制一个无边框的椭圆，如图 3-74（右图）所示。

Step 02 选择渐变变形工具，并在椭圆的填充区域内单击，在它的圆心和圆周上共有 5 个圆形或方形的控制点，如图 3-75 所示。

  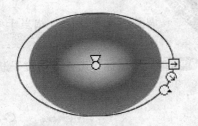

图 3-74　设置颜色并绘制椭圆　　　　图 3-75　带有控制圆圈的椭圆

Step 03 用鼠标单击并拖动位于渐变控制圆弧线上的各个控制手柄，改变渐变填充的焦点和缩放填充色的效果如图 3-76 所示，改变填充色半径和旋转填充色方向的效果如图 3-77 所示。

图 3-76　改变各控制手柄后的效果图

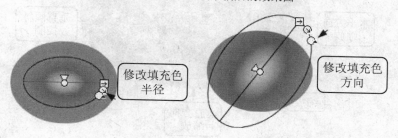

图 3-77　改变各控制手柄后的效果图

3. 位图填充

在设置了图形的位图填充后，修改位图填充效果的方法与修改渐变色填充效果的方法基本上是一样的，具体操作步骤如下。

Step 01　创建一个新文档，选择"文件"|"导入"|"导入到库"命令，任意导入一张位图图片到库中。

Step 02　打开"颜色"面板，在"颜色类型"下拉列表中选择"位图填充"选项，移动鼠标指针至位图，当鼠标指针变为滴管图形 时，单击要填充的位图，此时"颜色"面板如图 3-78（左图）所示。

Step 03　选择椭圆工具，拖动鼠标在舞台上绘制一个椭圆，此时图形的填充区将以位图填充，如图 3-78（右图）所示。

图 3-78　为图形填充位图

Step 04　选择渐变变形工具，单击图形中的位图填充，此时在位图周围将出现一个矩形控制框，并且该矩形控制框上共有 7 个圆形或方形控制手柄，如图 3-79 所示。

Step 05　在填充图形中，用鼠标拖动矩形控制框中心的圆形中心点，可以调整填充位图的位置，如图 3-80（左图）所示。

Step 06　用鼠标拖动矩形控制框左下角的控制手柄，可以保持图形的纵横比且改变图形的大小，如图 3-80（右图）所示。

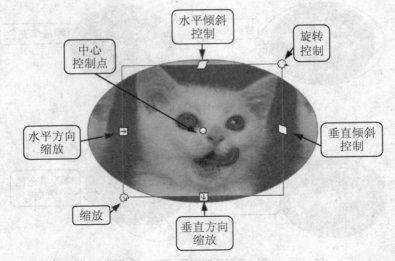

图 3-79　填充位图上的各控制手柄

图 3-80　修改位图填充效果

Step 07 用鼠标拖动矩形控制框左边线中点或下边线中点的方形控制手柄，可以沿水平或垂直方向改变填充图形的大小，如图 3-81 所示。

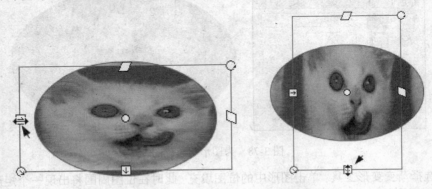

图 3-81　调整填充图形的大小

Step 08 用鼠标拖动矩形控制框右上角的圆形控制手柄，可以旋转填充位图，如图 3-82（左图）所示。

Step 09 用鼠标拖动矩形控制框上边线中点或右边线中点的方形控制手柄，可以沿水平方向或垂直方向倾斜填充位图，如图 3-82（右图）所示。

图 3-82　修改位图填充效果

3.5　上机实训

3.5.1　上机实训1——绘制花朵

　实训说明

本实例将使用椭圆工具绘制花瓣和花蕊图形，使用任意变形工具对图形进行变形调整，绘制完成后的效果如图 3-83 所示。

图 3-83　效果图

效果文件	素材与源文件\第 3 章\上机实训 1\绘制花朵.fla
同步视频文件	同步教学文件\第 3 章\3.5.1 上机实训 1——绘制花朵.avi

实训目标

通过对本实例的学习，读者可以学会花朵的制作，并能通过工具箱中的基本工具制作出简单的效果。

Step 01 运行 Flash CS5 软件，创建一个新文档，选择"文件"|"保存"命令，将新文档保存到"素材与源文件\第 3 章\上机实训 1"文件夹下，并将文件命名为"绘制花朵.fla"。

Step 02 选择椭圆工具，选择"窗口"|"颜色"命令，打开"颜色"面板，在该面板中选择"线性渐变"填充类型，填充颜色从左到右依次设置为红色和黄色，如图 3-84 所示。

图 3-84　设置填充颜色

Step 03 拖动鼠标在舞台中绘制一个无边框的椭圆，如图 3-85（左图）所示；选择任意变形工具，将椭圆选中并旋转，旋转后的椭圆如图 3-85（右图）所示。

Step 04 选中选择工具，将光标移动到椭圆图形的左上方，当光标变为曲线调整形态时，按下鼠标左键将椭圆变形，如图 3-86（左图）所示；用同样的方法对椭圆的右上方进行变形，如图 3-86（右图）所示。

图 3-85　绘制并旋转椭圆

图 3-86　变形椭圆图形

Step 05 选中舞台上的椭圆图形，选择"修改"|"转换为元件"命令，弹出"转换为元件"对话框，在该对话框中将元件命名为"花瓣"，类型选择"图形"，如图 3-87（左图）所示；单击"确定"按钮，将绘制的图形转换为元件，如图 3-87（右图）所示（元件的内容将在后续章节中讲解）。

图 3-87　"转换为元件"对话框

Step 06 选择任意变形工具，选中花瓣元件，将中心点移动到图形元件的下方，如图 3-88 所示。

Step 07 选择"窗口"|"变形"命令，打开"变形"面板，选中"旋转"单选按钮，并在文本框中输入 45°，然后连续单击"重制选区与变形"按钮 7 下，如图 3-89（左图）所示；复制出 7 个相同的椭圆图形，并且每个复制的图形依次旋转 45°，复制出的花朵效果如图 3-89（右图）所示。

图 3-88　移动中心点

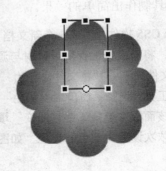

图 3-89　设置参数复制图形元件

> **提示** 在 Flash 的旧版本中,应用"变形"面板中的"复制并应用变形"功能复制变形图形对象时,可以不将图形转换为元件,而现在使用的 Flash CS5 版本要将图形对象转换为元件,才可以应用"重制选区与变形"功能。

Step 08 将舞台中的对象全部选中,然后选择任意变形工具,如图 3-90(左图)所示,调整花朵的形状如图 3-90(右图)所示。

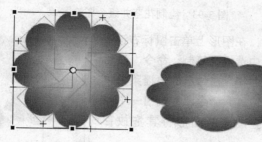

图 3-90　选择对象并调整花瓣形状

Step 09 选中所有花瓣,选择"修改"|"组合"命令,将对象组合在一起,使它们成为一个整体,如图 3-91 所示。

Step 10 选择椭圆工具,打开"颜色"面板,在该面板中选择"径向渐变"填充类型,填充颜色从左到右依次设置为黄色和棕色,如图 3-92(左图)所示。

图 3-91　组合图形对象

Step 11 拖动鼠标在舞台中绘制一个无边框的小椭圆(作为花心),选中小椭圆,选择"修改"|"组合"命令,将小椭圆组合,如图 3-92(中图)所示。

Step 12 利用任意变形工具调整小椭圆的形状,并将其移动到花朵的中心,如图 3-92(右图)所示。

图 3-92　绘制花心

Step 13 选择铅笔工具,打开"属性"面板,在面板中设置笔触颜色为绿色、笔触高度为 3 pts,如图 3-93(左图)所示,选择铅笔工具的辅助选项为"平滑"模式 S,拖动鼠标在花朵的下方绘制花朵的花茎,如图 3-93(中图)所示。

Step 14 选中舞台中的所有对象,选择"修改"|"组合"命令,将所有对象组合为一个整体,如图 3-93(右图)所示。

图 3-93　绘制花茎并组合图形

Step 15 选中组合后的图形，在图形上单击鼠标右键，在弹出的快捷菜单中选择"复制"命令，然后在舞台中单击鼠标右键，在弹出的快捷菜单中选择"粘贴到当前位置"命令，复制出一个新图形，用鼠标左键按住新图形将其拖放在一侧。

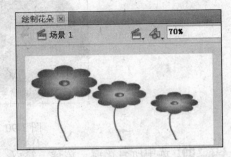

Step 16 用同样的方法再复制一个相同的图形，将其放置在一侧，然后调整 3 个花朵的大小，将它们排列起来，如图 3-94 所示。

图 3-94　制作完成的花朵

Step 17 制作完毕，保存文件，按 Ctrl+Enter 组合键，输出并浏览动画。

3.5.2　上机实训 2——绘制扇子

实训说明

本实例将使用矩形工具绘制扇叶图形，使用"变形"面板中的"重制选区与变形"按钮复制扇叶，绘制完成后的效果如图 3-95 所示。

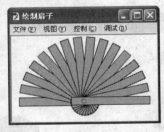

图 3-95　效果图

效果文件	素材与源文件\第 3 章\上机实训 2\绘制扇子.fla
同步视频文件	同步教学文件\第 3 章\3.5.2 上机实训 2——绘制扇子.avi

实训目标

通过对本实例的学习，希望用户能灵活运用"变形"面板复制图形，制作出简单的效果。

Step 01 运行 Flash CS5 软件，创建一个新文档，打开"属性"面板，修改舞台尺寸为 300×250（像素），默认其他属性选项。

Step 02 选择"文件"|"保存"命令，将新文档保存到"素材与源文件\第 3 章\上机实训 2"文件夹下，并将文件命名为"绘制扇子.fla"。

Step 03 选择矩形工具，打开"属性"面板，在面板中设置笔触颜色为黑色、填充颜色为橘黄色、笔触高度为 1pts，拖动鼠标在舞台上绘制一个矩形条，如图 3-96（左图）所示。

Step 04 双击矩形条将其全部选中，选择"修改"|"转换为元件"命令，在弹出的"转换为元件"对话框中设置矩形条的名称、类型为"图形"，单击"确定"按钮，将矩形条转换为元件，如图 3-96（右图）所示。

Step 05 选择任意变形工具，单击矩形条，此时在矩形条的中间出现了"中心点"，如图 3-97（左图）所示，用鼠标将"中心点"移动到矩形条的下方，如图 3-97（右图）所示。

Step 06 选择"窗口"|"变形"命令，打开"变形"面板，首先单击面板下方的"重制选区和变形"按钮，然后选中"旋转"单选按钮，并在文本框中修改数值为 12°，如图 3-98（左图）所示。

Step 07 按 Enter 键，复制出一个矩形条，该矩形条是以中心点为轴心顺时针旋转 12°，如图 3-98（右图）所示。

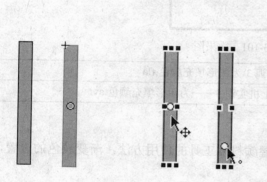  

图 3-96 矩形条转换元件　　图 3-97 移动"中心点"　　图 3-98 设置参数复制矩形条

Step 08 连续单击"重制选区和变形"按钮 14 次，即可形成一个完整的扇面，如图 3-99（左图）所示。

Step 09 选中整个扇面，选择任意变形工具，调整出现在扇面图形上的旋转控制点，将扇面旋转一个角度，选中整个扇面，选择"修改"|"组合"命令，将其组合为一个整体，如图 3-99（右图）所示。

Step 10 选择椭圆工具，打开"颜色"面板，在面板中选择"径向渐变"类型，填充颜色从左到右依次设置为黄色和棕色，拖动鼠标在舞台中绘制一个圆，选中该圆，选择"修改"|"组合"命令，将其组合，然后将该圆移动到矩形条的中心点上（作为扇钉），完成后的扇子如图 3-100 所示。

 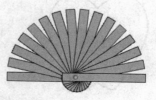

图 3-99 扇面　　　　　　图 3-100 绘制扇钉

83

Step 11 制作结束后，保存文件，按 Ctrl+Enter 组合键观看效果。

3.5.3 上机实训 3——为图形填充颜色

实训说明

本实例将使用着色工具对绘制的图形填充颜色，完成后的效果如图 3-101 所示。

图 3-101 效果图

效果文件	素材与源文件\第 3 章\上机实训 3\为图形填充颜色.fla
同步视频文件	同步教学文件\第 3 章\3.5.3 上机实训 3——为图形填充颜色.avi

实训目标

通过对本实例的学习，希望用户掌握颜料桶工具的使用方法，渐变颜色的设置，制作出美观的效果。

Step 01 运行 Flash CS5 软件，选择"文件"|"打开"命令，打开"素材与源文件\第 2 章\上机实训 2"文件夹下的名为"绘制苹果图形"的源文件，如图 3-102 所示。

Step 02 选择"文件"|"另存为"命令，将源文档保存到"素材与源文件\第 3 章\上机实训 3"文件夹下，并将文件命名为"为图形填充颜色.fla"。

Step 03 选择颜料桶工具，打开"颜色"面板，在面板中选择"径向渐变"填充类型，填充颜色从左到右依次设置为红色（#FF6633）、淡红色（#FF9999）和浅红色（#FFCCCC），如图 3-103（左图）所示。

Step 04 拖动鼠标在苹果的中心单击一下，为苹果填充颜色，如图 3-103（右图）所示。

图 3-102 打开源文件

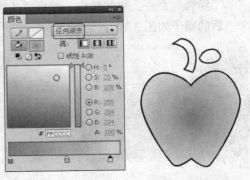

图 3-103 设置参数并为图形填充颜色

Step 05 选择渐变变形工具，单击苹果中心，将中心点移动到苹果的右上角，使苹果的右上角呈现高亮度，如图 3-104（左图）所示。

> **提示** 　用户也可以用颜料桶工具直接在苹果的右上角单击，效果与移动渐变变形工具的中心点一样。

Step 06 用选择工具双击苹果的形状线，按下 Delete 键，将边线删除，如图 3-104（右图）所示。

Step 07 选择颜料桶工具，在"颜色"面板中设置纯色为绿色，在叶子上单击，为叶子填充颜色，然后将叶子的边线删除。

Step 08 选择颜料桶工具，在"颜色"面板中设置纯色为棕色，为苹果梗填充颜色，然后将梗的边线删除。选中整个苹果，选择"修改"|"组合"命令，将它们组合为一个整体，如图 3-105 所示。

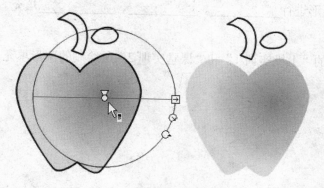

图 3-104　改变苹果的高亮度

图 3-105　为苹果其他部分填充颜色

Step 09 制作结束后，保存文件，按 Ctrl+Enter 组合键观看效果。

3.6 小结

本章介绍了动画中大部分元素的编辑方法，因为在动画制作过程中，制作者必须对各种动画元素进行频繁的编辑，熟练掌握笔触和填充工具的使用是 Flash 学习的关键。在学习和使用过程中，应当清楚各种工具的用途，灵活运用这些工具，可以绘制出栩栩如生的矢量图，为后面制作动画奠定坚实的基础。

3.7 课后习题与上机操作

1. 选择题

（1）按住_____键依次单击要选取的对象，可以同时选择多个对象。

　　A. Ctrl　　　　　　　B. Shift　　　　　　C. Alt　　　　　　D. Ctrl+Shift

（2）如果想拾取某种颜色，可以使用工具箱中的＿＿＿＿＿＿＿＿＿。

    A．墨水瓶工具   B．颜料桶工具

    C．滴管工具   D．渐变变形工具

（3）执行缩放变形功能时，如果是在图形对象的 4 个拐角的控制点上对其进行缩放操作，则可以通过按住＿＿＿＿＿＿键再拖动鼠标指针的方式实现对图形的等比例缩放。

    A. Ctrl   B. Shift   C. Ctrl+Shift   D. Alt

2．填空题

（1）颜料桶工具有＿＿＿＿＿＿＿＿＿、＿＿＿＿＿＿＿＿＿、＿＿＿＿＿＿＿＿＿填充模式。

（2）Flash 提供了 5 种不同的擦除方式，分别是＿＿＿＿＿＿＿、＿＿＿＿＿＿、＿＿＿＿＿、
＿＿＿＿＿＿、＿＿＿＿＿＿。

（3）使用渐变变形工具可以对图形进行＿＿＿＿＿＿＿、＿＿＿＿＿＿＿、＿＿＿＿＿＿＿＿填充。

3．上机操作题

结合本章学习的内容，为第 2 章的"上机实训 1"和"课堂实训 2"所绘制的图形填充颜色。

3. 消除锯齿

Flash 文本是一种提供清晰、高质量字体渲染的创新字体渲染引擎，是允许用户使用 Flash 文本字体渲染引擎对字体进行控制的，以便更清楚地显示较小的文本。

选择文本工具后，在其"属性"面板上的"消除锯齿"下拉列表中，包括各种文本块指定的消除锯齿选项，如图 4-8 所示。

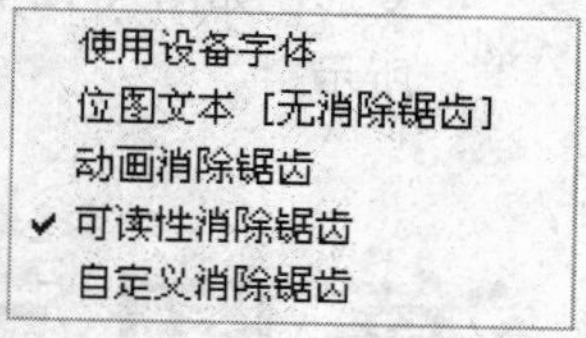

> 使用设备字体
> 位图文本［无消除锯齿］
> 动画消除锯齿
> ✓ 可读性消除锯齿
> 自定义消除锯齿

图 4-8 "消除锯齿"下拉列表

- 使用设备字体：此选项生成一个较小的 SWF 文件。此选项使用最终用户计算机上当前安装的字体来呈现文本。
- 位图文本[无消除锯齿]：此选项生成明显的文本边缘，没有消除锯齿。因为此选项生成的 SWF 文件中包含字体轮廓，所以生成一个较大的 SWF 文件。
- 动画消除锯齿：此选项可创建比较平滑的动画，但是，当文本中使用的字体较小时，会不太清晰，因此建议在指定该选项时使用 10 磅或更大的字体。
- 可读性消除锯齿：此选项使用高级消除锯齿引擎。此选项提供了品质最高的文本，具有最易读的文本。因为此选项生成的文件中包含字体轮廓，以及特定的消除锯齿信息，所以生成最大的 SWF 文件。
- 自定义消除锯齿：此选项与"可读性消除锯齿"选项相同，但是可以直观地操作消除锯齿参数，以生成特定外观。此选项在为新字体或不常见的字体生成最佳的外观方面非常有用。

4.1.4 编辑文本

1. 分离文本

文字不是矢量图形，是不可以进行填充着色、绘制边框等针对矢量图对象所做的操作的，也不能进行渐变动画的操作，但是在 Flash 中可以通过分离文本，将其转换为矢量图形后，再对其进行编辑。

下面通过一个具体的实例来说明如何将文本转换为矢量图形，具体操作步骤如下。

Step 01 创建一个新文档，选择文本工具，在文本框中输入"海阔天空"4 个字，如图 4-9 所示。

Step 02 选中文字，选择"修改"|"分离"命令，将原来单个文本框拆成 4 个文本框，每个文字各占一个文本框，如图 4-10 所示。

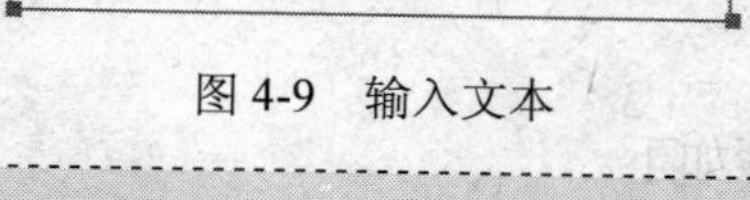

图 4-9 输入文本

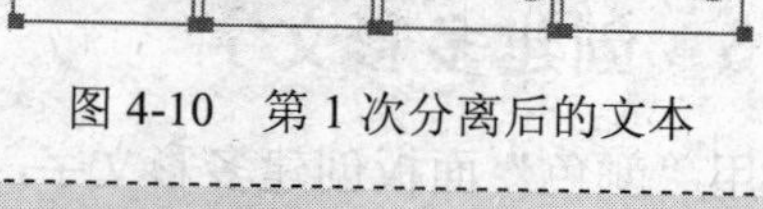

图 4-10 第 1 次分离后的文本

> 提示
> "分离"又被称为"打散"。对文本执行一次"分离"命令，只是将文本分离为多个独立的以字为单位的文本块，并没有将其转换为矢量图形，因此，要将文字最终转换为矢量图形，要对文本执行两次"分离"命令。

Step 03 再一次选择"修改"|"分离"命令，即可将所有文字转换为矢量图形，文字显示为麻点状的外观，如图 4-11 所示。

Step 04 利用选择工具，用框选的方法选中所有（或部分）文字，可以对其进行旋转、扭曲等变形，如图 4-12 所示，也可以对其进行添加边框、修改填充颜色等操作，如图 4-13 所示。

图 4-11　第 2 次分离后的文本　　　　　图 4-12　变形文本图形

海阔天空 海阔天空

图 4-13　为文本图形添加边框并修改填充颜色

> **提示**　虽然可以将文字转换为矢量图形，但是这个过程是不可逆的，不可以将矢量图形转换为单个的文字。

2. 分散到图层

Flash 创建动画的基本操作方法就是将不同的对象分布在不同的图层中做不同的动作，相对独立的空间有利于管理和编辑。因此，当将文本执行第 1 次分离后，可以迅速将文本块分散到各个图层中去，可以对每个文字进行编辑。

Step 01 选中文字，选择"修改"|"分离"命令，第 1 次执行"分离"命令后，将单个文本框拆成数个文本框，每个文字各占一个文本框，如图 4-14 所示。

Step 02 选择"修改"|"时间轴"|"分散到图层"命令，即可将选中的文本分散到自动生成的图层中去，如图 4-15 所示。将文本分散到图层后，即可对每个文字创建动画。

图 4-14　第 1 次分离文本

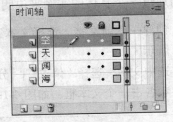

图 4-15　将文字分散到各个图层

4.1.5　创建多彩文字

利用"颜色"面板创建多彩文字，具体操作步骤如下。

Step 01 运行 Flash CS5，创建一个新文档，默认其属性选项。

Step 02 选择"文件"|"保存"命令，将新文档保存到"素材与源文件\第 4 章\素材"文件夹下，并将文件命名为"创建多彩文字.fla"。

Step 03 选择文本工具,打开"属性"面板,在面板中设置文本属性,拖动鼠标在文本框中输入"梅花赋"3个字,如图4-16所示。

Step 04 选中文本,两次选择"修改"|"分离"命令,将文本转换为矢量图形,如图4-17所示。

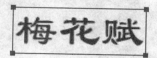

图4-16 输入文本

图4-17 分离文本

Step 05 选中"梅"字,打开"颜色"面板,在面板中选择"径向渐变"填充类型,填充颜色从左到右依次设置为红色、蓝色、黄色和紫色,如图4-18(左图)所示,此时,"梅"字的颜色也随着发生变化,如图4-18(右图)所示。

Step 06 选中"花"字,打开"颜色"面板,在面板中选择"径向渐变"填充类型,填充颜色从左到右依次设置为绿色、蓝色、红色和黄色,如图4-19(左图)所示,此时,"花"字的颜色也随着发生变化,如图4-19(右图)所示。

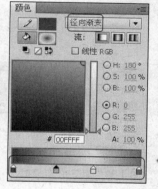

图4-18 修改文字图形颜色

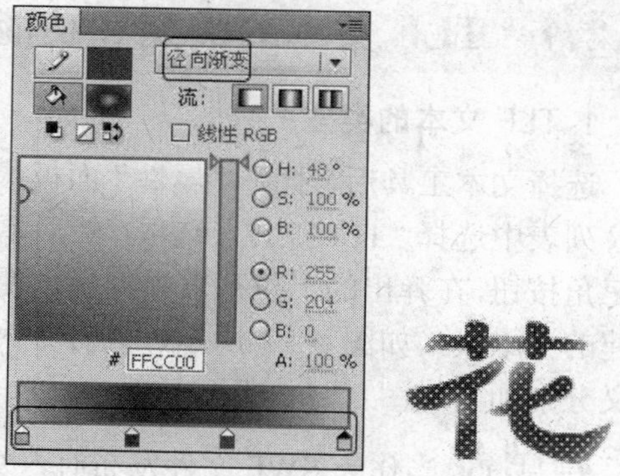

图4-19 修改文字图形颜色

Step 07 同相同的方法为"赋"字添加颜色,然后选择所有的字,选择"修改"|"组合"命令,将其组合为一个整体,制作完成的文字如图4-20所示。

图4-20 制作完成后的文字

Step 08 选择"文件"|"导入"|"导入到舞台"命令,任意导入一张相关图片,在"属性"面板中修改图片尺寸与舞台尺寸相同,并利用"对齐"面板使图片相对于舞台居中对齐,如图4-21所示。

Step 09 鼠标右键单击图片,在弹出的快捷菜单中选择"排列"|"移至底层"命令,将图片放置到文字的下方,如图4-22所示。

Step 10 制作完毕后,保存文件,按Ctrl+Enter组合键,可浏览和测试效果。

图 4-21 导入图片并修改尺寸 　　　　图 4-22 将图片移动到文字下方

4.2 使用 TLF 文本

从 Flash CS5 开始，用户可以使用文本布局框架（TLF）向 Flash 文件添加文本。TLF 支持更多的文本布局功能和对文本属性的精细控制。

4.2.1 TLF 文本的类型和功能

1. TLF 文本的类型

选择文本工具后，打开"属性"面板，在"文本引擎"下拉列表中选择"TLF 文本"选项，然后单击"文本类型"下三角按钮，在弹出的下拉列表中列出了使用 TLF 文本可创建的文本块，如图 4-23 所示，共有 3 种类型，它们的含义分别如下。

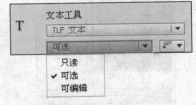

图 4-23 TLF 文本类型

- 只读：当作为 SWF 文件发布时，文本无法选中或编辑。
- 可选：当作为 SWF 文件发布时，文本可以选中并可复制到剪贴板，但不可以编辑。对于 TLF 文本，此选项为默认选项。
- 可编辑：当作为 SWF 文件发布时，文本可以选中编辑。

2. TLF 文本的增强功能

与传统文本相比，TLF 文本提供了下列增强功能。

（1）更多字符样式，包括行距、连字、加亮显示、下划线、删除线、大小写、数字格式及其他。

（2）多段落样式，包括通过栏间距支持多列、末行对齐选项、边距、缩进、段落间距和容器填充值。

（3）控制更多亚洲字体属性，包括直排内横排、标点挤压、避头尾法则类型和行距模型。

（4）可以为 TLF 文本应用 3D 旋转、色彩效果以及混合模式等属性，而无须将 TLF 文本放置在影片剪辑元件中。

（5）文本可按顺序排列在多个文本容器中。这些容器称为串接文本容器或链接文本容器。

4.3.2 设置滤镜效果

1. 投影滤镜

投影滤镜的效果类似于 Photoshop 中的投影效果，可控参数有模糊、强度、品质、颜色、角度、距离、挖空、内阴影和隐藏对象等。"投影"滤镜面板如图 4-38 所示，其中的参数含义如下。

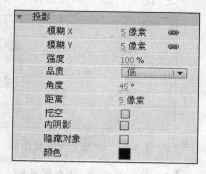

图 4-38 "投影"滤镜面板

- 模糊：可以指定投影的模糊程度，可分别对 X 轴和 Y 轴两个方向设置，取值范围为 0～100。如果单击"模糊 X"和"模糊 Y"后的锁定按钮，可以解除 X、Y 方向的比例锁定。
- 强度：设置投影的强烈程度，取值范围为 0%～1000%。数值越大，投影的显示越清晰、强烈。
- 品质：设置投影的品质高低。可以选择"高"、"中"、"低"3 个参数，品质越高，投影越清晰。
- 角度：设置投影的角度，取值范围为 0°～360°。
- 距离：设置投影的距离大小，取值范围为-32～32。
- 挖空：将投影作为背景的基础上，挖空对象显示，如图 4-39（上图）所示。
- 内阴影：设置阴影的生成方向指向对象的内侧，如图 4-39（下图）所示。
- 隐藏对象：只显示投影而不显示原来的对象。
- 颜色：设置投影的颜色。单击"颜色"按钮，可以打开调色板选择颜色。

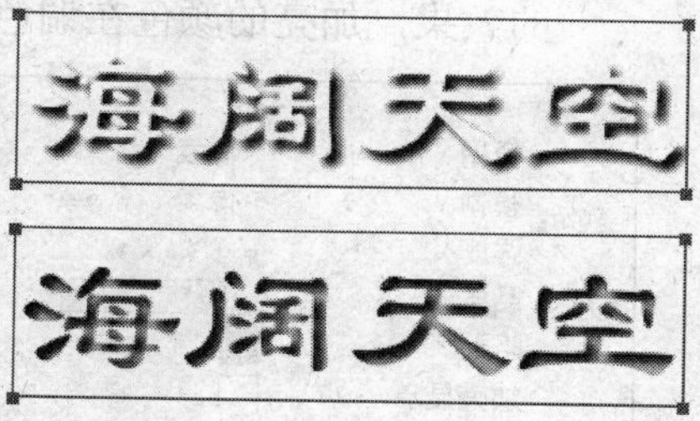

图 4-39 设置"挖空"和内投影"效果

2. 模糊滤镜

使用模糊滤镜可以柔化对象的边缘和细节。将模糊应用于对象，可以让它看起来好像位于其他对象的后面，或者使对象看起来好像是运动的。"模糊"滤镜面板如图 4-40 所示，其参数只有 3 个，同投影滤镜参数，这里不再赘述。当选择高品质参数时，其效果如图 4-41 所示。

图 4-40 "模糊"滤镜面板

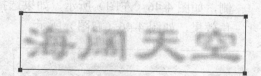

图 4-41 高品质的效果

3. 发光滤镜

使用发光滤镜可以为对象的整个边缘添加颜色，可控参数有模糊、强度、品质、颜色、挖空和内发光等。"发光"滤镜面板如图 4-42 所示，其中的参数含义如下（与上述滤镜相同的部分参数不再赘述）。

- 颜色：设置发光颜色。
- 挖空：选中该复选框，可将对象隐藏，而只显示发光，如图 4-43 所示。

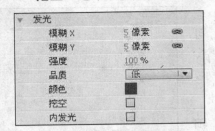

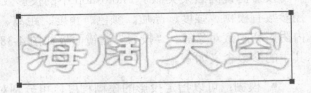

图 4-42　"发光"滤镜面板　　　　　　图 4-43　添加"挖空"后的效果

- 内发光：选中该复选框，可使对象只在边界内应用发光。

4. 斜角滤镜

使用斜角滤镜可以向对象应用加亮效果，并且可以制作出立体的浮雕效果，它的控制参数主要有模糊、强度、品质、阴影、加亮显示、角度、距离、挖空和类型等。"斜角"滤镜面板如图 4-44 所示，其中的参数含义如下。

- 阴影：设置斜角的阴影颜色，可以在调色板中选择颜色。
- 加亮显示：设置斜角的高光加亮。图 4-45 所示为在选定了角度和类型后为文本加亮的效果，加亮的颜色在调色板中拾取。

图 4-44　"斜角"滤镜面板　　　　　　图 4-45　加亮文本的效果

- 类型：设置斜角的应用位置，可以设置为内侧（如图 4-45 所示），也可以设置为外侧，如图 4-46（左图）所示，如果选择"整个"选项，则在内侧和外侧同时应用斜角效果，如图 4-46（右图）所示。

图 4-46　为文本设置不同的效果

5. 渐变发光滤镜

渐变发光滤镜的效果和发光滤镜的效果基本一样，只是用户可以调节发光的颜色为渐变颜色，还可以设置角度、距离和类型等参数。"渐变发光"滤镜面板如图 4-47 所示，其中的参数含义如下。

图 4-47　"渐变发光"滤镜面板

- 类型：设置渐变发光的应用位置，可以是内侧、外侧或强制齐行。
- 渐变：面板中的渐变色编辑栏是控制渐变颜色的工具，默认情况下为白色到黑色的渐变。将鼠标指针移动到渐变色编辑栏上，如果出现了带加号的鼠标指针，则表示可以在此处增加新的颜色控制点，当设置渐变颜色从左到右依次为白色、红色、蓝色和绿色，如图 4-48（左图）所示，渐变类型为"全部"时，文本添加滤镜后的效果如图 4-48（右图）所示。

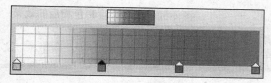 

图 4-48　为文本添加渐变色

> **提示**　如果要删除颜色控制点，只需拖动它到相邻的一个颜色控制点上，当两个颜色控制点重合时，就会删除被拖动的颜色控制点。单击颜色控制点上的颜色块，会弹出调色板，让用户选择要改变的颜色。

6. 渐变斜角滤镜

使用渐变斜角滤镜同样也可以制作出比较逼真的立体浮雕效果，它的控制参数与斜角滤镜相似，不同的是，它能更精确地控制斜角的渐变颜色。"渐变斜角"滤镜面板如图 4-49 所示。当设置渐变色从左到右依次为红色、白色和黄色，渐变类型为"全部"时，文本添加滤镜后的效果如图 4-50 所示。

图 4-49　"渐变斜角"滤镜面板　　　　图 4-50　为文本添加滤镜效果

7. 调整颜色滤镜

调整颜色滤镜允许用户对影片剪辑、文本或按钮进行参数调整，比如亮度、对比度、饱和度和色相等。"调整颜色"滤镜面板如图 4-51 所示，其中的参数含义如下。

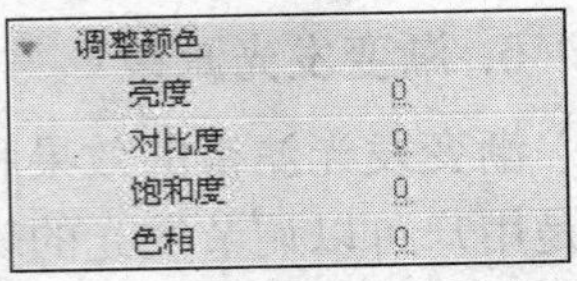

图 4-51　"调整颜色"滤镜面板

- 亮度：调整对象的亮度。向左拖动滑块可以降低对象的亮度，向右拖动滑块可以增强对象的亮度，取值范围为 -100～100。
- 对比度：调整对象的对比度。向左拖动滑块可以降低对象的对比度，向右拖动滑块可以增强对象的对比度，取值范围为 -100～100。
- 饱和度：设置色彩的饱和程度。向左拖动滑块可以降低对象中包含颜色的浓度，向右拖动滑块可以增加对象中包含颜色的浓度，取值范围为 -100～100。
- 色相：调整对象中各种颜色色相的浓度，取值范围为 -180～180，对色相的控制没有 Photoshop 准确。图 4-52 所示为调整亮度和色相后的文本效果。

图 4-52　调整亮度和色相后的效果

4.4 上机实训

4.4.1　上机实训 1——制作阴影效果

实训说明

本实例是使用户了解为文字制作阴影效果的常规方法。

效果文件	素材与源文件\第 4 章\上机实训 1\制作阴影效果.fla
同步视频文件	同步教学文件\第 4 章\4.4.1 上机实训 1——制作阴影效果.avi

实训目标

通过对本例的学习，使用户熟悉制作阴影效果的常规方法，并对"图层"有一个感性认识，效果如图 4-53 所示。具体的操作步骤如下。

图 4-53　效果图

Step 01 运行 Flash CS5，创建一个新文档，选择"修改"|"文档"命令，打开"文档设置"对话框，在该对话框中修改帧频为 12fps，修改舞台尺寸为 400×250（像素），默认其他选项，单击"确定"按钮。

Step 02 选择"文件"|"保存"命令，将新文档保存到"素材与源文件\第 4 章\上机实训 1"文件夹下，并将文件命名为"制作阴影效果.fla"。

Step 03 选择文本工具，打开"属性"面板，在面板中设置文本属性，拖动鼠标在文本框中输入"东西南北"4 个字，如图 4-54 所示。选中所输入的文本，利用"对齐"面板使其相对于舞台居中对齐。

Step 04 选中文本，单击鼠标右键，在弹出的快捷菜单中选择"复制"命令。

Step 05 单击图层操作区下方的"新建图层"按钮，插入一个名为"图层2"的新图层（关于图层的知识，将在后续章节中讲解），如图4-55所示。

东西南北

图 4-54　输入文本

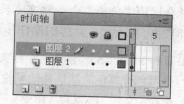

图 4-55　插入新图层

Step 06 选中"图层2"的第1帧，选择"编辑"|"粘贴到当前位置"命令，粘贴刚才复制的文字，选中所复制的文字，在"属性"面板中将文本修改为黑色，如图4-56（左图）所示。

Step 07 利用键盘上的方向键，将复制的文本向右移动3个像素，再向下移动3个像素，文本如图4-56（右图）所示。

图 4-56　复制并移动文本

Step 08 用鼠标左键按住"图层2"，并将其拖动到"图层1"的下方，文字的阴影效果及图层分布如图4-57和图4-58所示。

东西南北

图 4-57　阴影效果

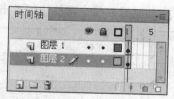

图 4-58　图层分布

Step 09 制作完毕后，保存文件，按Ctrl+Enter组合键，浏览和测试阴影效果。

> **提示**　应用学过的知识，可以为文本添加投影滤镜来制作文本的阴影效果，这样可以得到很好的效果。

4.4.2　上机实训2——制作空心字

 实训说明

本实例是利用所学过的知识制作一组空心字。

效果文件	素材与源文件\第4章\上机实训2\制作空心字.fla
同步视频文件	同步教学文件\第4章\4.4.2 上机实训2——制作空心字.avi

实训目标

通过对本实例的学习，使用户熟悉空心字的制作方法，学会运用"分离"命令将文本转换为矢量图形，其效果如图4-59所示。具体的操作步骤如下。

图4-59　效果图

Step 01 运行Flash CS5，创建一个新文档，修改舞台背景颜色为黑色，默认其他属性选项。

Step 02 选择"文件"|"保存"命令，将文档保存到"素材与源文件\第4章\上机实训2"文件夹下，并将文件命名为"制作空心字.fla"。

Step 03 选择文本工具，打开"属性"面板，在面板中设置工具属性，拖动鼠标并在文本框中输入"海阔天空"4个字，如图4-60所示。

Step 04 选中舞台中的文本，打开"对齐"面板，利用"对齐"面板使其相对于舞台居中对齐。

Step 05 选中文本，两次选择"修改"|"分离"命令，将文本转换为矢量图形（呈现麻点状），如图4-61所示。

图4-60　输入文字

图4-61　分离文本

Step 06 拖动鼠标在舞台中单击一下，使得舞台中的文字不被选中。选择墨水瓶工具，打开"属性"面板，在面板中设置笔触颜色为黄色、笔触高度为1.5pts，如图4-62所示。

Step 07 拖动鼠标在每个字的边缘单击，为文字描边的效果如图4-63所示。

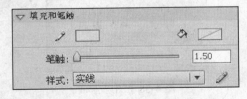

图4-62　墨水瓶工具的"属性"面板

图4-63　为文字描边

Step 08 选择橡皮擦工具，并在其辅助选项中选择"擦除填色"选项，如图4-64所示。拖动鼠标将文本的内部颜色擦除，效果如图4-65所示。

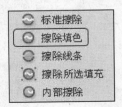

图4-64　墨水瓶工具的辅助选项

图4-65　空心字

Step 09 制作完毕后，保存文件，按Ctrl+Enter组合键，浏览和测试效果。

4.5 小结

本章主要介绍了文本工具的使用及其属性设置、特效文本的制作等内容。通过对本章的学习，读者应该学会使用文本工具在工作区创建文字，并能设置最常见的文字属性，如大小、颜色、字体、行间距和字间距等，并且会对选择的文本进行平滑处理。

4.6 课后习题与上机操作

1. 选择题

（1）在默认情况下，使用文本工具创建的文本为＿＿＿＿＿＿＿＿＿＿。

  A. 静态文本   B. 动态文本   C. 输入文本

（2）＿＿＿＿＿＿＿＿＿＿滤镜可以调整对象的亮度、对比度、色相和饱和度。

  A. 投影滤镜   B. 模糊滤镜   C. 调整颜色滤镜

（3）Flash 可以将文字转换为＿＿＿＿＿＿＿＿＿＿。

  A. 矢量图形   B. 位图   C. 静态图形

2. 填空题

（1）Flash CS5 的文本工具可以使用＿＿＿＿＿＿＿＿＿、＿＿＿＿＿＿＿＿＿两种方式输入文本。

（2）与传统文本引擎相比，TLF 支持＿＿＿＿＿＿＿＿＿。

3. 上机操作题

运用所学过的知识，制作如图 4-66 所示的立体字效果。

图 4-66 立体字效果

第5章

Flash 动画基础

本章主要对时间轴、帧和图层进行介绍，并通过在时间轴上添加关键帧制作简单的动画效果。

本章的重点是帧的编辑以及图层的管理和编辑。

本章知识点

◎ 时间轴和帧的概念

◎ 编辑帧

◎ 图层的基本操作

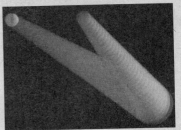

5.1 时间轴和帧的概念

在所有的动画制作软件中，时间轴是制作动画的核心，所有的动画顺序、动作行为、控制命令以及声音等都是在时间轴中进行编排的。

帧是创建动画的基础，也是构成动画最基本的元素之一。

5.1.1 时间轴的构成

时间轴是帧和图层操作的地方，它的主要作用是组织和控制动画在一定时间内播放的图层数和帧数，并可以对图层和帧进行编辑。"时间轴"面板位于工作场景的上方，面板主要分为 4 个部分，左侧为图层编辑区、右侧为帧编辑区、底部为辅助工具栏及状态栏、面板的右上侧有一个展开按钮，如图 5-1 所示。

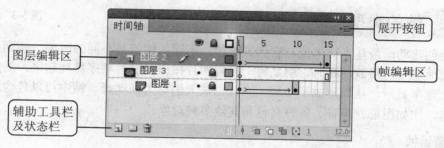

图 5-1 "时间轴"面板

- 帧编辑区：帧是动画最基本的单位，大量的帧结合在一起就构成了时间轴。帧编辑区的主要作用是控制 Flash 动画的播放和对帧进行编辑。

  - 播放头：时间轴中红色的指针称为播放头，用来指示当前所在帧。在舞台中按下 Enter 键，即可在编辑状态下运行影片，播放头也会随着影片播放而向右侧移动，指示出播放到的位置。

  - 移动播放头：如果正在处理大量的帧，所有的帧无法一次全部显示在时间轴上，沿着时间轴拖动播放头，即可定位到目标帧，拖动播放头时，它会变成黑色竖线。

  - 播放头的移动范围：播放头的移动是有一定范围的，最远只能移动到时间轴中定义过的最后一帧，不能将播放头移动到未定义过帧的时间轴范围。

- 图层编辑区：图层在动画中起着很重要的作用，因为很多动画都是由多个图层组成的，因此可进行插入图层、删除图层、更改图层叠放次序等操作。

新建一个文档时，时间轴中将自动包含一个名为"图层 1"的图层。

- 辅助工具栏及状态栏：位于时间轴的最下方，其中有在对帧进行编辑时用到的辅助工具，并且显示状态信息，在状态栏中将指示所选的帧编号、当前帧频以及到当前帧为止的运行时间，如图 5-2 所示。

图 5-2　辅助工具栏及状态栏

- 展开按钮：单击时间轴右上侧的展开按钮，弹出展开菜单，如
  图 5-3 所示，在该展开菜单中可以进行"时间轴"面板的放置位
  置、时间轴的显示方式等设置。其中，某些选项的含义分别如下。

  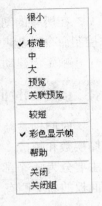

  ◆ 很小、小、标准、大和中：用来设置帧的显示状态，系统默认
    为"标准"状态。
  ◆ 预览：选择该选项后，关键帧中的图形将以缩略图的形式显示
    在帧中，便于创建者查看帧中的对象。
  ◆ 关联预览：选择该选项后，帧中将显示对象在舞台中的位置，
    便于创建者查看对象在整个动画过程中的位置变化。

图 5-3　展开菜单

<h2>5.1.2　帧的类型</h2>

帧是创建动画最基本的单位，它代表时刻，不同的帧就是不同的时刻，画面是随着时
间的变化而变化，播放动画时，就是将一幅幅图片按照一定的顺序排列起来，然后按照一
定的播放速率显示，从而形成了动画，因此也被人们称为帧动画。帧中可以包含所需要显
示的内容，比如图形、声音、各种素材和其他多种对象。

1. 普通帧

普通帧就是不起关键作用的帧，也被
称为空白帧，其中的内容与它前面的关键
帧的内容相同。另外，连续普通帧的内容
也是相同的，在时间轴中以灰色区域表示。
两个关键帧之间的灰色的帧都是普通帧，
如图 5-4 所示。

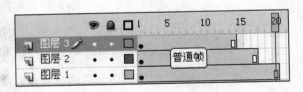

图 5-4　普通帧

普通帧起到关键帧之间的缓慢过渡的作用。在制作动画时，如果想延长动画的播放时
间，可以在动画中添加普通帧，以延续上一个关键帧的内容，所以，普通帧又称延长帧。
另外，普通帧上是不可以添加帧动作脚本的。

2. 关键帧

关键帧是用来描述动画中关键画面的帧，或者说是能改变
内容的帧。每个关键帧的画面都不同于前一个，这样的帧被称
为关键帧。图 5-5 所示的实心黑色圆圈代表的帧就是关键帧，
在黑色圆圈之后出现的灰色区域就是普通帧。

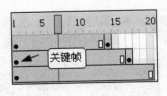

图 5-5　关键帧

利用关键帧的方法制作动画，可以大大简化制作过程。只
要确定动画中的对象在开始和结束两个时间的状态，并为它们
绘制出开始帧和结束帧，Flash CS5 会自动通过插帧的方法计算生成中间帧的状态。由于开
始帧和结束帧决定了动画的两个关键帧状态，所以它们被称为关键帧。

如果制作比较复杂的动画，动画对象的运动过程变化很多，仅仅靠两个关键帧是不行的，因此，可以通过增加关键帧来达到目的，关键帧越多，动画效果越细腻。如果所有的帧都成为关键帧，那么这种动画就被称为逐帧动画了。

3. 空白关键帧

空白关键帧的内容是空的，它主要起两个作用，第一是当插入一个空白关键帧时，它可以将前一个关键帧的内容清除掉，使画面的内容变成空白，目的是使动画中的对象消失，画面与画面之间形成间隔；第二是可以在空白关键帧上创建新的内容，一旦被添加了新的内容，即可变成关键帧。空白关键帧以空心的小圆圈表示，如图 5-6 所示。

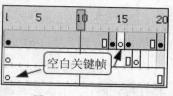

图 5-6　空白关键帧

5.1.3　帧在时间轴中的表示方法

在 Flash CS5 中，不同的动画形式其帧的显示状态也有所不同，因此，通过时间轴中帧的不同表示，就可以区别该动画是哪类动画或哪类状况。

（1）当时间轴中有连续的关键帧出现时，表示该动画为创建成功的逐帧动画，如图 5-7 所示。

（2）当起始关键帧和结束关键帧用一个黑圆点表示，中间补间帧为淡紫色背景并被一个黑色箭头贯穿时，表示该动画为设置成功的传统补间动画，如图 5-8 所示。

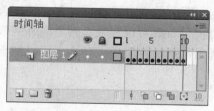

图 5-7　逐帧动画

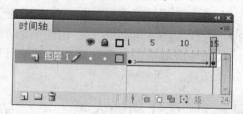

图 5-8　传统补间动画

（3）当起始关键帧和结束关键帧用一个黑圆点表示，中间补间帧为淡绿色背景并被一个黑色箭头贯穿时，表示该动画为设置成功的补间形状动画，如图 5-9 所示。

（4）当起始关键帧用一个黑色圆点表示，结束关键帧用一个黑色小菱形表示，中间补间帧为淡蓝色背景时，表示该动画为设置成功的补间动画，如图 5-10 所示。

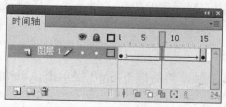

图 5-9　补间形状动画

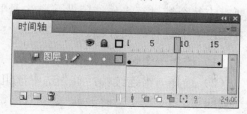

图 5-10　补间动画

（5）当起始关键帧和结束关键帧之间显示为一条无箭头的虚线时，表示该动画创建失败，如图 5-11 所示。

（6）当关键帧上添加了"a"标记时，表示该关键帧中被添加了脚本语句，如图 5-12 所示。

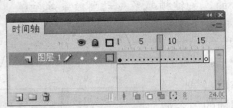

图 5-11　动画创建失败

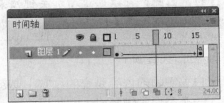

图 5-12　关键帧被添加脚本语句

（7）当关键帧上有一面小红旗或两条绿色斜杠标记时，表示该关键帧中被添加了标签或标注（又称为帧标签或帧标注），如图 5-13 中的起始帧和中间帧所示。

（8）当关键帧上有一个金色锚标记时，表示该关键帧是一个命名锚记（又称为帧锚记），如图 5-13 所示中的结束帧。

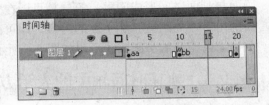

图 5-13　帧标签、帧标注和帧锚记

5.2　编辑帧

动画的制作原理是将一定数量的静态图片连续播放，由于此过程有很强的连贯性，因此，人的肉眼感觉静态图片是在发生动态变化，这一系列的静态图片可以称为帧。关键帧是指角色或者物体运动或变化中的关键动作所处的帧。Flash 可以在关键帧之间补间或填充帧，从而生成流畅的动画。因为关键帧可以不用画出每个帧就能生成动画，所以能更容易地创建动画。

5.2.1　选择和插入帧

有时在制作 Flash 影片的过程中，需要在时间轴中插入一些帧来满足影片长度的需要，下面就开始学习插入帧的一些相关操作。

1. 选择帧

Flash 在制作动画时，无论是绘制图形对象还是导入图片、音频素材等对象放入舞台中，都要对应某个帧进行操作，因此，首先需要选中帧，然后将对象放入舞台。选择帧有很多种方法，下面进行详细介绍。

（1）选择一个帧：单击该帧即可。

（2）选择一组连续帧：首先选中该组帧的第 1 帧，然后按下 Shift 键单击该组帧的最后一帧即可。

（3）选择一组非连续帧：按住 Ctrl 键，然后单击要选择的帧即可。

（4）选择当前场景中的全部帧：选择"编辑"|"时间轴"|"选择所有帧"命令，如图 5-14 所示，即可选择当前场景中的全部帧。

2. 插入普通帧

如果需要将某些图像的显示时间延长，以满足 Flash 影片的需要，就要插入一些普通帧使显示时间延长到需要的长度。插入一个新普通帧也有很多种方法，下面进行详细介绍。

（1）在时间轴中单击要插入普通帧的位置，选择"插入"|"时间轴"|"帧"命令，如图 5-15（左图）所示，即可在该位置上插入一个普通帧。

（2）在时间轴上要插入普通帧的位置单击鼠标右键，在弹出的快捷菜单中选择"插入帧"命令，如图 5-15（右图）所示，即可完成插入普通帧的操作。

图 5-14　选择帧

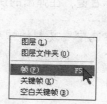

图 5-15　插入普通帧

（3）选中要插入普通帧的位置，按 F5 键，即可在该位置上插入一个普通帧。

3. 插入关键帧

一个关键帧上一定会对应一个舞台对象，因此，插入一个关键帧，必将引出一个新的对象（或是同一个对象不同的属性）。插入关键帧的方法也有很多，下面进行详细介绍。

（1）在时间轴中单击要插入关键帧的位置，选择"插入"|"时间轴"|"关键帧"命令，即可在该位置上插入一个关键帧。

（2）在时间轴上要插入关键帧的位置单击鼠标右键，在弹出的快捷菜单中选择"插入关键帧"命令即可。

（3）选中要插入关键帧的位置，按 F6 键，即可在该位置上插入一个关键帧。

4. 插入空白关键帧

有时不想让新层中的关键帧上出现前面的内容，这就需要插入空白关键帧来解决这一问题。同样，插入空白关键帧也可以用菜单命令、快捷菜单命令和快捷键的方法。

（1）在时间轴中单击要插入空白关键帧的位置，选择"插入"|"时间轴"|"空白关键帧"命令，即可在该位置上插入一个关键帧。

（2）在时间轴上要插入空白关键帧的位置单击鼠标右键，在弹出的快捷菜单中选择"插入空白关键帧"命令即可。

（3）选中要插入空白关键帧的位置，按 F7 键，即可在该位置上插入一个空白关键帧。

5.2.2　删除、移动、复制和清除帧

1. 帧的删除

（1）选取多余的帧，然后选择"编辑"|"时间轴"|"删除帧"命令即可。

（2）选取多余的帧，单击鼠标右键，在弹出的快捷菜单中选择"删除帧"命令即可。

2. 帧的移动

使用鼠标单击需要移动的帧或关键帧，然后拖动鼠标到目标位置即可。

3. 帧的复制/粘贴

复制/粘贴帧也有多种方法，具体的操作步骤如下。

Step 01 使用鼠标选中要复制的一帧或多个帧，然后选择"编辑"|"时间轴"|"复制帧"命令，或者在要复制的帧上单击鼠标右键，在弹出的快捷菜单中选择"复制帧"命令。

Step 02 选中要粘贴的位置，选择"编辑"|"时间轴"|"粘贴帧"命令，或者在要粘贴帧的位置单击鼠标右键，在弹出的快捷菜单中选择"粘贴帧"命令。

> **提示** 另外，还可以在选中要复制的帧后，按住 Alt 键拖动鼠标，将其拖动到等待复制的位置。

4. 帧的清除

使用鼠标单击选择一个帧后，选择"编辑"|"时间轴"|"清除帧"命令即可。

> **提示** 清除帧和删除帧是两个不同的概念，清除帧的含义是只清除帧的内容，同时将关键帧转换为空白关键帧；而删除帧的含义是将帧及其内容一同删除。

5.2.3 转换和翻转帧

1. 关键帧的转换

实现普通帧与关键帧的转换的方法如下。

（1）选中要转换的普通帧，选择"修改"|"时间轴"|"转换为关键帧"命令，即可将普通帧转换为关键帧。

（2）在要转换的普通帧上单击鼠标右键，在弹出的快捷菜单中选择"转换为关键帧"命令即可。

实现关键帧与普通帧的转换的方法如下。

（1）选中要转换的关键帧，单击鼠标右键，在弹出的快捷菜单中选择"清除关键帧"命令，如图 5-16 所示，关键帧即可转换为普通帧。

（2）选中关键帧后，按 Shift+F6 组合键，即可将关键帧转换为普通帧。

2. 帧翻转

利用翻转帧的功能，可以使选定的一组帧反序运行，操作步骤如下。

选中时间轴中的所有帧，选择"修改"|"时间轴"|"翻转帧"命令，如图 5-17 所示。

此时，时间轴上所有帧的位置都发生了改变，原来位于最左端的帧移到了最右边，如图 5-18 所示。如果查看整个动画的播放情况，就会发现动画的播放顺序完全颠倒了。

图 5-16　清除关键帧

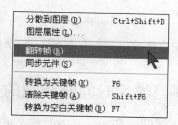

图 5-17　"翻转帧"命令

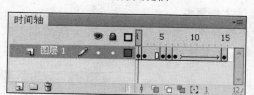

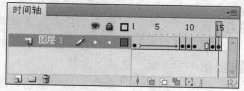

图 5-18　翻转帧

5.2.4　使用绘图纸工具

在制作连续性的动画时，如果前后两帧的画面内容没有完全对齐，就会出现抖动的现象。绘图纸工具不但可以用半透明方式显示指定序列画面的内容，还可以提供同时编辑多个画面的功能，是制作精确动画的必需手段。绘图纸工具在时间轴的下方，如图 5-19 所示。其中，各个工具的含义分别如下。

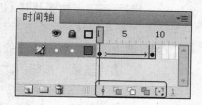

图 5-19　绘图纸工具

- 帧居中：单击该按钮，能使播放头所在的帧在时间轴中间显示。
- 绘图纸外观：单击该按钮，将在显示播放头所在帧的内容的同时显示其前后数帧的内容。播放头周围会出现方括号形状的标记，其中所包含的帧都会显示出来，这将有利于观察不同帧之间的图形变化过程。
- 绘图纸外观轮廓：如果只希望显示各帧图形的轮廓线，则单击该按钮。
- 编辑多帧：要想使绘图纸标志之间的所有帧都可以编辑，则单击该按钮。"编辑多帧"按钮只对帧动画有效，而对渐变动画无效，因为过渡帧是无法编辑的。
- 修改绘图纸标记：用于改变绘图纸的状态和设置。单击该按钮，弹出如图 5-20 所示的下拉菜单。

  - 始终显示标记：不论绘图纸是否开启，都显示其标记。当绘图纸未开启时，虽然显示范围，但是在画面上不会显示绘图纸效果。
  - 锚记绘图纸：将绘图纸标记标定在当前的位置，其位置和范围都将不再改变。否则，绘图纸的范围会跟着鼠标指针移动。

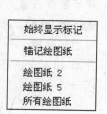

图 5-20　"修改绘图纸标记"下拉菜单

  - 绘图纸 2：显示当前帧两边各两帧的内容。
  - 绘图纸 5：显示当前帧两边各 5 帧的内容。
  - 所有绘图纸：显示当前帧两边所有的内容。

若要更改绘图纸的范围，可以将绘图纸两端的标记直接拖动到新的位置。

5.2.5　熟悉时间轴和帧的操作

熟悉时间轴和帧的基本操作，并为空白关键帧添加图形和图片，操作步骤如下。

Step 01　运行 Flash CS5，创建一个新文档，默认文档属性。

Step 02　选择"文件"|"保存"命令，将新文档保存到"素材与源文件\第 5 章\素材"文件夹下，并将新文档命名为"熟悉时间轴和帧的操作.fla"。

Step 03　选中第 1 帧，选择"文件"|"导入"|"导入到舞台"命令，从"素材与源文件\第 5 章\素材"文件夹下，导入名为"海豚"的 GIF 图片，如图 5-21（左图）所示，此时的时间轴如图 5-21（右图）所示（该图片是 GIF 图片，共有 5 个关键帧）。

图 5-21　导入 GIF 图片

Step 04　选中所有的帧，单击绘图纸工具中的"编辑多帧"按钮，此时的时间轴如图 5-22（左图）所示，而舞台中的图片对象如图 5-22（右图）所示（5 个关键帧的图片全部选中）。

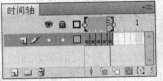

图 5-22　单击"编辑多帧"按钮后

Step 05　选择"窗口"|"对齐"命令，打开"对齐"面板，在面板中选择"水平中齐"和"垂直中齐"选项，使 5 个关键帧的图片全部相对于舞台居中对齐。

Step 06　选中第 15 帧，按 F7 键，插入一个空白关键帧，选择多角星形工具，设置参数，拖动鼠标在舞台中绘制一个无边框的红色的五角星，选中该图形，利用"对齐"面板，使其相对于舞台居中对齐，如图 5-23 所示。

Step 07　选中所有的帧，在任意一帧单击鼠标右键，在弹出的快捷菜单中选择"复制帧"命令，然后将鼠标指针放置在第 20 帧处，单击鼠标右键，在弹出的快捷菜单中选择"粘贴帧"命令。

图 5-23　绘制五角星

Step 08　选中第 20 帧以后的所有帧，选择"修改"|"时间轴"|"翻转帧"命令，将第 20 帧以后的帧翻转。

Step 09　在第 40 帧处，按 F5 键，插入一个普通帧，以延长动画时间，"时间轴"面板如图 5-24 所示。

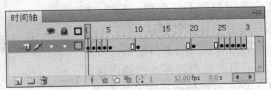

图 5-24　"时间轴"面板

Step 10 制作结束后保存文件，按 Ctrl+Enter 组合键，测试并浏览动画效果。

5.3 图层的基本操作

图层是图形图像处理中的一个非常重要的手段，它为用户提供了一个相对独立的创作空间，利用它可以将不同的素材和图形分门别类地管理起来。

在 Flash 动画中，图层就像一张张透明的纸张，在每张纸上可以绘制不同的对象，然后将它们按照一定的顺序堆叠在一起构成一幅幅画面，其中，上方图层所包含的对象始终显示在其下方图层所包含的对象之上，各层操作相互独立，互不影响。如果某个图层上没有任何内容，那么就可以透过它直接看到下面的图层。为了便于管理，还可以在图层中创建文件夹，如图 5-25 所示。

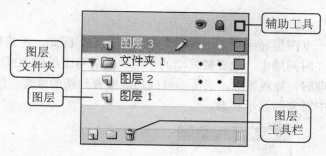

图 5-25　图层

5.3.1　图层的分类

在 Flash CS5 中，图层可以分为 5 种类型，即一般图层、遮罩图层和被遮罩图层、引导图层和被引导图层。

- 一般图层：指普通状态下的图层，出现在该图层名称前的图标为 🗂。
- 遮罩图层和被遮罩图层：遮罩图层和被遮罩图层是对应的。遮罩图层是指放置遮罩物的图层，用户可以将遮罩物看成透明的区域，透过这个区域可以看见被遮罩图层的内容。遮罩图层和被遮罩图层名称前的图标为 ▨ 和 ▨。
- 引导图层和被引导图层：引导图层和被引导图层是对应的。引导图层用于放置对象运动的路径，而被引导图层用于放置运动的对象，它们名称前的图标为 ⁚ 和 🗂。

> **提示**　还有一类引导图层，它的作用是辅助静态对象定位，引导图层可以单独使用，名称前的图标为 ✎。使用引导图层和遮罩图层可以制作一些复杂的动画。要说明的是，在动画播放时，引导图层是不会出现在动画中的。

5.3.2　管理图层

1. 创建图层和图层文件夹

在系统默认的情况下，新建的空白 Flash 文档仅有一个图层，默认为"图层 1"，在动画制作过程中，用户可以根据需要自由创建图层。除了可以创建图层外，Flash 软件还提供了一个图层文件夹的功能，它以树的结构排列，可以将多个同类图层分配到同一个文件夹中，也可以将多个图层文件夹分配到同一个图层文件夹中，有助于更好地管理图层。创建图层和图层文件夹有以下 3 种方法。

（1）单击"时间轴"面板下方的"新建图层"按钮进行新图层的创建，每单击一次即可创建一个普通图层。单击"时间轴"面板下方的"新建文件夹"按钮，即可创建一个图层文件夹。

（2）选择"插入"|"时间轴"|"图层"（或"图层文件夹"）命令，如图 5-26（左图）所示，即可创建一个新图层（或图层文件夹）。

（3）在"时间轴"面板左侧的图层处单击鼠标右键，在弹出的快捷菜单中选择"插入图层"（或"插入文件夹"命令），如图 5-26（右图）所示，即可创建新图层（或新文件夹）。

2. 图层的顺序

堆叠顺序决定一个图层显示于其他图层之前还是之后。因此，在编辑时，往往要改变图层之间的顺序。在时间轴中，选择要移动的图层，然后将图层向上或向下拖动，当高亮线在想要的位置出现时，释放鼠标，图层即被成功地放置到新的位置。图 5-27 所示为改变图层顺序前后图层中对象的显示状态。

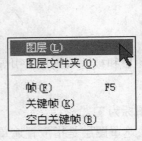
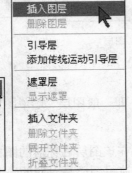

图 5-26　创建图层和图层文件夹　　　　　　图 5-27　改变图层顺序

3. 重命名图层

新建图层后，系统默认的图层名称是"图层 1"、"图层 2"、"图层 3"等，依此类推。进行一个复杂的操作过程时，这样的名称往往会让人变得很糊涂，因此，不妨给新建的图层重新命名，操作方法有以下两种。

（1）双击要改名的图层名称处，在文本框中输入新的图层名称，然后按 Enter 键即可。

（2）用鼠标右键单击要改名的图层，在弹出的快捷菜单中选择"属性"命令，在弹出的"图层属性"对话框的"名称"文本框中输入新的图层名称，如图 5-28 所示。

4. 复制图层

在 Flash 中，可以将图层中的所有对象复制下来粘贴到不同的图层中，操作步骤如下。

Step 01 单击要复制的图层的名称处，选取整个图层（也就是选中图层中所有的帧）。

Step 02 选择"编辑"|"复制"命令或在时间轴上单击鼠标右键，在弹出的快捷菜单中选择"复制帧"命令。

Step 03 单击要粘贴的新图层的第 1 帧，选择"编辑"|"粘贴到当前位置"命令，如图 5-29 所示。

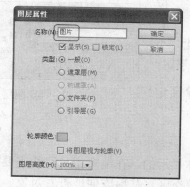

图 5-28　"图层属性"对话框

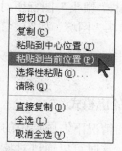

图 5-29　粘贴图层

5. 删除图层

删除图层的方法有 3 种，执行下面任意一项操作，即可删除图层。

（1）选择该图层，单击"时间轴"面板右下角的　按钮。

（2）在"时间轴"面板上单击要删除的图层，并将其拖动到　按钮上。

（3）在"时间轴"面板上用鼠标右键单击要删除的图层，然后在弹出的快捷菜单中选择"删除图层"命令。

5.3.3　设置图层状态

在时间轴的图层编辑区中有代表图层状态的三个图标，如图 5-30 所示，它们分别可以隐藏某层以保持工作区域的整洁，可以将某层锁定以防止被意外修改，可以在任何层查看对象的轮廓线。

1. 隐藏/显示图层

隐藏图层可以使一些图像隐藏起来，从而减少不同图层之间的图像干扰，使整个工作区保持整洁。在图层隐藏以后，就暂时不能对该层进行各种编辑。隐藏图层的方法如下。

（1）单击图层上方的"显示/隐藏所有图层"按钮　，可将所有图层隐藏。

（2）单击"眼睛"图标所对应图层的小黑点·，此时小黑点变为红色叉状按钮　，则该图层被隐藏。图 5-31 所示是将"图层 4"隐藏。

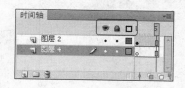

图 5-30　图层状态

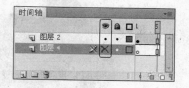

图 5-31　隐藏图层

再次单击隐藏图标　，或单击图层中的红色叉状按钮，即可解除图层的隐藏状态。

2. 锁定/解锁图层

锁定图层可以将某些图层锁定，以防止已编辑好的图层被意外修改。在图层锁定以后，就暂时不能对该层进行各种编辑。与隐藏图层不同的是，锁定图层上的图像仍然可以显示。

（1）单击图层上方的"锁定/解除锁定所有图层"按钮 🔒，可以将所有图层锁定。

（2）单击"锁头"图标所对应图层的小黑点，此时小黑点变为"锁头"图标，如图 5-32 所示，则该图层被锁定。

再次单击该图层中的"锁头"图标，即可解除锁定状态。

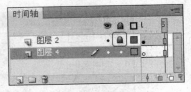

图 5-32　锁定图层

3. 对象轮廓模式

在默认的情况下，图层中的对象是以完整的实体显示的，在编辑中，往往需要查看对象的轮廓线，这时可以通过对象轮廓显示模式去除填充区，从而方便地查看对象。在轮廓模式下，该层的所有对象都以轮廓颜色显示。调出对象轮廓模式显示的方法有以下 3 种。

（1）单击图标 □，可以将所有图层采用轮廓模式显示，再次单击显示轮廓模式图标则可取消轮廓模式。

（2）单击图层名称右侧的显示轮廓模式图标 ■（不同图层显示栏的颜色不同），当显示轮廓模式图标变成空心的正方形 □ 时，即可将图层转换为轮廓模式，再次单击显示轮廓模式图标则可取消轮廓模式。

（3）用鼠标在图层的显示模式按钮中上下拖动，可以使多个图层以线框模式显示或者取消线框模式。

舞台对象显示轮廓线的操作步骤如下。

Step 01 创建一个新文档，在"图层 1"的第 1 帧导入一张蝴蝶图片，在"图层 2"的第 1 帧绘制一个任意颜色的椭圆，如图 5-33（左图）所示。

Step 02 单击"图层 1"的显示轮廓模式图标 ■（绿色），则舞台中的图片以绿色轮廓线显示。

Step 03 单击"图层 2"的显示轮廓模式图标 ■（紫色），则舞台中的图片以紫色轮廓线显示，如图 5-33（右图）所示。

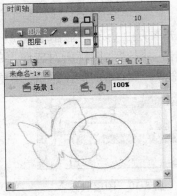

图 5-33　轮廓线显示舞台对象

5.3.4 图层属性

Flash 中的图层具有多种不同的属性，用户可以通过"图层属性"对话框对图层的属性进行设置，每一个图层都有唯一的一组属性。要修改图层的属性，必须选中该图层，在该图层的名称处单击鼠标右键，在弹出的快捷菜单中选择"属性"命令，将弹出"图层属性"对话框，如图 5-34 所示。该对话框中各个选项的含义分别如下。

- 名称：在该文本框中输入选定图层的名称。
- 显示：若选中该复选框，则图层处于显示状态，否则处于隐蔽状态。
- 锁定：若选中该复选框，则图层处于锁定状态，否则处于解锁状态。
- 类型：利用该选项，可以设置选定图层的类型。它又分为以下几个选项。

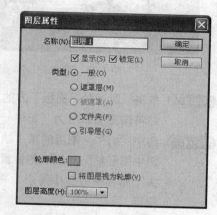

图 5-34 "图层属性"对话框

- ◆ 一般：选择该选项，将选定的图层设置为普通图层。
- ◆ 遮罩层：选择该选项，将选定的图层设置为遮罩图层。
- ◆ 被遮罩：选择该选项，将选定的图层设置为被遮罩图层。
- ◆ 文件夹：选择该选项，将选定的图层设置为图层文件夹。
- ◆ 引导层：选择该选项，将选定的图层设置为引导图层。
- 轮廓颜色：设置图层以轮廓显示时的轮廓线颜色。
- 将图层视为轮廓：选中的图层以轮廓的方式显示图层内的对象。
- 图层高度：用于改变图层单元格的高度。

5.3.5 管理动画图层

通过该实训学习动画制作中经常使用的图层操作，学习将不同的对象放置在不同的图层中，具体的操作步骤如下。

Step 01 运行 Flash CS5，选择"文件"|"打开"命令，在"素材与源文件\第 5 章\素材"文件夹下，打开名为"黄昏.fla"的源文件，如图 5-35 所示。

> **提示** 在打开的文件中，可以观察到该文件只包含了一个图层，而且所有的图形、图片和文字都处于这一个图层中。这种现象是动画制作的一个大忌，为了方便制作并方便管理，需要将动画对象合理地安排在不同的图层中。

Step 02 选择"文件"|"另保存"命令，将新文档保存到"素材与源文件\第 5 章\素材"文件夹下，并将新文档命名为"管理动画图层.fla"。

Step 03 选择舞台左侧的奶牛图形，选择"编辑"|"剪切"命令，将选择的图形对象剪切到剪贴板，此时，舞台显示如图 5-36 所示。

图 5-35　源文件

图 5-36　剪切对象后的显示

Step 04 单击"时间轴"面板下方的"新建图层"按钮，在"图层 1"图层上创建一个新图层，并将该图层命名为"奶牛"。

Step 05 选中"奶牛"图层的第 1 帧，选择"编辑"|"粘贴到当前位置"命令，将刚刚剪切的奶牛图形粘贴到原来的位置，如图 5-37（左图）所示。单击"奶牛"图层中相对于"锁头"图标下方的小黑点，将该图层锁住，此时的"时间轴"面板如图 5-37（右图）所示。

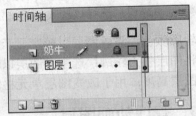

图 5-37　创建"奶牛"图层

Step 06 使用选择工具，按住 Shift 键，依次选中舞台中的马车图形、蒙古包图形和大树图形（右侧），然后在图片上单击鼠标右键，在弹出的快捷菜单中选择"分散到图层"命令，如图 5-38 所示。

Step 07 此时，每个对象在"时间轴"面板中都会自动生成一 图 5-38　"分散到图层"命令
个图层，由于分散到 3 个图层的对象都处于"图层 1"的下方，因此，舞台中的各个对象被"图层 1"中的对象遮挡住，在"时间轴"面板中选中"图层 1"，按住鼠标左键拖曳，将"图层 1"拖曳到最下方，如图 5-39 所示。

Step 08 分别单击 3 个新图层的名称处，相对于舞台中的图形对象将 3 个新图层命名为"马车"、"蒙古包"和"大树"，如图 5-40 所示。

Step 09 分别单击 3 个新图层的"锁头"图标所对应的小黑点，将 3 个图层锁住。选中舞台中的"黄昏"两个字并单击鼠标右键，在弹出的快捷菜单中选择"剪切"命令，将文字剪切到剪贴板。

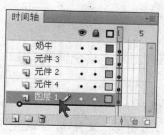

图 5-39　移动"图层 1"

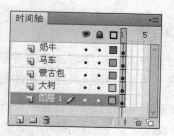

图 5-40　为各个图层命名

Step 10 选中"奶牛"图层，单击"新建图层"按钮，在"奶牛"图层上创建一个新图层，并将该图层命名为"文字"。

Step 11 选中"文字"图层的第 1 帧，选择"编辑"|"粘贴到当前位置"命令，将文字粘贴到原来的位置。

Step 12 选中"图层 1"，修改该图层名称为"背景"，这样"时间轴"面板由原来的一个图层变为 6 个图层，并且修改了图层的名称，方便了各个图层对象的再编辑。"时间轴"面板和舞台显示如图 5-41 所示。

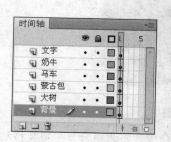

图 5-41　"时间轴"面板和舞台显示

Step 13 制作结束后，保存文件，按 Ctrl+Enter 组合键，测试并浏览动画效果。

5.4　上机实训

通过前面对基础内容的学习，用户对时间轴、帧和图层已经有了基本的认识，下面通过实例的练习对本章学习的内容进行巩固。

5.4.1　上机实训 1——洋葱皮效果

 实训说明

洋葱皮效果是使用"绘图纸外观"按钮应用的一种显示效果。

效果文件	素材与源文件\第 5 章\上机实训 1\洋葱皮效果.fla
同步视频文件	同步教学文件\第 5 章\5.4.1 上机实训 1——洋葱皮效果.avi

实训目标

通过对本实例的学习，使读者熟悉如何使用"绘图纸外观"这个辅助工具，对动画制作产生进一步的认识和兴趣。具体的制作步骤如下。

Step 01 运行 Flash CS5，创建一个新文档，默认属性选项。

Step 02 选择"文件"|"保存"命令，将新文档保存到"素材与源文件\第 5 章\上机实训 1"文件夹下，并将新文档命名为"洋葱皮效果.fla"。

Step 03 选择椭圆工具，选择"窗口"|"颜色"命令，打开"颜色"面板，在面板中选择"线性渐变"填充类型，填充色从左到右依次设置为红色、紫色、蓝色、绿色和黄色，如图 5-42（左图）所示；移动鼠标在舞台上绘制一个无边框的正圆，如图 5-42（右图）所示。

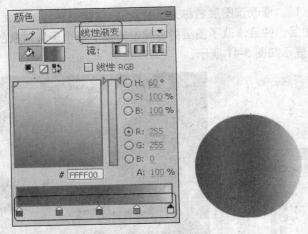

图 5-42　绘制线性渐变正圆

Step 04 使用选择工具选中正圆，选择"修改"|"组合"命令，将圆组合，并将其移动到舞台的左上角。

Step 05 在第 60 帧处按 F6 键，插入关键帧，将圆移动到舞台的右下角。

Step 06 在第 90 帧处按 F6 键，插入关键帧，将圆移动到舞台顶部的中间，使 3 个帧的 3 个圆排列在"V"字的 3 个顶点处。

Step 07 鼠标右键单击第 1～60 帧中的任意一帧，在弹出的快捷菜单中选择"创建传统补间"命令，如图 5-43 所示，即可创建运动补间动画（创建补间动画的知识将在后续章节中讲解）。

图 5-43　创建补间动画

Step 08 鼠标右键单击第 60～90 帧中的任意一帧，在弹出的快捷菜单中选择"创建传统补间"命令，即可创建运动补间动画，此时的"时间轴"面板如图 5-44 所示。

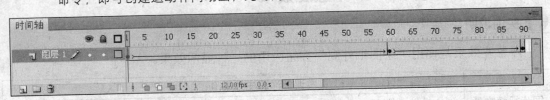

图 5-44　"时间轴"面板

Step 09 选择"修改"|"文档"命令，打开"文档设置"对话框，在该对话框中将背景颜色修改为黑色，默认其他属性选项，单击"确定"按钮。

Step 10 按 Ctrl+Enter 组合键浏览动画效果，此时除了一个小球在缓慢地移动外，没有其他的效果。

Step 11 选中第 1 帧，单击"绘图纸外观"按钮，舞台上的圆如图 5-45（左图）所示，再单击"修改绘图纸标记"按钮，在其下拉菜单中选择"所有绘图纸"选项，此时舞台上的圆如图 5-45（右图）所示。

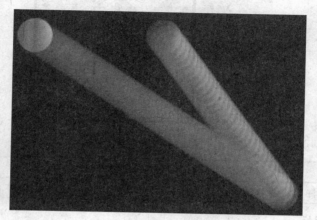

图 5-45　选择绘图纸辅助工具

Step 12 取消辅助按钮特效，使用任意变形工具修改 3 个帧处的圆的尺寸，将第 1 帧处的圆缩小，第 60 帧处的圆放大，第 90 帧处的圆缩小，再返回到第 1 帧处单击"绘图纸外观"按钮和"修改绘图纸标记"按钮，在下拉菜单中选择"所有绘图纸"选项，即可在舞台上产生不同的效果，如图 5-46所示。此时的"时间轴"面板如图 5-47所示。

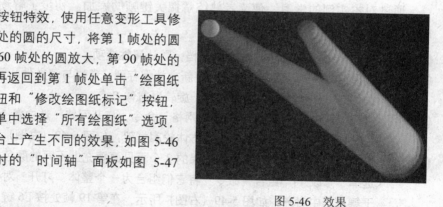

图 5-46　效果

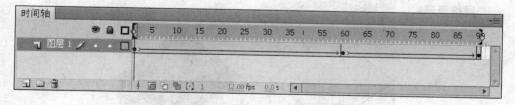

图 5-47　"时间轴"面板

Step 13 制作结束后保存文件。

5.4.2 上机实训 2——旋转立方体

实训说明

本实例通过添加关键帧制作一个旋转立方体的动画，效果如图 5-48 所示。

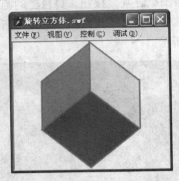

图 5-48　效果图

效果文件	素材与源文件\第 5 章\上机实训 2\旋转立方体.fla
同步视频文件	同步教学文件\第 5 章\5.4.2 上机实训 2——旋转立方体.avi

实训目标

通过对本实例的学习，使读者熟练掌握关键帧的添加，初步了解逐帧动画的原理，具体的制作步骤如下。

Step 01 运行 Flash CS5，创建一个新文档，默认属性选项。

Step 02 选择"文件"|"保存"命令，将新文档保存到"素材与源文件\第 5 章\上机实训 2"文件夹下，并将新文档命名为"旋转立方体.fla"。

Step 03 选择"视图"|"网格"|"显示网格"命令，打开网格。选中第 1 帧，选择线条工具，拖动鼠标在舞台上绘制一个立方体轮廓框架，如图 5-49（左图）所示。

Step 04 选择颜料桶工具，为立方体框架的 3 个可见面填充上不同的颜色，选中绘制的图形，选择"修改"|"组合"命令，将它们组合为一个整体，打开"对齐"面板，将其相对于舞台居中对齐，如图 5-49（右图）所示，在第 19 帧处按 F6 键，插入关键帧（关闭网格显示）。

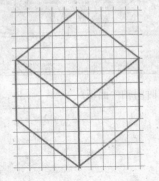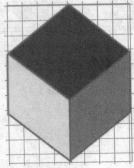

图 5-49　绘制图形并填充颜色

Step 05 在第 2 帧处按 F6 键，插入关键帧，打开"变形"面板，在旋转文本框中输入 20°，如图 5-50（左图）所示；按 Enter 键，舞台中的立方体就被旋转了 20°，如图 5-50（右图）所示。

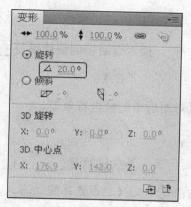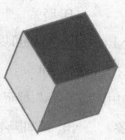

图 5-50 设置并旋转立方体

Step 06 在第 3 帧处按 F6 键插入关键帧，在"变形"面板的旋转文本框中输入 20°，按 Enter 键后又将立方体旋转了 20°，依此类推，在后边连续的 16 个帧上插入关键帧，在每个帧的位置上将立方体都旋转 20°，此时的"时间轴"面板如图 5-51 所示。

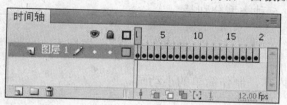

图 5-51 "时间轴"面板

 从"时间轴"面板可以看出，这是一个典型的逐帧动画。

Step 07 制作结束后，保存文件，按 Ctrl+Enter 组合键浏览动画效果。

5.5 小结

在制作动画的过程中大部分的操作都是针对时间轴的，帧是动画中最小的播放单位，再长、再复杂的动画也是一帧帧拼出来的。对时间轴的操作是动画中最基本的操作，掌握好对时间轴的操作，可更方便地进行下一步操作。

另外，本章中也介绍了管理图层及编辑图层的一些方法，图层是管理动画最基本的工具，所以读者一定要熟悉其使用的方法，养成良好的制作习惯，能给动画制作者带来极大的方便。

5.6 课后习题与上机操作

1. 选择题

（1）插入关键帧的快捷键是＿＿＿＿＿，插入普通帧的快捷键是＿＿＿＿＿。

A. F4   B. F5   C. F6   D. F7

（2）配合键盘上的＿＿＿＿＿键可以对图层中的帧进行复制。

A. Ctrl   B. Alt   C. Shift   D. Alt+Shift

（3）当关键帧中添加了"a"标记后，表示该关键帧是＿＿＿＿＿。

A. 帧标签   B. 添加脚本语句   C. 设置补间动画   D. 帧锚记

2. 填空题

（1）＿＿＿＿＿是制作动画的核心，＿＿＿＿＿是制作动画的基础。

（2）帧包括 3 种类型，分别是＿＿＿＿＿、＿＿＿＿＿和＿＿＿＿＿。

（3）锁定图层与隐藏图层的不同之处是＿＿＿＿＿＿＿＿＿。

（4）图层包括的 5 种类型分别是＿＿＿＿＿、＿＿＿＿＿、＿＿＿＿＿、＿＿＿＿＿、
＿＿＿＿＿。

3. 上机操作题

结合本章学习的内容，制作简单的小动画。

第6章

元件、实例和库

本章主要讲解元件、实例和库的概念，创建和它们之间的关系。

元件是放置在"库"面板中的，元件向舞台添加的复制品就称为实例，实例的改变不影响元件，而元件的改变则影响实例。

本章知识点

◎ 元件

◎ 实例

◎ 库

6.1 元件

在用 Flash CS5 创作动画时，如果一个对象被反复使用，即可将其转换为元件，然后在场景中引用这些元件实例，并对实例化的元件进行适当的组织和编排，最终完成影片的制作。合理地使用元件和库可以提高影片的制作和工作效率。

元件是 Flash 中一个比较重要而且使用非常频繁的对象，元件可以是一个形状、一个动画，也可以是一个按钮，无论何种类型的元件，一旦被创建，都将自动放置在"库"面板中，而且可以自始至终地在当前影片或其他影片中重复使用。

6.1.1　元件的概念

元件在 Flash 影片中是一种比较特殊的对象，它在 Flash 中只需创建一次，就可以在整部电影中反复使用而不会显著增加文件的大小。元件可以是任何静态的图形，也可以是连续动画，甚至还能将动作脚本添加到元件中，以便对元件进行更复杂的控制。

1．使用元件的优点

下面归纳了 4 个在动画中使用元件最显著的优点。

（1）在使用元件时，由于一个元件在浏览中仅需下载一次，所以可以加快影片的播放速度，避免同一对象的重复下载。

（2）使用元件可以简化影片的编辑。在影片编辑过程中，可以把需要多次使用的元素做成元件，修改了元件以后，由同一元件生成的所有实例都会随之更新，而不必逐一对所有实例进行更改，这样就大大节省了创作时间，提高了工作效率。

（3）制作运动类型的过渡动画效果时，必须将图形转换成元件，否则将失去透明度等属性，而且不能制作补间动画。

（4）使用元件时，在影片中只会保存元件，而不管该影片中有多少个该元件的实例，它都是以附加信息保存的，即用文字性的信息说明实例的位置和其他属性，所以，保存一个元件的几个实例比保存该元件内容的多个副本占用的存储空间小。

2．元件的类型

在 Flash 中可以制作的元件类型有 3 种，它们分别是图形元件、按钮元件及影片剪辑元件，每种元件都有其在影片中所特有的作用和特性。

（1）图形元件

图形元件可用来重复应用静态的图片，并且图形元件也可以用到其他类型的元件当中，它与主时间轴同步进行，但它不具有交互性，也不可以添加声音，是 3 种 Flash 元件类型中最基本的类型。

（2）按钮元件

按钮元件是 Flash 中的一种特殊元件，它不同于图形元件，因为按钮元件在影片播放过程中的默认状态是静止的，可以根据鼠标的移动或单击等操作激发相应的动作，每个帧都可以通过图形、元件和声音来定义。

在 Flash 中，按钮元件有 4 种状态，每种状态都有特定的名称。按钮元件的"时间轴"面板如图 6-1 所示。

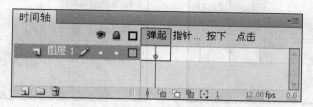

图 6-1　按钮元件的时间轴

- 弹起：该帧表示当鼠标指针不接触按钮时按钮的状态，即按钮的原始状态。
- 指针经过：该帧表示当鼠标指针移动到该按钮上但没有按下鼠标时按钮的状态。
- 按下：该帧表示当鼠标指针移动到按钮上并按下鼠标时按钮的状态。
- 点击：该帧定义了鼠标单击的有效区域，该区域的对象在最终的 SWF 文件中不被显示。

（3）影片剪辑元件

影片剪辑是 Flash 中最具有交互性、用途最多及功能最强的部分。它基本上是一个小的独立电影，可以包含交互式控件、声音，甚至其他影片剪辑实例。用户可以将影片剪辑实例放在按钮元件的时间轴内，以创建动画按钮。不过，由于影片剪辑具有独立的时间轴，所以它们在 Flash 中是相互独立的。如果主场景中存在影片剪辑，即使主电影的时间轴已经停止，影片剪辑的时间轴仍可以继续播放，这里可以将影片剪辑设想为主电影中嵌套的小电影。

6.1.2　创建元件

元件的创建分新建元件和转换为元件两种。

1．新建元件

新建元件有以下 3 种方法。

（1）选择"插入"|"新建元件"命令，在弹出的"创建新元件"对话框中输入元件名称，选择元件类型，如图 6-2 所示，单击"确定"按钮后，即可进入元件编辑状态。

（2）单击"库"面板底部的"创建新元件"按钮，在弹出的"创建新元件"对话框中创建。

（3）在"库"面板中单击右上角的按钮，在弹出的下拉菜单中选择"新建元件"命令（或者按 Ctrl+F8 快捷键），在弹出的"创建新元件"对话框中创建。

2．转换为元件

选中舞台中创建的任意对象，然后选择"修改"|"转换为元件"命令（或按快捷键 F8），在弹出的"转换为元件"对话框中，输入元件名称，选择要转换的元件类型，如图 6-3 所示，单击"确定"按钮，即可将舞台中的对象转换为元件，而舞台中的对象不再称为元件，而被称为元件实例（实例的知识将在 6.2 节中讲述）。

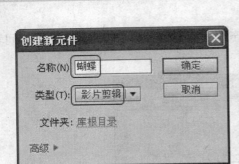
图 6-2 创建新元件

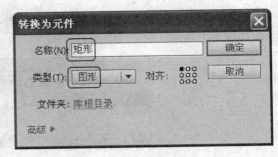
图 6-3 转换为元件

> **提示** 另外，无论是创建的元件还是转换的元件，一旦元件被创建，该元件都会自动保存到"库"面板中。

6.1.3 编辑元件

1. 复制元件

用户往往花费大量的时间创建了某个元件，结果却发现这个要创建的元件仅与另一个已存在的元件有很小的差异，因此，复制某个元件使用户可以使用现有的元件作为创建新元件的起点，复制元件后，新元件将被添加到库中，用户可以根据需要进行修改。

（1）直接复制元件

Step 01 先在库中选择一个要复制的元件。

Step 02 单击"库"面板右上角的 ▼≡ 按钮，在弹出的下拉菜单中选择"直接复制"命令。

Step 03 在打开的"直接复制元件"对话框中输入新元件的名称，默认名称是在原名称后加上"副本"字样，如图 6-4 所示。

Step 04 设置完毕后单击"确定"按钮，元件库中将添加复制的元件。

（2）选择实例复制元件

Step 01 在舞台上选择一个要复制元件的实例。

Step 02 选择"修改"|"元件"|"直接复制元件"命令，弹出如图 6-5 所示的"直接复制元件"对话框，为复制的元件重命名后，单击"确定"按钮，该元件即可被复制，并且舞台中的实例也会被复制元件的实例所代替。

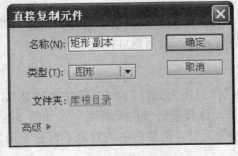
图 6-4 "直接复制元件"对话框

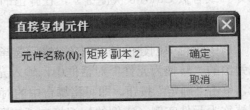
图 6-5 "直接复制元件"对话框

2. 删除元件

如果要从影片中彻底删除一个元件，那么只能从库中进行删除。如果从舞台中进行删除，则删除的只是元件的一个实例，真正的元件并没有从影片中删除。删除元件和复制元件一样，可以通过"库"面板右上角的面板菜单或者右键菜单进行删除操作。

3. 设置元件的注册点

在"转换为元件"对话框中，有一个"对齐"选项，其意义就是设置转换为元件的图形注册点，其中有 9 个注册点位置可供选择。

（1）在"转换为元件"对话框中选择左上角的注册点，则转换为元件后的图形其注册点在元件的左上角，与中心点不重合，如图 6-6 所示。

（2）在"转换为元件"对话框中选择中下方的注册点，则转换为元件后的图形其注册点在元件的中下方，与中心点不重合，如图 6-7 所示。

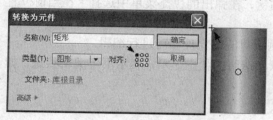
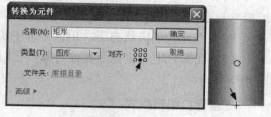

图 6-6　注册点在左上角　　　　　图 6-7　注册点在中下方

（3）在"转换为元件"对话框中选择中心的注册点，则转换为元件后的图形其注册点在元件的中心点，注册点与中心点重合，如图 6-8 所示。

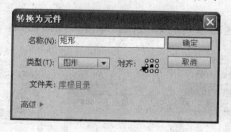

图 6-8　注册点与中心点重合

6.2 实例

实例的创建依赖于元件，它是元件在舞台中的具体表现，创建实例的过程就是将元件从"库"面板中拖放到舞台中，舞台中的元件被称为元件实例。一个元件可以创建多个实例，因此，可以将元件实例放置在场景中的动作看成将一个小的影片放在大影片中，而且可以将元件实例作为一个整体来设置动画效果。

> **提示** 对舞台中的实例进行调整，仅影响当前实例，不会对库中的元件产生影响，而如果对"库"面板中的元件进行相应调整，则舞台中的所有实例都将相应地进行更新。

6.2.1　实例的编辑方式

在 Flash CS5 中，对舞台中的实例进行编辑可以通过 3 种途径进入编辑状态，无论用哪种方式编辑，一旦编辑完成后，就可以通过单击"时间轴"面板上的 场景1 按钮，或单击左侧按钮 ⇦，从当前编辑窗口切换到场景的编辑窗口。

1．元件编辑模式

（1）在舞台中选择要编辑的元件实例并单击鼠标右键，在弹出的快捷菜单中选择"编辑元件"命令，即可进入元件编辑状态。

（2）进入元件编辑状态后，编辑元件的名称将显示在舞台上方的信息栏里，如图 6-9 所示。

2．当前位置编辑模式

（1）在需要编辑的元件实例上单击鼠标右键，在弹出的快捷菜单中选择"在当前位置编辑"命令，即可进入元件编辑状态。

（2）在元件编辑状态下，用鼠标选中实例所对应的元件即可进行编辑。

（3）在舞台中还将显示其他对象，它们以半透明的状态显示，表示不可编辑状态，如图 6-10 所示。

3．新窗口编辑模式

（1）在需要编辑的元件实例上单击鼠标右键，在弹出的快捷菜单中选择"在新窗口中编辑"命令，即可进入元件编辑状态。

（2）此时，元件被放置在一个单独的窗口中进行编辑，元件名称显示在舞台上方的信息栏中，如图 6-11 所示。

（3）编辑完成后，单击工作区右上角的 ✕ 按钮，即可关闭该窗口，返回原来的舞台工作区。

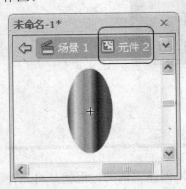
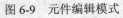
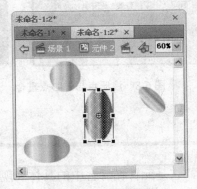
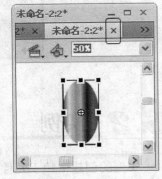

　图 6-9　元件编辑模式　　　图 6-10　当前位置编辑模式　　　图 6-11　新窗口编辑模式

> **提示**　从舞台的元件实例进入元件编辑状态的另一个最简单的方法是，双击舞台中的元件实例。

6.2.2 设置实例的属性

1. 指定实例名称

（1）将一个影片剪辑元件从"库"面板中拖曳到舞台后，其"属性"面板如图 6-12（左图）所示，在面板的"实例名称"文本框中为实例命名。

（2）只有影片剪辑元件实例和按钮元件实例可以设置名称。图 6-12（右图）所示为按钮元件实例的"属性"面板。

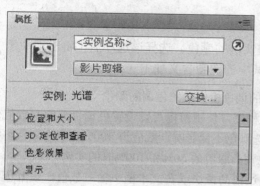 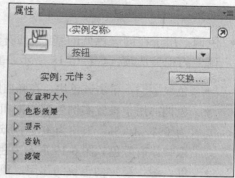

图 6-12 "属性"面板

（3）图形元件实例是不需要设置名称的，其"属性"面板如图 6-13 所示。

2. "色彩效果"选项

单击"属性"面板中的"色彩效果"选项，打开"样式"下拉列表，如图 6-14 所示，其中的选项含义如下。

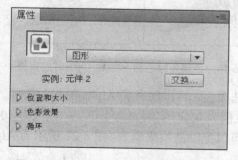 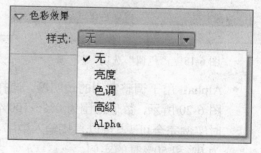

图 6-13 图形元件实例的"属性"面板　　图 6-14 "样式"下拉列表

- 无：系统默认时的选项设置，表示不设置颜色效果。
- 亮度：用于设置实例的颜色亮度。选择该选项后，将出现关于"亮度"的相关选项，如图 6-15 所示，通过拖动滑块改变文本框中的数值，可以设置实例的相对亮度和暗度。其中，0%为实例的实际亮度，如图 6-16 所示，亮度调为 100%为纯白色，亮度调为-100%为纯黑色，效果如图 6-17 所示。

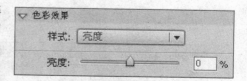

图 6-15 "亮度"选项

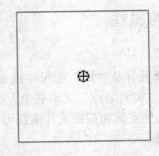

图 6-16　亮度为 0%时的实例　　　　　图 6-17　亮度为 100%和-100%时的实例

- 色调：用于在同一色调的基础上调整实例的颜色。选择该选项后，将出现关于"色调"的相关选项，如图 6-18 所示，其中的选项含义如下。

  - 色块▭：单击该色块，在弹出的调色板中设置色调的颜色。
  - 色调：用于设置实例色调的饱和程度，使用游标可以设置色调百分比，数值范围为 0%～100%，数值为 0%时所选颜色不受影响，数值为 100%时所选颜色将完全取代原有颜色。图 6-19 所示为色调为绿色的 50%和 100%时的实例。
  - 红、绿、蓝：同色块的作用，通过拖动滑块或在文本框中输入数值，设置色调的颜色。

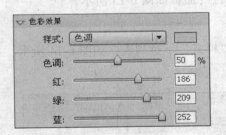

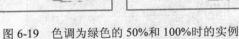

图 6-18　"色调"选项　　　　　　　图 6-19　色调为绿色的 50%和 100%时的实例

- Alpha：用于调整实例的透明度。选择该选项后，将出现有关 Alpha 的相关选项，如图 6-20 所示，数值范围为 0%～100%，数值为 0%时实例完全不可见，数值为 100%时实例完全可见。可以直接输入数字，也可以拖动滑块来调节。图 6-21 所示为 Alpha 为 0%和 50%时的实例。

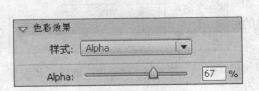

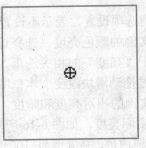

图 6-20　Alpha 选项　　　　　　　图 6-21　Alpha 为 0%和 50%时的实例

- 高级：通过分别调整红、绿、蓝和透明度的数值，对实例进行综合设置（这在制作颜色变化非常精细的动画时非常有用），选择该选项后，将出现关于"高级"的相关选项，如图 6-22 所示。其中，左侧的各项按照指定的百分比降低颜色或透明度的值，而右侧的各项按照常数值降低或增大颜色或透明度的值。将当前的红、绿、蓝和 Alpha（透明度）的值都乘以百分比值，然后加上右列中的常数值，就会产生新的颜色值。例如，如果当前红色值是 100，把左侧的滑块设置到 50%，并把右侧滑块设置到 100，就会产生一个新的红色值 150（100×0.5+100=150）。

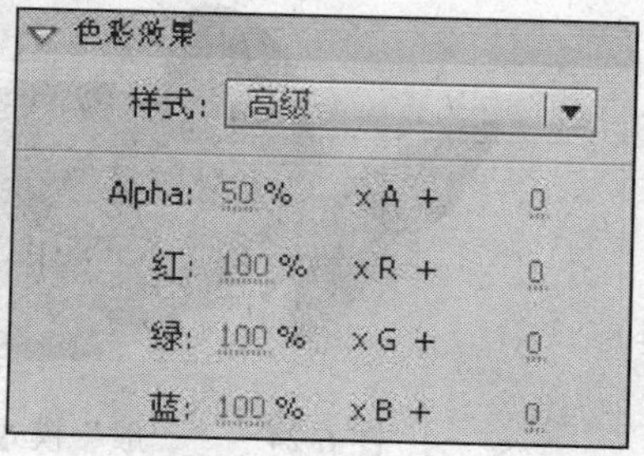

图 6-22　"高级"选项

> **提示** "高级"选项中的高级设置执行函数(A×Y+B)=X。其中，A 是文本框左侧设置中指定的百分比，Y 是原始位图的颜色，B 是文本框右侧设置中指定的值，X 是生成的效果（RGB 值为 0~255，Alpha 透明度值为 0~100）。

3. "3D 定位与查看"选项

"3D 定位与查看"选项用于设置影片剪辑实例的 3D 位置、透视角度、消失点等，单击其左侧的下三角按钮，可以将其展开。其参数设置在第 3 章中已做详细介绍，在此不再赘述。

4. "显示"选项

在"显示"选项中可以为选择的实例添加混合模式效果，从而创建复合图像。复合是改变两个或两个以上重叠对象的透明度或者颜色相互关系的过程。使用混合模式可以混合重叠影片剪辑实例或按钮实例中的颜色，从而创造独特的效果。

混合模式包括以下 4 种元素。

- 混合颜色：应用于混合模式的颜色。
- 不透明度：应用于混合模式的透明度。
- 基准颜色：混合颜色下像素的颜色。
- 结果颜色：基准颜色的混合效果。

由于混合模式取决于将混合应用于对象的颜色和基础颜色，因此必须试验不同的颜色，以查看结果，操作步骤如下。

Step 01 选择要应用混合模式的舞台对象（该图层中的操作对象应是影片剪辑元件实例或按钮元件实例，关于元件将在后续章节中讲解）。

Step 02 打开"属性"面板，单击"混合"右侧的下三角按钮，打开下拉列表，如图 6-23 所示，在列表中选择不同的对象混合模式，即可将该种混合模式添加到对象上。其中，各选项的含义如下。

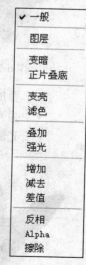

图 6-23　下拉列表

- 一般：正常应用颜色，不与基准颜色有相互关系，如图 6-24 所示。
- 图层：可以层叠各个影片剪辑，而不影响其颜色，如图 6-25 所示。

图 6-24　　"一般"模式

图 6-25　　"图层"模式

- 变暗：只替换比混合颜色亮的区域，比混合颜色暗的区域不变，如图 6-26 所示。
- 正片叠底：将基准颜色复合以混合颜色，从而产生较暗的颜色，如图 6-27 所示。

图 6-26　　"变暗"模式

图 6-27　　"正片叠底"模式

- 变亮：只替换比混合颜色暗的区域，比混合颜色亮的区域不变，如图 6-28 所示。
- 滤色：将混合颜色的反色与基准颜色复合，从而产生漂白效果，如图 6-29 所示。

图 6-28　　"变亮"模式

图 6-29　　"滤色"模式

- 叠加：进行色彩增殖或滤色，具体情况取决于基准颜色，如图 6-30 所示。
- 强光：进行色彩增殖或滤色，具体情况取决于混合模式颜色。该效果类似于用点光源照射对象，如图 6-31 所示。

图 6-30　　"叠加"模式

图 6-31　　"强光"模式

以下几种模式，用户可以自己进行操作，观看效果。

- 增加：从基准颜色增加混合颜色。
- 减去：从基准颜色减去混合颜色。
- 差值：从基准颜色减去混合颜色，或者从混合颜色减去基准颜色，具体情况取决于较大的亮度值。该效果类似于彩色底片。
- 反相：取基准颜色的反色。
- Alpha：应用 Alpha 遮罩层。
- 擦除：删除所有基准颜色像素，包括背景图像中的基准颜色像素。

5. "滤镜"选项

"滤镜"中的多个效果也适用于元件实例，用户可以为元件实例添加投影、发光、模糊等特殊的视觉效果。滤镜的基本操作已在 4.3 节中阐述，此处不再赘述。

6.2.3 交换元件实例

用户可以给实例指定不同的元件，从而在舞台上显示不同的实例，并保留所有的原始实例属性（如色彩效果或按钮动作），而不会影响"库"面板中的原有元件以及元件的其他实例。交换元件实例的操作步骤如下。

Step 01 选择舞台中的影片剪辑实例，打开"属性"面板，在面板中将显示该实例的属性，如图 6-32（左图）所示。

Step 02 在实例的"属性"面板中单击"交换"按钮，将弹出"交换元件"对话框。

Step 03 从该对话框中的元件列表中选择要替换的元件，在左侧的预览窗口中即可显示该元件的缩略图，如图 6-32（右图）所示。

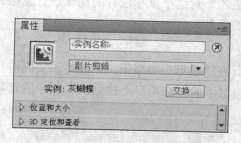
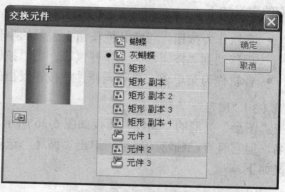

图 6-32　交换元件

Step 04 单击"确定"按钮，舞台上的元件将被新的实例所替换。

> **提示**　如果要复制选定的元件，可单击"交换元件"对话框底部的"复制元件"按钮。如果制作的是几个具有细微差别的元件，那么复制操作使用户可以在库中现有元件的基础上建立一个新元件，并将复制工作减到最少。

6.2.4 改变实例类型

在 Flash CS5 中，实例的类型是可以相互转换的，通过改变实例的行为来重新定义该实例在动画中的类型。比如，需要一个图形元件有按钮元件的行为，这时不必重新建立元件，只需对实例的行为进行修改即可。

选中舞台中的元件实例，打开"属性"面板，在面板上有 3 种类型可供选择，分别是"影片剪辑"、"按钮"和"图形"，如图 6-33 所示。对应不同的类型，"属性"面板显示的内容也各不相同。

（1）"影片剪辑"类型

要将选中的元件实例改变为"影片剪辑"类型，首先要在"属性"面板的"名称"文本框中输入该实例的名称，以便在脚本中对该实例进行控制，如图 6-34 所示。

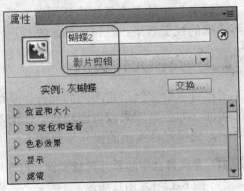

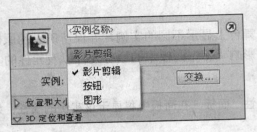

图 6-33　实例的三种类型　　　　　　图 6-34　"影片剪辑"类型的"属性"面板

（2）"按钮"类型

除了可以对该实例命名外，在"属性"面板中还出现了另外两个选项，如图 6-35 所示，它们的含义如下。

- 音轨作为按钮：忽略其他按钮上引发的事件，比如，在"按钮甲"上单击鼠标，然后移动到"按钮乙"上松开鼠标，则"按钮乙"对这个鼠标松开的动作进行忽略。
- 音轨作为菜单项：接收同样性质按钮发出的事件。

（3）"图形"类型

"图形"类型的"属性"面板如图 6-36 所示。在"图形"类型下，不能对该实例进行命名，但它有自己独特的属性，单击"循环"选项组下的"选项"下拉列表，其中的选项含义如下。

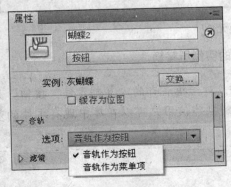

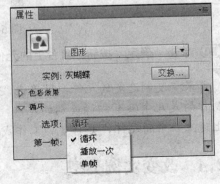

图 6-35　"按钮"类型的两个选项　　　　　　图 6-36　"图形"类型选项

- 循环：用于循环播放该实例内的所有动画序列。也就是说，如果该实例在主时间轴上有 15 帧，而该实例中有 5 个帧的动画，那么动画会循环播放 3 遍。
- 播放一次：当该实例内的动画序列播放一次后自动停止。
- 单帧：用于显示动画序列中的某一帧，需要指定显示的帧号，并不播放动画。

6.3 库

"库"是元件和实例的载体，它是使用 Flash 进行动画制作时一种非常有力的工具，在 Flash CS5 中，"库"面板用来存储在制作动画时创建的元件，导入的视频剪辑文件、音频文件、位图及导入的矢量图形等内容。用户可以通过共享库资源，方便地在多个影片中使用一个库中的资源，以提高动画的制作效率。

Flash 的库包括两种，一种是当前编辑文件的专用库，另一种是 Flash 中自带的公用库，这两种库有着相似的使用方法和特点，但也有很多不同点，所以掌握 Flash 中库的使用，首先要对这两种不同类型的库有足够的认识。

6.3.1 "库"面板的构成

Flash 的"库"面板中包括工具栏、预览窗口、库文件列表、菜单及一些相关的库文件管理工具等，如图 6-37 所示。"库"面板的工具栏中有 4 个按钮，用户可以通过这 4 个按钮对库中的文件进行管理。其中，各个按钮的含义如下。

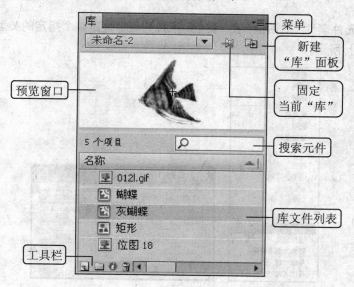

图 6-37 "库"面板

- 创建新元件 ：单击此按钮，会弹出"创建新元件"对话框，在该对话框中可以设置新建元件的名称及新建元件的类型。
- 创建新文件夹 ：在一些复杂的 Flash 文件中，库文件通常会十分繁多，管理起来十分不方便。因此，需要使用创建新文件夹的功能，在库中创建一些文件夹，将同类的文件放入到相应的文件夹中，使元件的调用更灵活、方便。

- 属性 ②：用于查看和修改库元件的属性，在弹出的对话框中显示了元件的名称、类型等一系列的信息，如图 6-38 所示。

- 删除 🗑：用来删除库中多余的文件和文件夹。

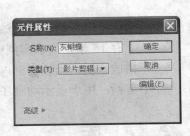

图 6-38　"元件属性"对话框

6.3.2　"库"的操作

1. 常规操作

单击"库"面板右上角的"菜单"按钮 ≣，将弹出选项菜单，如图 6-39 所示（菜单太长，分为两个部分）。通过选项菜单中的命令，可以创建/删除元件、编辑元件、复制元件、为元件命名、创建元件文件夹等。

2. 在"库"面板中更改元件类型

在"库"面板中可以很方便地更改元件的类型，操作步骤如下。

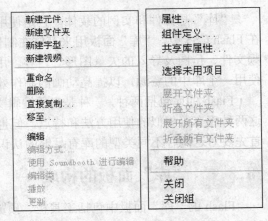

图 6-39　选项菜单

Step 01 鼠标右键单击"库"面板中所要更改类型的元件，弹出选项菜单，在选项菜单中选择"属性"命令，如图 6-40（左图）所示。

Step 02 弹出"元件属性"对话框，在"类型"下拉列表中选定某个指定的类型即可，如图 6-40（右图）所示。

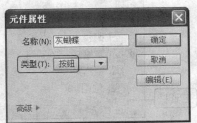

图 6-40　更改元件类型

3. 从"库"面板中进入元件编辑模式

从"库"面板中也可以直接进入元件的编辑模式，操作步骤如下。

Step 01 在"库"面板中选定元件，使其显示在预览窗口中。

Step 02 在选项菜单中选择"编辑"命令，打开元件的编辑工作区，即可进行元件的编辑。

4. 共享"库"元件

Flash 中除了可以使用自己创建的元件外，还可以将其他动画中的元件调用到当前动画中，具体操作步骤如下。

Step 01 在当前文档中，选择"文件"|"导入"|"打开外部库"命令，弹出"作为库打开"对话框，如图 6-41 所示。

Step 02 选择要打开的动画，单击"打开"按钮，即可在当前动画下，打开外部动画的"库"面板，如图 6-42 所示。

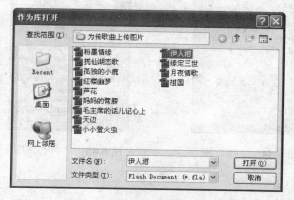

图 6-41　"作为库打开"对话框

图 6-42　外部"库"面板

Step 03 在打开的外部"库"面板中选取图片或元件，将其拖入到当前动画舞台中，即可使用。

6.3.3 专用库和公用库

1. 专用库

选择"窗口"|"库"命令或者使用 Ctrl+L 快捷键可以打开专用库的面板。在这个库中包含了当前编辑文档下的所有元件，如导入的位图、视频等，并且某个实例不论其在舞台中出现了多少次，它都只作为一个元件出现在库中。

2. 公用库

选择"窗口"|"公用库"命令，在级联菜单中可以看到"按钮"、"类"和"声音"3 个命令。

（1）"按钮"库

选择"窗口"|"公用库"|"按钮"命令，将弹出"按钮"库，其中包含多个文件夹，双击其中的某个文件夹将其打开，即可看到该文件夹中包含的多个按钮文件，单击选定其中的一个按钮，便可以在预览窗口中预览，预览窗口右上角的播放按钮▶和停止按钮■可以用来查看按钮效果，如图 6-43 所示。

（2）"类"库

选择"窗口"|"公用库"|"类"命令打开该库，可以看到其中有 DataBinding Classes（数据绑定类）、Utils Classes（组件类）及 WebService Classes（网络服务类）3 个选项，如图 6-44 所示。

（3）"声音"库

选择"窗口"|"公用库"|"声音"命令，将弹出"声音"库。"声音"库中包含各类声音文件，选中一个声音文件后，单击右上角的三角按钮，即可对该声音进行试听，如图 6-45 所示。

图 6-43　"按钮"库

图 6-44　"类"库

图 6-45　"声音"库

6.4 上机实训

6.4.1　上机实训 1——图片切换

实训说明

本实例是制作一个文字与图片切换的动画。在本例中运用"转换为元件"命令创建图形元件、修改元件的属性，并且应用"创建传统补间"命令，创建补间动画。完成后的动画效果如图 6-46 所示。

图 6-46　效果图

效果文件	素材与源文件\第 6 章\上机实训 1\图片切换.fla
同步视频文件	同步教学文件\第 6 章\6.4.1 上机实训 1——图片切换.avi

实训目标

通过对本实例的学习，读者可以对元件的创建、图层的创建有进一步的认识，并对传统补间动画有一个初步的了解和认识。

1. 文本动画制作

Step 01 运行 Flash CS5，创建一个新文档，选择"修改"|"文档"命令，在弹出的对话框中修改背景颜色为淡蓝色、帧频为 12fps，默认其他属性选项。

Step 02 选择"文件"|"保存"命令，将新文档保存到"素材与源文件\第 6 章\上机实训 1"文件夹下，并将新文档命名为"图片切换.fla"。

Step 03 选择文本工具，移动鼠标在文本框中输入文字"海阔天空"，如图 6-47 所示，选择字体，调整字体大小和颜色，利用"对齐"面板，使文本相对于舞台居中对齐。

图 6-47 输入文本

Step 04 选中文本，按 F8 键，在弹出的"转换为元件"对话框中将文本转换为名为"文字"的图形元件，如图 6-48（左图）所示，单击"确定"按钮，舞台中的文本如图 6-48（右图）所示。

图 6-48 将文本转换为元件

Step 05 鼠标右键单击时间轴的第 10 帧，在弹出的快捷菜单中选择"插入关键帧"命令，返回第 1 帧，将舞台中的元件实例拖曳到舞台的右侧，如图 6-49 所示。

Step 06 鼠标右键单击第 1 帧到第 10 帧之间的任意一帧，在弹出的快捷菜单中选择"创建传统补间"命令，创建运动补间动画，此时的"时间轴"面板如图 6-50 所示。

图 6-49 元件实例的位置

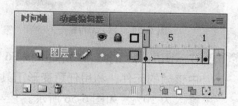

图 6-50 "时间轴"面板

Step 07 打开"属性"面板，从中选择"顺时针"旋转 1 次，如图 6-51 所示，此时按下 Enter 键，可以测试元件实例运动的效果。

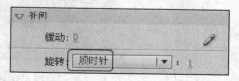

图 6-51 选择"旋转"选项

Step 08 选中"图层 1"的第 10 帧，单击鼠标右键，在弹出的快捷菜单中选择"复制帧"命令，选中"图层 1"的第 12 帧，单击鼠标右键，在弹出的快捷菜单中选择"粘贴帧"命令。

Step 09 在"图层 1"的第 25 帧处按 F6 键，插入一个关键帧，选择任意变形工具，将舞台中的元件实例缩小，并将"属性"面板的"样式"下拉列表中的 Alpha 选项的数值调整为 10%，如图 6-52（左图）所示，调整参数后的元件实例如图 6-52（右图）所示。

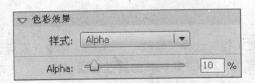

图 6-52　设置元件实例的色彩效果

Step 10 在"图层 1"的第 12 帧处单击鼠标右键，在弹出的快捷菜单中选择"创建传统补间"命令，创建运动补间动画，此时的"时间轴"面板如图 6-53 所示。此时按下 Enter 键，可以测试元件实例运动的效果。

图 6-53　"时间轴"面板

2. 图片切换

Step 01 单击"新建图层"按钮，插入"图层 2"，在第 26 帧处按 F6 键，插入一个空白关键帧，选择"文件"|"导入"|"导入到舞台"命令，从"素材与源文件\第 6 章\上机实训 1"文件夹下导入一张名为"汽车"的图片，如图 6-54 所示。打开"对齐"面板，使其对于舞台居中对齐。

Step 02 选择图片，选择"修改"|"转换为元件"命令，将图片转换为名为"汽车"的图形元件，单击"确定"按钮，元件实例如图 6-55 所示。

图 6-54　导入图片

图 6-55　将图片转换为元件

Step 03 在"图层 2"的第 40 帧处，按 F6 键插入一个关键帧，返回"图层 2"的第 26 帧，选中该帧的元件，利用任意变形工具将元件实例缩小，并在"属性"面板中将 Alpha 值修改为 10%，如图 6-56 所示。

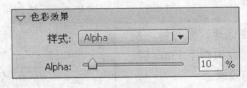

图 6-56　设置元件实例的色彩效果

Step 04 选中第 26 帧到第 40 帧之间的任意一帧并单击鼠标右键，在弹出的快捷菜单中选择"创建传统补间"命令，创建运动补间动画。

Step 05 在"图层 2"的第 42 帧和第 55 帧处，按 F6 键各插入一个关键帧，选中第 55 帧处的图片，将元件实例移到左侧舞台之外的位置，如图 6-57 所示。

Step 06 选中第 42 帧，单击鼠标右键，在弹出的快捷菜单中选择"创建传统补间"命令，创建运动补间动画。

Step 07 打开"属性"面板，从中选择"逆时针"旋转 1 次，如图 6-58 所示。

图 6-57 移动元件实例

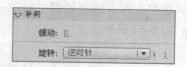

图 6-58 选择"旋转"选项

Step 08 完成后的"时间轴"面板如图 6-59 所示。制作完毕后保存文件，按 Ctrl+Enter 组合键，输出动画并测试动画效果。

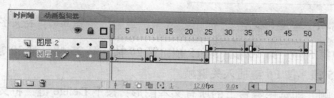

图 6-59 "时间轴"面板

6.4.2 上机实训 2——打字效果

实训说明

本实例将介绍打字效果动画的制作，本实例与前面的实例相比，相对要复杂一些，主要是考虑到打字的速度，并且将舞台中的文本打散，将它们转换成图形元件来制作动画效果。完成后的动画效果如图 6-60 所示。

图 6-60 效果图

效果文件	素材与源文件\第 6 章\上机实训 2\打字效果.fla
同步视频文件	同步教学文件\第 6 章\6.4.2 上机实训 2——打字效果.avi

实训目标

通过对本实例的学习，读者可以学会打字动画的制作，并能掌握元件的应用。

Step 01 运行 Flash CS5，创建一个新文档，默认文档属性。

Step 02 选择"文件"|"保存"命令，将新文档保存到"素材与源文件\第 6 章\上机实训 2"
文件夹下，并将新文档命名为"打字效果.fla"。

Step 03 选择文本工具，在"属性"面板中设置字体、颜色和字号，移动鼠标在文本框中输入
文字"相逢是首快乐的歌！"，如图 6-61 所示。

Step 04 选中文本，两次选择"修改"|"分离"命令，将文字打散，使文字呈麻点状，如
图 6-62 所示。

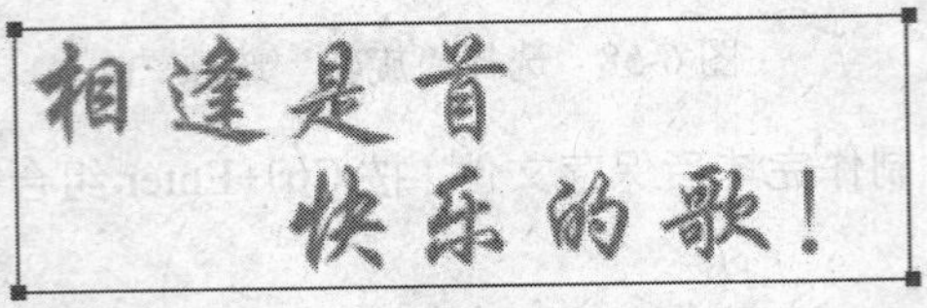

图 6-61　输入文本 　　　　　　　　　　　图 6-62　将文字分离

Step 05 分别选中第 5 帧、第 10 帧、第 15 帧、第 20 帧、第 25 帧、第 30 帧、第 35 帧、第 40
帧和第 45 帧，按 F6 键插入关键帧。

Step 06 选中第 1 帧，即选中舞台上的所有文本图形，按下 Delete 键，将文字全部删除。选中
第 5 帧，将除了"相"字以外的其他文字图形全部删除（舞台中只保留"相"字）。

Step 07 选中第 10 帧，将除了"相逢"两个字以外的其他文字图形全部删除，选中第 15 帧，
将除了"相逢是"三个字以外的其他文字图形全部删除，依此类推。

Step 08 到第 45 帧，保持文字图形不变，最后在第 50 帧处，按 F5 键插入普通帧。

Step 09 单击"新建图层"按钮，插入"图层 2"，在"图层 2"的名称处双击鼠标左键，将新
图层命名为"背景"，将"图层 1"命名为"文字"。

Step 10 选中"背景"图层的第 1 帧，选择"文件"|"导入"|"导入到舞台"命令，从"素材
与源文件\第 6 章\上机实训 2"文件夹下，导入一张名为"背景"的图片，调整图片与
舞台同等尺寸，并利用"对齐"面板使图片相对于舞台居中对齐，如图 6-63 所示（该
图层的普通帧将自动延长到第 50 帧）。

Step 11 鼠标左键按住"背景"图层，将其拖曳到"文字"图层的下方，如图 6-64 所示。

图 6-63　"背景"图片

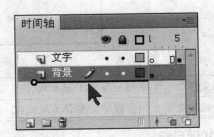

图 6-64　修改图层位置

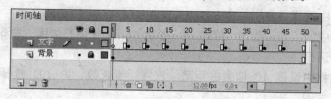

Step 12 制作结束后保存文档，此时的"时间轴"面板如图 6-65 所示。

图 6-65 "时间轴"面板

Step 13 按 Ctrl+Enter 组合键，测试并浏览动画效果。

6.4.3 上机实训 3——简单按钮

实训说明

本实例介绍按钮动画的制作，当指针弹起、滑过或按下的时候，按钮以不同的颜色显示。完成后的动画效果如图 6-66 所示。

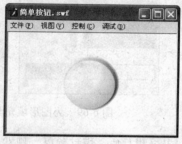

效果文件	素材与源文件\第 6 章\上机实训 3\简单按钮.fla
同步视频文件	同步教学文件\第 6 章\6.4.3 上机实训 3——简单按钮.avi

图 6-66 效果图

实训目标

通过对本实例的学习，读者可以对简单的 Flash 按钮动画有一个初步的了解和认识。

1. 制作按钮元件

Step 01 运行 Flash CS5 软件，创建一个新的 Flash 文档，默认文档属性。

Step 02 选择"文件"|"保存"命令，将新文档保存到"素材与源文件\第 6 章\上机实训 3"文件夹下，并将新文档命名为"简单按钮.fla"。

Step 03 选择"插入"|"新建元件"命令，在弹出的对话框中创建一个名为"颜色按钮"的按钮元件，如图 6-67 所示；单击"确定"按钮，进入元件编辑状态。按钮元件的"时间轴"面板如图 6-68 所示。

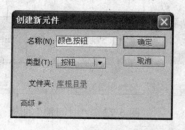

图 6-67 创建按钮元件

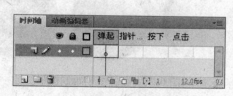

图 6-68 按钮元件的"时间轴"面板

Step 04 选中"弹起"帧，选择椭圆工具，打开"颜色"面板，在面板中设置"径向渐变"填充类型，填充颜色为白色、浅绿色和深绿色，如图 6-69（左图）所示。

Step 05 拖动鼠标在编辑区绘制一个无边框的正圆，选择颜料桶工具，拖动鼠标在圆的左上角处单击填充渐变色，如图 6-69（右图）所示。

Step 06 利用 "对齐" 面板使其相对于舞台居中对齐, 然后用鼠标右键单击该正圆, 在弹出的快捷菜单中选择 "复制" 命令。

Step 07 选中舞台中的正圆, 选择 "修改" | "形状" | "柔化填充边缘" 命令, 弹出 "柔化填充边缘" 对话框。

Step 08 在该对话框中设置 10 像素的距离, 设置 "步长数" 为 10, 选择 "扩展" 方向, 如图 6-70 (左图) 所示。

Step 09 单击 "确定" 按钮, 舞台中所绘制的正圆的边缘被柔化, 如图 6-70 (右图) 所示。

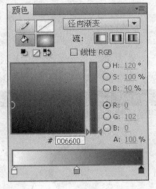 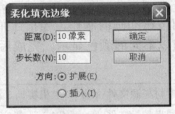 

图 6-69　为图形填充渐变色　　　　　　　　图 6-70　柔化正圆图形

Step 10 在 "指针经过" 帧处, 按 F6 键插入关键帧, 在舞台中单击鼠标右键, 在弹出的快捷菜单中选择 "粘贴到当前位置" 命令, 复制一个正圆图形。

Step 11 选中复制的正圆图形, 利用键盘上的方向键, 将其向下并向左各移动 3 像素, 并将其颜色更改为黄色渐变颜色, 如图 6-71 (左图) 所示。

Step 12 在 "按下" 帧处, 按 F6 键插入关键帧, 然后在舞台中单击鼠标右键, 在弹出的快捷菜单中选择 "粘贴到当前位置" 命令, 再复制一个正圆图形, 将该图形对齐黄色正圆图形, 并将其设置为红色, 如图 6-71 (中图) 所示。

Step 13 在 "点击" 帧处, 按 F6 键插入关键帧, 选择椭圆工具, 拖动鼠标在工作区中绘制一个无边框的任意颜色的正圆, 并将其他帧的正圆图形覆盖, 如图 6-71 (右图) 所示。

此时的 "时间轴" 面板如图 6-72 所示。

 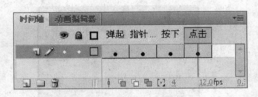

图 6-71　在各个帧绘制图形　　　　　　　　图 6-72　"时间轴" 面板

2. 组织场景

Step 01 按 Ctrl+E 组合键, 返回 "场景 1", 选择 "窗口" | "库" 命令, 打开 "库" 面板, 从 "库" 面板中将制作好的 "颜色按钮" 按钮元件拖入舞台。

Step 02 制作结束后, 保存文件。按 Ctrl+Enter 组合键, 输出动画, 当鼠标弹起、指针划过和单击按钮时, 按钮出现不同的颜色。

6.5 小结

通过对本章的学习，用户可以了解到元件和实例是创建 Flash 动画的重要组成部分，并掌握使用库资源的方法。

用户应重点注意区分元件和实例的关系，元件可以在影片或其他影片剪辑中重复使用，实例则可以与其他的元件颜色、大小和功能有很大的差别。元件存放在"库"面板中，用户可以在 Flash 影片之间将元件作为共享资源。

6.6 课后习题

1. 选择题

（1）选择"窗口"|"库"命令或者使用快捷键_____可以打开专用库的面板。

A. Ctrl+T   B. Ctrl+L   C. F9

（2）在舞台中改变实例的颜色，元件_____。

A. 不受实例的影响   B. 受实例的影响而改变   C. 改变，实例不变

（3）元件的创建方式分为两种：_____。

A. 新建元件和转换为元件

B. 直接复制元件和新建元件

C. 转换元件和直接复制元件

2. 填空题

（1）一种元件被创建后，其类型并不是不可改变的，它可以在_____、_____和_____这3种元件之间互相转换，同时保持原有特性不变。

（2）按钮元件可以根据鼠标的_____或_____等操作激发相应的_____。

3. 问答题

（1）简述元件、库和实例的关系。

（2）元件的优点是什么？

第7章

动画类型及制作

　　本章通过丰富的例子，主要介绍 Flash 中补间动画的创建方法。补间动画包含了动作补间动画和形状补间动画两大类动画效果，也包含了引导动画和遮罩动画这两种特殊的动画效果。

本章知识点

- ◎ 逐帧动画
- ◎ 传统补间动画
- ◎ 形状补间动画
- ◎ 补间动画
- ◎ 引导层动画
- ◎ 遮罩动画
- ◎ 创建骨骼动画

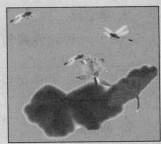

7.1 逐帧动画

7.1.1 逐帧动画的原理

Flash CS5 动画是以时间轴为基础的动画，构成动画的一系列画面称为帧，当播放头以一定的速率依次经过各个帧，各帧的画面将显示在屏幕上，从而形成动画。

逐帧动画也称为"帧帧动画"，顾名思义，这种动画是需要定义每一帧的内容，以完成动画的创建。逐帧动画是一种最基本、最传统的动画形式，它不需要设置任何补间，它的原理是在连续的关键帧中分解动画动作，也就是在每一帧中添加不同的内容，整个动画过程是通过这些关键帧连续变化而形成的。

使用逐帧动画可以创建出复杂而出色的动画效果，这些效果使用其他动画方式是很难实现的。但是制作逐帧动画需要为动画中的每一帧添加动画内容，因此，逐帧动画的体积一般会比普通动画的体积大，占用的内存也会比较多，创作人员的工作量也将会非常大。

> **提示** 衡量播放动画速度的单位是 fps，即每秒播放的帧数，在 Flash 动画制作中，一般将每秒播放的帧数设定为 12fps。

7.1.2 逐帧动画的特点

逐帧动画的特点主要体现在以下方面。

- 逐帧动画的每一个帧都是关键帧，每个帧的内容都需要编辑。
- 逐帧动画是由许多单个的关键帧组合而成，每个关键帧都可以单独编辑，并且相邻帧中的对象变化不大。
- 逐帧动画适合表现一些细腻的动作，如 3D 效果、面部表情、走路、转身等。因此，创建逐帧动画要求用户具有比较强的逻辑思维和一定的绘画功底。

> **提示** 通常在网络中欣赏到卡通人行走、头发飘逸等动作，都是使用逐帧动画实现的。

7.1.3 创建逐帧动画

创建逐帧动画时，可先在"时间轴"面板中选中要插入多个图形的多个帧，使用命令将每个帧定义为关键帧，然后为每个帧添加不同的图形对象。

1. 导入 GIF 格式图像直接生成动画

将 GIF 格式图片导入 Flash 中，即可创建一段逐帧动画，这是最简单的制作动画的方法，具体操作步骤如下。

Step 01 运行 Flash CS5，创建一个新文档，默认属性选项。

Step 02 选择"文件"|"导入"|"导入到舞台"命令，打开"导入"对话框，如图 7-1 所示，选择一幅 GIF 图片，单击"打开"按钮，即可将 GIF 图片导入到舞台，如图 7-2 所示。

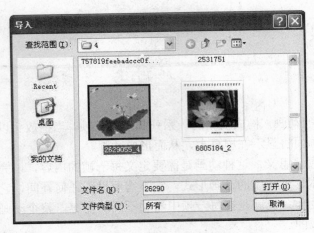

图 7-1 "导入"对话框

图 7-2 导入一幅 GIF 图片

Step 03 打开"库"面板,从"库"中可看到一组序列图片,如图 7-3 所示。在"时间轴"面板中,导入的图片将自动排列在连续的关键帧上,如图 7-4 所示,并生成逐帧动画。

图 7-3 "库"面板

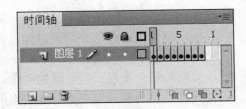

图 7-4 "时间轴"面板

Step 04 单击"绘图纸外观"按钮,打开绘图纸外观,将舞台放大后,可以清晰地看到关键帧中对象的前后变化过程(蜻蜓翅膀扇动的过程),如图 7-5 所示。

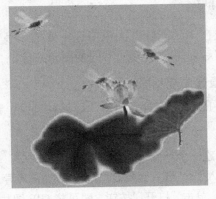

图 7-5 打开"绘图纸外观"按钮后的图像

Step 05 制作结束后，保存文档，按下 Ctrl+Enter 组合键，浏览并测试动画效果。

2. 在 Flash 中制作逐帧动画

除了使用外部导入的方式创建逐帧动画外，还可以在软件中制作每一个关键帧中的内容，从而创建逐帧动画，具体操作步骤如下。

Step 01 运行 Flash CS5，创建一个新文档，默认属性选项。

Step 02 选择时间轴，从第 2～5 帧依次按 F7 键插入空白关键帧，如图 7-6 所示。

Step 03 选中第 1 帧，选择椭圆工具，移动鼠标在舞台上绘制一个无边框的渐变色椭圆，如图 7-7 所示，利用"对齐"面板，使椭圆图形相对于舞台居中对齐。

Step 04 选中第 2 帧，选择"文件"|"导入"|"导入到舞台"命令，在相关文件夹中导入一张图片，适当调整图片的尺寸，利用"对齐"面板，使其相对于舞台居中对齐，如图 7-8 所示。

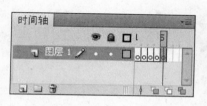

图 7-6　插入空白关键帧　　　　图 7-7　绘制椭圆　　　　图 7-8　导入图片

Step 05 选中第 3 帧，选择多角星形工具，拖动鼠标在舞台中绘制一个无边框的红色五角星，利用"对齐"面板，使其相对于舞台居中对齐，如图 7-9 所示。

Step 06 分别选中第 4 帧和第 5 帧，使用铅笔工具和矩形工具绘制一个螺旋图形和一个渐变色的正方形，并使图形相对于舞台居中对齐，如图 7-10 所示。

图 7-9　绘制五角星　　　　　　図 7-10　绘制图形

Step 07 制作完毕，完成后的"时间轴"面板如图 7-11 所示。按 Ctrl+Enter 组合键，浏览并测试动画效果。

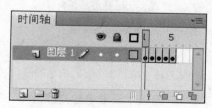

图 7-11　"时间轴"面板

7.1.4　创建倒计时动画

本实训制作了一个简单的倒计时动画，动画中的数字由 9 变到 1，每隔 1 秒变化一次，通过本实训学会在时间轴中添加关键帧，并在相应的帧上输入数字，具体操作步骤如下。

1.　绘制图形

Step 01 运行 Flash CS5，创建一个新文档，选择"修改"|"文档"命令，打开"文档设置"对话框，在该对话框中设置尺寸为 400 像素×300 像素、帧频为 1fps，单击"确定"按钮，如图 7-12 所示。

Step 02 选择"文件"|"保存"命令，将新文档保存到"素材与源文件\第 7 章\素材"文件夹中，并为新文档命名为"创建倒计时动画.fla"。

Step 03 选择"视图"|"标尺"命令，在舞台中通过拖动标尺添加交叉的辅助线效果，如图 7-13 所示。

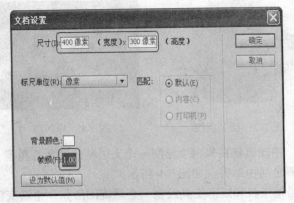

图 7-12　设置文档大小　　　　　　　　图 7-13　添加辅助线

Step 04 选择椭圆工具，拖动鼠标在舞台中绘制一个红色边框、填充黄色的正圆，并利用"对齐"面板使其相对于舞台居中对齐，如图 7-14（左图）所示。

Step 05 选择椭圆工具，拖动鼠标在黄色的正圆中间绘制一个黑色边框、深紫色的小正圆，并利用"对齐"面板使其相对于舞台居中对齐，如图 7-14（中图）所示。

Step 06 使用同样的方法，在紫色正圆中绘制白色圆形，如图 7-14（右图）所示。

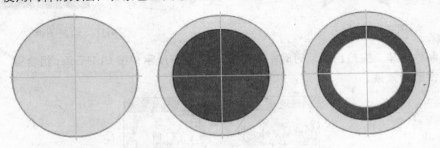

图 7-14　绘制 3 个不同大小的圆

Step 07 选择线条工具，在"属性"面板中设置笔触高度为 2，拖动鼠标沿辅助线绘制相交实线，将舞台中的标尺线移除，如图 7-15 所示。

Step 08 选中舞台中的全部对象,然后按 Ctrl+G 组合键(或选择"组合"命令)将选中的对象组合为一个整体,如图 7-16 所示。

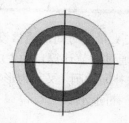
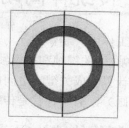

图 7-15　绘制相交直线　　　　　　　　　　图 7-16　将对象组合

2. 创建动画

Step 01 双击"图层 1"图层的名称处,将其重新命名为"背景"。选中第 15 帧,按 F5 键,插入延长帧。

Step 02 单击"新建图层"按钮,插入新图层,将新图层命名为"数字"。

Step 03 选择文本工具,在文本框中输入数字 9,在"属性"面板中,将文本的字体设为 Arial Black,文本大小设为 96,颜色设为黑色,利用"对齐"面板使其相对于舞台居中对齐,如图 7-17(左图)所示。

Step 04 选中文本,选择"分离"命令,将文字打散,如图 7-17(中图)所示,此时,"时间轴"面板中的帧会自动将帧延长到第 15 帧。

Step 05 选中"数字"图层的第 2 帧,按 F7 键插入空白关键帧,选择文本工具,将数字更改为 8,选择"分离"命令,将文字打散,如图 7-17(右图)所示。

图 7-17　输入数字并分离数字

Step 06 重复以上步骤,在第 3 帧处插入空白关键帧,将文本修改为 7;在第 4 帧处插入空白关键帧,将文本修改为 6;……,依此类推,直到第 10 帧的文本修改为 0 为止,此时的"时间轴"面板如图 7-18 所示。

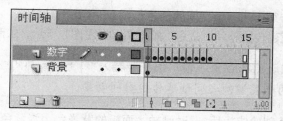

图 7-18　"时间轴"面板

Step 07 制作完毕,保存文件,按 Ctrl+Enter 组合键,输出并测试动画效果。

7.2 传统补间动画

在实际工作中，制作逐帧动画的工作量太大，浪费了大量的时间，通常设计人员只绘制一些关键帧，而关键帧和关键帧之间的内容可以由软件通过插值计算自动生成。Flash CS5提供了两种计算生成关键帧之间内容的方法，一种是形状补间动画（又称为形状渐变动画，简称形变动画），另一种就是传统补间动画（又称为动作补间动画）。

7.2.1 制作传统补间动画的条件

传统补间动画是 Flash 中常见的基础动画类型，使用它可以制作出对象的位移、变形、旋转、透明度、滤镜以及色彩变化的动画效果。

与逐帧动画不同，使用传统补间创建动画时，只要将两个关键帧中的对象制作出来即可。两个关键帧之间的过渡由 Flash 自动创建，并且只有两个关键帧是可以编辑的，而各个过渡帧只可以查看，不能进行编辑。除此之外，在制作动画时还需要满足以下条件。

（1）在一个动画补间至少要有两个关键帧。

（2）这两个关键帧中的对象必须是同一个对象。

（3）这两个关键帧中的对象必须有一些变化，否则制作出来的动画将没有动作变化的效果。

 提示 构成运动补间动画的对象必须是元件或成组对象，可以是图形元件、按钮、文字、影片剪辑、位图等，但不能是形状。

7.2.2 创建传统补间动画

1. 创建动画

创建一个传统补间动画的步骤如下。

Step 01 创建一个新文档，选中第 1 帧，选择"文件"|"导入"|"导入到舞台"命令，任意导入一张图片，如图 7-19 所示，移动图片将其放置在舞台的左侧。

Step 02 在第 15 帧处按 F6 键，插入一个关键帧，将图片移动到舞台的右侧。

图 7-19　导入图片

Step 03 鼠标右键单击第 1～15 帧之间的任意一帧，在弹出的快捷菜单中选择"创建传统补间"命令，如图 7-20（左图）所示，从而创建了运动补间动画。

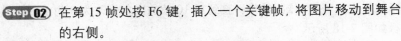 **提示** 选中第 1～15 帧之间的任意一帧，选择"插入"|"传统补间"命令，如图 7-20（右图）所示，即可在两个关键帧之间创建传统补间动画。

Step 04 传统补间动画创建成功后，"时间轴"面板的背景色为淡紫色，在起始帧和结束帧之间有一个黑色的箭头，如图 7-21 所示。按下 Ctrl+Enter 组合键，即可输出动画，并且可以浏览并测试动画效果。

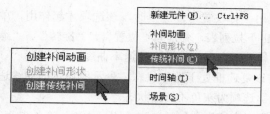

图 7-20　创建传统补间动画

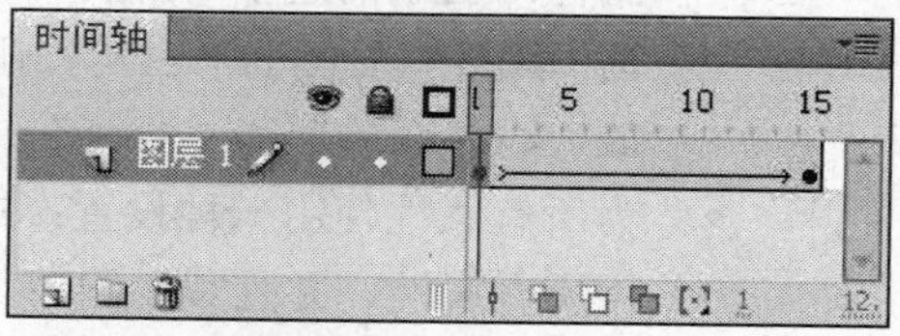

图 7-21　"时间轴"面板

2. 动画属性的设置

创建了传统补间动画后，可以通过"属性"面板进行动画的各项设置，从而使其更符合动画的需要。首先选择已经创建传统补间动画之间的两个关键帧之间的任意一帧，打开"属性"面板，在面板中可以设置动画的运动速度、旋转方向和旋转次数等，如图 7-22 所示。其中各选项参数介绍如下。

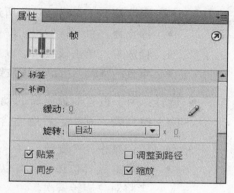

- 缓动：默认情况下，过渡帧之间的变化速率是不变的，在此可以通过"缓动"选项逐渐调整变化速率，从而创建更为自然地由慢到快的加速或先快后慢的减速效果。取值范围体现在以下内容。

图 7-22　传统补间动画的"属性"面板

  - ◆ -100～-1：动画运动的速度从慢到快，朝运动结束的方向加速补间。
  - ◆ 1～100：动画运动的速度从快到慢，朝运动结束的方向减速补间。
  - ◆ 0（默认）：补间帧之间的变化速率是不变的。

- "缓动编辑"按钮 ✎：单击"缓动"选项右侧的"缓动编辑"按钮，可弹出"自定义缓入/缓出"对话框，在该对话框中可以设置过渡帧更为复杂的速度变化，如图 7-23 所示。

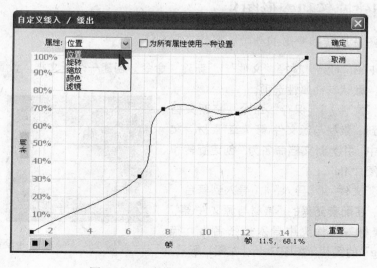

图 7-23　"自定义缓入/缓出"对话框

◆ 属性：当取消选中"为所有属性使用一种设置"复选框时，该选项才起作用，单击"属性"右侧的下三角按钮，弹出下拉列表，分别为"位置"、"旋转"、"缩放"、"颜色"和"滤镜"，每个属性都会有一个独立的速率曲线。

◆ 为所有属性使用一种设置：默认时该复选框处于选中状态，表示所显示的曲线适用所有属性，并且其左侧的"属性"选项为灰色不可用状态。

◆ 速率曲线：用于显示对象的变化速率，在速率曲线处单击，即可添加一个控制点，通过按住鼠标拖曳，可以对所选的控制点进行位置调整，并显示两侧的控制手柄，可以使用鼠标拖动控制点或其控制手柄，也可以使用小键盘中的箭头键确定位置；再次按 Delete 键，可将所选控制点删除。

◆ 停止■：单击该按钮，停止舞台上的动画预览。

◆ 播放▶：单击该按钮，以当前定义好的速率曲线预览舞台上的动画。

◆ 重置 重置：单击该按钮，可以将当前的速率曲线重置成默认的线性状态。

● 旋转：用于设置对象旋转的动画，单击右侧的"自动"按钮，可弹出如图 7-24 所示的下拉列表。其中，各选项含义介绍如下。

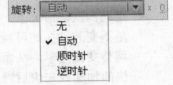

◆ 无：禁止元件旋转。

◆ 自动：选择该选项，可以在需要最少动作的方向上将对象旋转一次。

◆ 顺时针/逆时针：选择该选项，可以将对象进行顺时针/逆时针方向旋转，并且在右侧设置旋转次数。

图 7-24 "旋转"选项

● 贴紧：选中该复选框，可以将对象贴紧到引导线上。

● 同步：选中该复选框，可以使图形元件实例的动画和主时间轴同步。

● 调整到路径：制作运动引导线动画时，选中该复选框，可以使动画对象沿着运动路径运动。

● 缩放：选中该复选框，用于改变对象的大小。

7.2.3 创建旋转和变形图片

制作一个图片旋转和变形的动画，操作步骤如下。

Step 01 运行 Flash CS5，选择"文件"|"新建"命令，创建一个新文档。设置背景颜色为浅蓝色，默认其他属性选项。

Step 02 选择"文件"|"保存"命令，将新文档保存到"素材与源文件\第 7 章\素材"文件夹中，并为新文档命名为"创建旋转和变形图片.fla"。

Step 03 选择"文件"|"导入"|"导入到舞台"命令，在配套光盘的"素材与源文件\第 7 章\素材"文件夹中导入一张名为"猫猫.jpg"的图片，如图 7-25（左图）所示。

图 7-25 导入图片并设置图片尺寸

Step 04 选中第 1 帧上的猫猫图片，按住鼠标将其拖放到舞台左上角的舞台之外，并选择任意变形工具将图片缩小，如图 7-25（右图）所示。

Step 05 在第 10 帧处按 F6 键插入关键帧，将图片拖放到舞台右侧中下部，使用任意变形工具对图片稍作放大。

Step 06 鼠标右键单击第 1～10 帧之间的任意一帧，在弹出的快捷菜单中选择"创建传统补间"命令，如图 7-26 所示。

Step 07 打开"属性"面板，在该面板中选择"顺时针"旋转选项，次数为 1 次，如图 7-27 所示，创建运动补间动画。

图 7-26　创建传统补间

图 7-27　设置旋转

Step 08 在第 20 帧处按 F6 键，插入关键帧，将图片拖放到舞台的中央，使用任意变形工具对图片进行放大。

Step 09 鼠标右键单击第 10 帧，在弹出的快捷菜单中选择"创建传统补间"命令，并在"属性"面板中选择"逆时针"旋转选项，旋转次数为 1 次。

Step 10 在第 30 帧处按 F6 键，插入关键帧，将小猫图片拖放到舞台的右上角，选择任意变形工具将图片缩小。鼠标右键单击第 20 帧，在弹出的快捷菜单中选择"创建传统补间"命令。

Step 11 在第 40 帧处按 F5 键，插入普通帧，以延长图片在舞台上的停留时间。完成制作后保存文件，"时间轴"面板如图 7-28 所示。

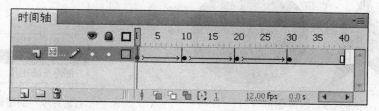

图 7-28　"时间轴"面板

Step 12 按 Ctrl+Enter 组合键，浏览动画效果。

7.3 形状补间动画

7.3.1 制作形状补间动画的条件

　　形状补间动画用于创建形状变化的动画效果，使一个形状变成另一个形状，同时可以设置图形形状的位置、大小和颜色的变化。

　　形状补间动画的创建方法与传统补间动画类似，只要创建两个关键帧中的对象，其他过渡帧可通过 Flash 自己制作出来，当然，创建形状补间动画时也要满足以下条件。

（1）在一个形状补间动画中至少要有两个关键帧，缺一不可。

（2）在两个关键帧中的对象必须是可编辑的图形，如果是其他类型的对象，则必须将其转换为可编辑图形。

（3）这两个关键帧中的图形必须有一些变化，否则制作出的动画将没有动画效果。

> **提示** 如果形状补间动画的首、末关键帧中的对象不是可编辑图形，比如是图片或文字，此时可以选择"修改"|"分离"命令，使关键帧中的对象分离为可编辑图形。有时需要经过多次分离操作，才能使关键帧中的对象完全成为可编辑图形。

7.3.2 创建形状补间动画

1. 创建动画

创建形状补间动画的步骤如下。

Step 01 创建一个新文档，选中第 1 帧，选择多角星形工具，拖动鼠标在舞台中绘制一个蓝色的五角星图形，并利用"对齐"面板，使其相对于舞台居中对齐，如图 7-29（左图）所示。

Step 02 在第 15 帧处按 F7 键，插入一个空白关键帧，选择椭圆工具，拖动鼠标在舞台中绘制一个红色的椭圆图形，利用"对齐"面板，使其相当于舞台居中对齐，如图 7-29（右图）所示。

Step 03 鼠标右键单击第 1～15 之间的任意一帧，在弹出的快捷菜单中选择"创建补间形状"命令，如图 7-30 所示，从而创建了形状补间动画。

图 7-29　绘制图形　　　　　　　　　　　　图 7-30　创建补间形状

> **提示** 选中第 1～15 帧之间的任意一帧，选择"插入"|"补间形状"命令，如图 7-31 所示，即可在两个关键帧之间创建形状补间动画。

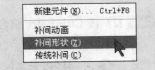

图 7-31　创建形状补间动画

Step 04 形状补间动画创建成功后，"时间轴"面板的背景色变为淡绿色，在起始帧和结束帧之间有一个黑色的箭头，如图 7-32 所示。按下 Ctrl+Enter 组合键，即可输出动画，并且可以浏览并测试动画效果。

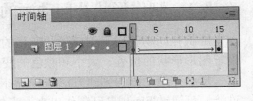

图 7-32　"时间轴"面板

2. 动画属性的设置

形状补间动画的属性同样是通过"属性"面板的"补间"选项来进行设置的，首先选择已经创建形状补间动画两个关键帧之间的任意一帧，然后打开"属性"面板，在该面板中的"补间"选项中可以设置动画的运动速度、混合等，如图 7-33 所示，其中各选项参数介绍如下。

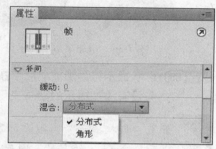

- 缓动：该选项设置请参照传统补间动画的设置。
- 混合：包括两个选项，具体介绍如下。

  - 分布式：创建的动画中间形状比较平滑和不规则。
  - 角形：创建的动画中间形状会保留有明显的角和直线，适合于具有锐化转角和直线的混合形状。

图 7-33　形状补间动画的"属性"面板

7.3.3　使用形状提示控制形状变化

在制作形状补间动画时，如果要控制复杂的形状变化，就会出现变化过程杂乱无章的情况，这时可以使用 Flash 提供的形状提示，通过它可以为动画中的图形添加提示点，使形状在变形过渡中依照一定的规则进行，从而能有效地控制变形过程。

利用创建形状补间动画添加形状提示和删除提示的操作步骤如下。

Step 01 单击形状补间动画开始帧，选择"修改"|"形状"|"添加形状提示"命令，则该帧图形上便会增加一个红色 a 字的提示符，如图 7-34（左图）所示，同样，在结束帧的图形中也会出现一个红色 a 字的提示符，如图 7-34（右图）所示。

Step 02 分别选择这两个提示符，将其放置在适当位置，添加成功后，开始帧上的提示符变为黄色，如图 7-35（左图）所示，结束帧上的提示符变为绿色，如图 7-35（右图）所示。

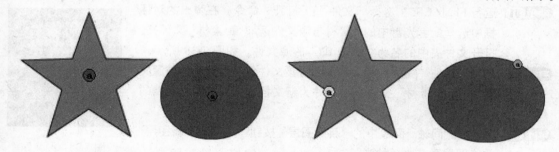

图 7-34　添加首末帧的提示符　　　　　　图 7-35　调整提示符成功

Step 03 在开始帧上选择"修改"|"形状"|"添加形状提示"命令，在该帧的图形上又出现一个红色 b 字的提示符，同样在结束帧的图形中也会出现一个红 b 字的提示符，如图 7-36 所示。

Step 04 分别选择这两个 b 字提示符，将其放置在适当位置，添加成功后，开始帧上的提示符变为黄色，如图 7-37（左图）所示；结束帧上的提示符变为绿色，如图 7-37（右图）所示。

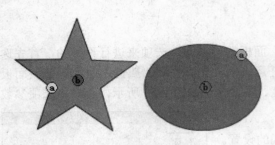

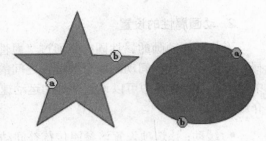

图 7-36　添加第 2 个提示符　　　　　　　　图 7-37　调整提示符成功

Step 05　形状提示符添加成功后，按下 Ctrl+Enter 组合键，浏览动画效果，可以发现添加提示
　　　　　与没有添加提示的动画变化有所不同。

> **提示**　如果"形状提示"圆圈添加不成功或不在一条曲线上时，则提示的圆圈颜色不变，
> 形状提示包含 a～z 的字母，因此一个形状补间动画中最多可以添加 26 个形状提示。

Step 06　删除单个形状提示时，在形状提示上单击鼠标右键，在弹出的快捷菜单中选择"删除
　　　　　提示"命令即可。

Step 07　删除全部的形状提示时，可以选择"修改"|"形状"|"删除所有提示"命令（或在形
　　　　　状提示上单击鼠标右键，在弹出的快捷菜单中选择"删除所有提示"命令）。

> **提示**　在制作复杂的形变动画时，形状提示的添加和拖放要多方位尝试，并且要在观察
> 变形效果的前提下，不断地对位置进行调整，方可获得成功。

7.3.4　制作摇曳的烛光

　　本例将介绍摇曳烛火的制作，通过对本例的学习，读者可以对形状补间动画有更进一
步的了解。

Step 01　运行 Flash CS5，选择"文件"|"打开"命令，在弹出的对话
　　　　　框中选择配套光盘中的"素材与源文件\第 7 章\素材"文件夹，
　　　　　打开文件夹中的名为"蜡烛.fla"的源文件，如图 7-38 所示。

Step 02　选择"文件"|"另存为"命令，将该文件保存到"素材与源文
　　　　　件\第 7 章\素材"文件夹中，并为新文档命名为"制作摇曳的
　　　　　烛光.fla"。

Step 03　单击"时间轴"面板中的"新建图层"按钮，插入一个新图层，
　　　　　并将图层更名为"烛光"。

图 7-38　源文件

Step 04　选择"烛光"图层的第 1 帧，选择椭圆工具，设置填充颜色为黄色，拖动鼠标在舞台
　　　　　中绘制一个无边框的椭圆，如图 7-39（左图）所示。使用选择工具调整图形的形状，
　　　　　如图 7-39（右图）所示。

Step 05　选中调整后的图形，将其移动到蜡烛芯的位置，如图 7-40（左图）所示。鼠标右键单
　　　　　击烛光，在弹出的快捷菜单中选择"复制"命令。

Step 06 选中"烛光"图层的第 5 帧，按 F7 键插入空白关键帧，鼠标右键单击舞台的空白处，在弹出的快捷菜单中选择"粘贴到当前位置"命令，并利用选择工具调整形状，如图 7-40（右图）所示。

图 7-39　创建烛光图形　　　　　　　图 7-40　第 1 帧和第 5 帧处的烛光

Step 07 在"烛光"图层的第 10 帧，按 F7 键插入空白关键帧，再次复制第 1 帧的烛光图形至第 10 帧处，选择烛光图形，选择"修改"|"变形"|"水平翻转"命令，将图形翻转 180°，如图 7-41 所示。

Step 08 在"烛光"图层的第 5 帧处单击鼠标右键，在弹出的快捷菜单中选择"复制帧"命令，如图 7-42（左图）所示，在"烛光"图层的第 15 帧处单击鼠标右键，在弹出的快捷菜单中选择"粘贴帧"命令，此时的烛光如图 7-42（右图）所示。

图 7-41　第 10 帧处的烛光　　　　　图 7-42　复制/粘贴第 5 帧到第 15 帧

Step 09 复制第 1 帧并粘贴到第 20 帧和第 40 帧处，复制第 5 帧并粘贴到第 25 帧和第 45 帧处，复制第 10 帧并粘贴到第 30 帧和第 50 帧处，复制第 15 帧并粘贴到第 35 帧和第 55 帧处，然后在"蜡烛"图层的第 55 帧处按 F5 键，插入普通帧。

Step 10 分别在两个关键帧之间单击鼠标右键，在弹出的快捷菜单中选择"创建补间形状"命令，创建形状补间动画，如图 7-43 所示。

Step 11 鼠标单击"新建图层"按钮，插入一个新图层，并为该图层命名为"光晕"，选择该图层，将其拖放到最底层。选中第 1 帧，选择椭圆工具，打开"颜色"面板，在该面板中设置颜色填充为"径向渐变"类型，填充颜色从左到右依次为黄色和白色，并将白色的 Alpha 值设置为 0%，将黄色的 Alpha 值设置为 80%，如图 7-44（左图）所示。

Step 12 拖动鼠标在舞台中绘制一个正圆，将该圆拖放到烛光的中央处，如图 7-44（右图）所示。

Step 13 制作结束后保存文件，"时间轴"面板如图 7-45 所示。按 Ctrl+Enter 组合键测试并浏览动画效果。

图 7-43 创建形状补间动画

图 7-44 创建"光晕"图形

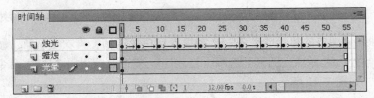

图 7-45 "时间轴"面板

7.4 补间动画

Flash CS5 支持两种不同类型的补间创建动画，一种是传统补间动画，它是一种基于关键帧的运动渐变动画。另一种就是新功能的补间动画，它是基于对象的动画，不再是作用于关键帧，而是作用于动画元件本身，从而使 Flash 的动画制作更加专业化。

补间动画是一种全新的动画类型，它是在 Flash CS5 版本中引进的一种动画形式，补间动画强大并且易于创建，不仅可以大大简化动画的制作过程，而且提供了更大程度的控制，与传统补间相比，两者存在很大的差异。

7.4.1 在舞台中编辑属性关键帧

补间动画对于创建对象的类型也有限制，只能应用于元件实例和文本字段，并且要求同一图层中只能选择一个对象。如果选择多个对象，将会弹出一个用于提示是否将选择的多个对象转换为元件的提示框，如图 7-46 所示。当单击"确定"按钮后，即将多个对象转换为一个新元件再进行补间动画的创建。因此，要将其他元件添加到同一帧中，应将其放置在单独的图层中。

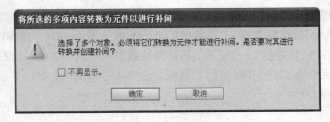

图 7-46 提示对话框

下面通过一个简单的例子来演示补间动画的制作方法，具体操作如下。

Step 01 创建一个新文档，选择"文件"|"导入"|"导入到舞台"命令，从相关文件夹中导入一个背景图片，调整图片尺寸与舞台相同，利用"对齐"面板，使图片相对于舞台居中对齐，如图 7-47 所示。在第 30 帧处按 F5 键，将帧延长到第 30 帧。

Step 02 选择"文件"|"导入"|"导入到库"命令，从相关文件夹中导入一个 GIF 图片，打开"库"面板，从中可看到导入的 GIF 图片，以及自动生成的一个影片剪辑元件，如图 7-48 所示。

图 7-47　导入背景图片

图 7-48　"库"面板

Step 03 单击"新建图层"按钮，新建"图层 2"图层，选中"图层 2"图层的第 1 帧，从"库"中将影片剪辑元件拖放到舞台合适的位置，舞台效果如图 7-49 所示。在"图层 2"图层的第 30 帧处按 F5 键，将帧延长到第 30 帧。

Step 04 在第 1～30 帧之间的任意一帧单击鼠标右键，在弹出的快捷菜单中选择"创建补间动画"命令，此时，"时间轴"面板中的区域变为淡蓝色，该图层的名称左侧的图层标示变成 ，表示该图层为补间图层，"时间轴"面板如图 7-50 所示。

图 7-49　舞台效果

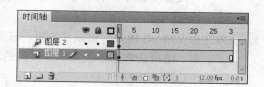

图 7-50　"时间轴"面板

Step 05 选中"图层 2"图层的第 10 帧，按 F6 键添加一个属性关键帧，此时，时间轴的补间范围中将自动出现一个黑色菱形标识，这个标识就表示该帧为属性关键帧。

> **提示**
> "属性关键帧"与"关键帧"有所不同，"关键帧"是指时间轴中其元件实例首次出现在舞台中的帧；而"属性关键帧"是新版 Flash 中新增的术语，它是指在补间动画的特定时间或帧中定义的属性。

Step 06 将舞台中的元件实例拖放到合适的位置，并利用任意变形工具将实例缩放和旋转到合适的大小和角度，舞台效果如图 7-51 所示。其中，"带端点的线段"和"线段上的端点"含义介绍如下。

- 带端点的线段：补间动画的运动路径。该运动路径显示从补间范围的第 1 帧处的位置到新位置的路径。
- 线段上的端点：端点的个数代表时间轴上的帧数，该例中为第 1～10 帧，因此线段中一共有 10 个端点。

如果不是对位置进行补间，舞台中不会显示运动路径。

Step 07 选择黑箭头工具（选择工具），将鼠标移动到路径中的端点时，鼠标指针呈现为曲线调整形态时（指针右下角出现一条圆弧标记），按住鼠标左键拖动路径线段到合适的角度后释放鼠标，如图 7-52 所示。

图 7-51　舞台效果　　　　　　　　　　图 7-52　修改路径

Step 08 将选择工具移动到路径两端的端点上时，鼠标指针呈现为拐角拉伸形态时（指针右下角出现一个直角线标记），按住鼠标左键拖动，即可调整路径的起点位置，如图 7-53（左图）所示。

Step 09 在"图层 2"的第 20 帧处单击鼠标右键，在弹出的快捷菜单中选择"插入关键帧"|"位置"命令，将舞台中的实例拖放到合适的位置，使用任意变形工具调整实例的角度。

Step 10 再在第 20 帧处单击鼠标右键，在弹出的快捷菜单中选择"插入关键帧"|"缩放"命令，使用任意变形工具调整实例的大小，使用选择工具调整路径线段，如图 7-53（右图）所示。

图 7-53　舞台效果

Step 11 单击"图层2"图层的第25帧，然后将舞台实例拖放到另一个位置，此时，时间轴的第25帧处将自动添加一个属性关键帧，鼠标右键单击第25帧，在弹出的快捷菜单中选择"插入关键帧"|"缩放"命令，然后使用任意变形工具调整实例的大小。再执行"插入关键帧"|"旋转"命令，在第25帧处新增加一个属性关键帧，然后使用任意变形工具调整实例的旋转角度，效果如图7-54所示。此时的"时间轴"面板如图7-55所示。

图7-54　舞台效果

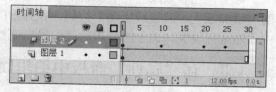

图7-55　"时间轴"面板

Step 12 保存文件，按Ctrl+Enter组合键测试动画效果，可以看见蝴蝶实例将沿着路径运动。

> **提示** 动画制作结束后，如果在时间轴中拖动补间范围的任一端，可以缩短或延长补间范围。

7.4.2　使用动画编辑器调整补间动画

在Flash CS5中通过动画编辑器可以查看所有补间属性和属性关键帧，从而对补间动画进行全面细致的控制。首先在"时间轴"面板中选择已经创建的补间范围，或者选择舞台中已经创建补间动画的对象，然后选择"窗口"|"动画编辑器"命令，打开一个如图7-56所示的"动画编辑器"面板。

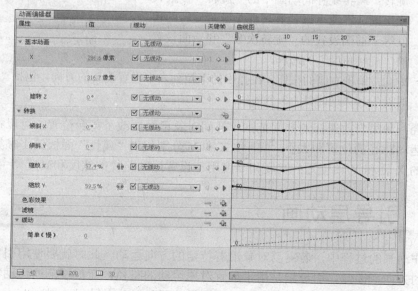

图7-56　"动画编辑器"面板

"动画编辑器"面板自上向下共有 5 个属性类别可供调整，分别为"基本动画"、"转换"、"色彩效果"、"滤镜"和"缓动"，其中各选项含义介绍如下。

- 基本动画：用于设置 X、Y 和旋转 Z 属性。
- 转换：用于设置倾斜和缩放属性。
- 色彩效果：用于设置对象的色调、亮度、Alpha 等效果。
- 滤镜：用于设置对象的滤镜效果。
- 缓动：用于设置补间动画的变化速率。

对于"色彩效果"、"滤镜"和"缓动"属性，必须首先单击"动画编辑器"面板中的"添加颜色、滤镜或缓动"按钮，在弹出的下拉列表中旋转相关选项，将其添加到列表中才能进行设置（关于"使用动画编辑器调整补间动画"的方法不进行详细的讲解）。

7.4.3 在"属性"面板中编辑属性关键帧

除了可以使用前面介绍的方法编辑属性关键帧外，还可以通过"属性"面板进行编辑，首先在"时间轴"面板中将播放头拖曳到某帧处，然后选择已经创建好的补间范围，打开"属性"面板，此时，在"属性"面板中可以显示"补间动画"的相关设置，如图 7-57 所示。其中，各选项含义介绍中下。

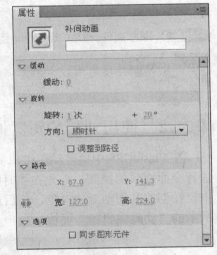

图 7-57 "属性"面板

- 缓动：用于设置补间动画的变化速率，可以在右侧直接输入数值进行设置。
- 旋转：用于显示当前属性关键帧是否旋转及已经旋转的次数、角度和方向。

  - 旋转：与传统补间动画中的"旋转"参数设置不同，在此可以设置属性关键帧旋转的程度等于前面设置的"旋转次数"和后面设置的"旋转角度"的总和。
  - 方向：单击右侧的按钮，在弹出的下拉列表中设置旋转的方向，包括"无"、"顺时针"和"逆时针"3 个选项。

- 路径：如果当前选择的补间范围中补间对象已经更改了舞台位置，可以在此设置补间运动路径的位置和大小。其中，X 和 Y 分别代表"属性"面板第 1 帧处属性关键帧的 X 轴和 Y 轴位置；宽度和高度用于设置运动路径的宽度和高度。

7.5 引导层动画

在制作动画的过程中，若需要对象沿着特定的方向运动，此时就要使用引导层来规范运动物体的方向，因此，引导层是用于放置对象运动的路径，而被规范的运动物体的图层则被称为被引导层。引导层动画分为普通引导层动画和运动引导层动画。

- 普通引导层：起到辅助静态对象定位作用的图层，它可以不使用被引导层而单独使用。
- 运动引导层：用于绘制对象运动路径的图层，通过此图层中的运动路径，可以引导被引导层中对象沿着绘制的路径运动。这种特定的轨迹又被称为引导线或引导路径。运动引导层动画的制作至少要使用两个图层，运动引导层下方的各图层便成为被引导层。

> **提示** 引导层是一种比较特殊的图层，在该图层中绘出的内容是辅助性的，所有内容都不会出现在发布后的动画中。

7.5.1 普通引导层动画

创建普通引导层的操作步骤如下。

Step 01 选中要创建普通引导层的一般图层。

Step 02 在该图层上单击鼠标右键，在弹出的快捷菜单中选择"引导层"命令，如图 7-58（左图）所示，即可将一般图层转换为普通引导层。

Step 03 转换为普通引导图层后，在图层名称的前面会出现 图标，但图层的名称并不改变，如图 7-58（右图）所示。反之，普通引导层也可以通过快捷菜单命令转换为一般图层。

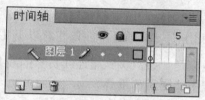

图 7-58　创建普通引导层

> **提示** 对普通引导层的操作同于一般图层，不同的是在复制引导层后，粘贴出来的是一般图层，而不是普通引导层。

7.5.2 运动引导层动画

1. 创建运动引导层

在动画设计中，可以使用运动引导层来描绘物体运动的轨迹，而运动轨迹又称为引导线。在制作以元件为对象并沿着特定路线运动的动画中，运用运动引导层是最好的方法。创建运动引导层的操作步骤如下。

Step 01 鼠标右键单击要为其建立运动引导图层的图层，在弹出的快捷菜单中选择"添加传统运动引导层"命令，如图 7-59（左图）所示，即可在当前选中的图层上创建一个与之相关联的运动引导图层。

Step 02 图层默认名称为"引导层：图层 x"，图层的标识为 ，而"图层 x"即为被引导图层，如图 7-59（右图）所示。双击"引导层"名称，可以为引导层修改名称。

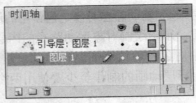

图 7-59　创建运动引导图层

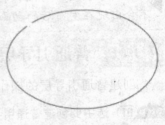

Step 03 选中引导图层的某一帧，拖动鼠标在舞台中绘制一条
路径，如一个椭圆或一条曲线，这条路径被称为引导
线，引导线上的缺口是放置运动对象的入端点和出端
点，如图 7-60 所示。

Step 04 在引导图层的某一帧处，将运动对象拖入引导线的入
端点，然后在引导图层的某一帧插入关键帧，再将运
动对象移动到引导线的出端点。

图 7-60　引导线

Step 05 在引导图层的两个关键帧之间创建传统补间动画，即
可完成引导层动画的制作。

2. 制作运动引导层动画的注意事项

在制作引导层动画时，如果制作过程不正确，将会造成被引导的对象不能沿引导路径
运动。因此，在制作引导动画时，应该注意以下几个问题。

（1）引导线应是一条从头到尾连续贯穿的线条，线条不能中断。

（2）引导线不能交叉和重叠。

（3）引导线的转折不宜过多，转折处也不能过急。

（4）被引导对象的中心点必须准确地吸附到引导线上，否则被引导对象将无法沿引导
路径运动。因此，在将运动对象吸附在引导线之前，要单击工具栏中的"贴紧至对象"按
钮。

7.5.3　创建运动引导层动画

制作一个简单的运动引导层动画，具体操作步骤如下。

Step 01 运行 Flash CS5，选择"文件"|"新建"命令，创建一个新文档，默认文档属性。

Step 02 选择"文件"|"保存"命令，将新文档保存到"素材与源文件\第 7 章\素材"文件夹
中，并为新文档命名为"创建运动引导动画.fla"。

Step 03 选中"图层 1"图层的第 1 帧，选择"文件"|"导入"|"导入到舞台"命令，从配套光
盘的"素材与源文件\第 7 章\素材"文件夹中导入一张名为"草地.jpg"的图片，在"属
性"面板中修改其尺寸以与舞台相同，并且利用"对齐"面板使其相对于舞台居中对齐，
如图 7-61 所示。选中"图层 1"图层的第 40 帧，按 F5 键插入一个普通帧。

Step 04 单击"新建图层"按钮，添加"图层 2"图层，在"图层 2"图层的名称处单击鼠标
右键，在弹出的快捷菜单中选择"添加传统运动引导层"命令，创建运动引导图层。

Step 05 在"引导层"的第 1 帧处，选择椭圆工具绘制一个任意颜色的椭圆，利用选择工具将
椭圆调整为任意形状。

Step 06 选择橡皮擦工具，将椭圆擦出一个小口，如图 7-62 所示，选中第 40 帧，按 F5 键插入一个普通帧。

图 7-61　导入背景图片

图 7-62　绘制引导线

Step 07 选择"插入"|"新建元件"命令，在弹出的"创建新文件"对话框中创建一个名为"蜜蜂"的影片剪辑元件，如图 7-63（左图）所示，单击"确定"按钮，进入元件编辑状态。

Step 08 选择"图层 1"的第 1 帧，选择"文件"|"导入"|"导入到舞台"命令，从配套光盘的"素材与源文件\第 7 章\素材"文件夹中导入名为"小蜜蜂.jpg"的图片，调整其尺寸，并利用"对齐"面板使其相当于编辑区居中对齐，如图 7-63（右图）所示。

Step 09 按 Ctrl+E 组合键返回主场景，选中"图层 2"图层的第 1 帧，打开"库"面板，从中将影片剪辑元件"蜜蜂"拖放到舞台，并将该元件拖放到引导线缺口的左端点，使元件的中心点与引导线的起始点对齐，当元件中心点放大时，如图 7-64（左图）所示，释放鼠标。

Step 10 在第 40 帧处按 F6 键，插入关键帧，将影片剪辑元件移动到引导线缺口的右端点，使图片的中心点与引导线的终点对齐，当元件中心点放大，如图 7-64（右图）所示，释放鼠标。

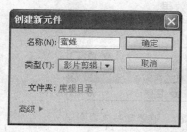

图 7-63　创建影片剪辑元件

图 7-64　拖动元件至引导

 拖动图片之前，先要单击"贴紧至对象"（自动吸附）按钮。

Step 11 鼠标右键单击"图层 2"图层的第 1 帧处，在弹出的快捷菜单中选择"创建传统补间"命令，创建运动补间动画，"时间轴"面板如图 7-65 所示。

Step 12 制作结束后，保存文件，按 Ctrl+Enter 组合键，测试动画效果。

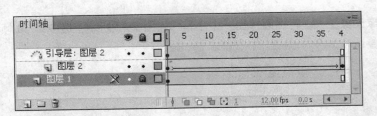

图 7-65　"时间轴"面板

7.6 遮罩动画

7.6.1 遮罩动画的概念

遮罩层也是一种比较特殊的图层，遮罩层内一般绘制一些简单的图形、文字或渐变图形等，这些都可以成为透明区域，透过这个区域可以看到下面图层的内容。利用遮罩层的这个特性，可以制作出一些特殊效果的动画。遮罩层也可以与任意多个被遮罩的图层关联，仅那些与遮罩层相关联的图层会受其影响，而其他所有图层（包括组成遮罩的图层下面的那些图层及与遮罩层相关联的层）将不会受到遮罩图层的影响。

在遮罩动画中，通常将用于遮罩的对象称为遮罩，而被遮罩的对象称为被遮罩对象。创建一个遮罩图层的操作步骤如下。

Step 01 创建一个普通层"图层 1"，并在此图层制作出要在遮罩动画中显示的图形或文本。

Step 02 新建一个图层"图层 2"，将该图层移动到"图层 1"图层的上方。

Step 03 在"图层 2"图层中创建一个填充区域或文本。

Step 04 鼠标右键单击"图层 2"图层的名称处，在弹出的快捷菜单中选择"遮罩层"命令，如图 7-66 所示，将"图层 2"图层设置为遮罩层，其下面的"图层 1"图层就变成了被遮罩层。

Step 05 在遮罩图层和被遮罩图层的名称右侧各出现一个绿色图标，如图 7-67 所示，同时遮罩层和被遮罩层均被锁住，输出动画时，即可显示遮罩效果。

图 7-66　快捷菜单

图 7-67　遮罩和被遮罩图层

> **提示**　在创建遮罩图层后，Flash 会自动锁定遮罩图层和被遮罩图层，如果还需要编辑遮罩图层，必须先解锁。遮罩图层一旦被解锁，便不再显示遮罩效果；如果需要显示遮罩效果，必须再次锁定该图层。

7.6.2 创建遮罩动画

制作一个简单的遮罩动画的操作步骤如下。

Step 01 运行 Flash CS5，创建一个新文档，将文档背景设置为黑色，默认其他属性选项。

Step 02 选择"文件"｜"保存"命令，将新文档保存到"素材与源文件\第 7 章\素材"文件夹中，并为新文档命名为"创建遮罩动画.fla"。

Step 03 选中"图层 1"图层的第 1 帧，选择矩形工具，拖动鼠标在舞台中绘制一个 23.5×23.5（像素）的无边框、白色的正方形，然后通过复制和粘贴操作，复制出 25 个相同的白色正方形图形，将它们分两

图 7-68　绘制并组合图形

排放置在舞台的上下边缘，然后选中所有的图形，选择"修改"｜"组合"命令，将它们组合为一个整体，如图 7-68 所示。在第 90 帧处，按 F6 键插入关键帧。

Step 04 单击"时间轴"面板中的"新建图层"按钮，创建"图层 2"图层。选择"文件"｜"导入"｜"导入到库"命令，从配套光盘的"素材与源文件\第 7 章\素材"文件夹中导入名为"1.gif"和"2.gif"的两张图片。

Step 05 选中"图层 2"图层的第 1 帧，打开"库"面板，从"库"中将两张图片拖入到舞台，调整尺寸，第 1 张图片的左侧与舞台的左侧相对齐，第 2 张图片与第 1 张图片首尾相接，如图 7-69 所示。

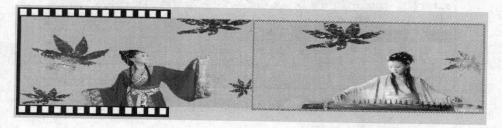

图 7-69　图片的位置

Step 06 选中两张图片，选择"修改"｜"组合"命令，将两图片组合为一个整体，选中"图层 2"图层的第 90 帧，按 F6 键插入关键帧。

Step 07 在"图层 2"图层的第 45 帧处按 F6 键，插入一个关键帧，移动图片将图片的右侧与舞台的右侧相对齐，如图 7-70 所示。

图 7-70　第 45 帧处的图片位置

 提示

移动图片时，可以按住 Shift 键，使用键盘上的移动键来移动图片。

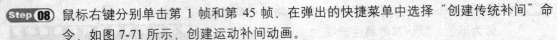

Step 08 鼠标右键分别单击第 1 帧和第 45 帧，在弹出的快捷菜单中选择"创建传统补间"命令，如图 7-71 所示，创建运动补间动画。

Step 09 选中"图层 2"图层，单击"新建图层"按钮，插入"图层 3"图层，选中"图层 3"图层的第 1 帧，选择矩形工具，拖动鼠标在舞台中绘制一个无边框的黄色矩形，将舞台部分的图片覆盖（只覆盖舞台中的图片，工作区的那部分图片不要覆盖），如图 7-72 所示。

Step 10 "图层 3"图层的时间轴会自动延长到第 90 帧。鼠标右键单击"图层 3"图层的名称处，在弹出的快捷菜单中选择"遮罩层"命令，如图 7-73 所示。

图 7-71　创建传统补间　　　　图 7-72　绘制矩形图形　　　　图 7-73　创建"遮罩层"

Step 11 完成制作后，保存文件，"时间轴"面板如图 7-74 所示。

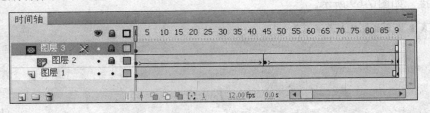

图 7-74　"时间轴"面板

Step 12 按 Ctrl+Enter 组合键测试并输出动画。

> **提示** 在应用遮罩效果时要注意一个遮罩只能包含一个遮罩项目，按钮内部不能出现遮罩，遮罩不能应用于另一个遮罩中。

7.7 创建骨骼动画

　　骨骼动画又称为反向运动（IK）动画，是一种使用骨骼的关节结构对一个对象或彼此相关的一组对象进行动画处理的方法。在 Flash CS5 中创建骨骼动画对象分为两种，一种是元件的实例对象，另一种是图形形状。

7.7.1 创建基于元件的骨骼动画

　　创建骨骼动画的元件实例可以是影片剪辑、图形和按钮实例，如果是文本，则需要将文本转换为实例。创建基于元件实例的骨骼动画，可以使用骨骼工具 ✎，将多个元件实例进行骨骼绑定，移动其中一个骨骼会带动相邻的骨骼进行运动。创建基于元件的骨骼动画的方法如下。

（1）使用骨骼工具在元件的实例对象或形状上创建出对象的骨骼。

（2）移动其中一个骨骼，与这个骨骼相连的其他骨骼也随之移动，通过这些骨骼的移动即可创建出骨骼动画。

> **提示** 使用骨骼进行动画处理时，只需指定对象的开始位置和结束位置即可，然后通过反向运动，即可轻松自然地创建出骨骼的运动。使用骨骼动画可以轻松地创建人物的胳膊、腿部和面部表情。

使用骨骼工具创建骨骼动画的具体操作步骤如下。

图 7-75　打开源文件

Step 01 创建一个新文档，选择"文件"|"打开"命令，从配套光盘的"素材与源文件\第 7 章\素材"文件夹中打开一个名为"上网.fla"的源文件，如图 7-75 所示。

> **提示** 在打开的源文件中可以看到，文件中的人物身体分为 3 个部分，分别放在 3 个图层中，如图 7-76 所示，并且这 3 个部分都转换成元件实例。如果需要人物更多的部位动起来，还要将人物的各个部分分开，并将它们转换为元件实例。

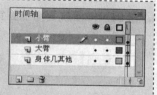

图 7-76　源文件的图层分布

Step 02 选择骨骼工具，此时光标呈现为十字下方带骨头的图标形式 ，将光标放置在人物肩膀位置处单击，然后按住鼠标向肘部位置拖曳，创建出骨骼，如图 7-77（左图）所示，同时自动创建出一个"骨架_1"图层，而"大臂"和"小臂"图层中的对象自动剪切到"骨架_1"图层中，如图 7-77（右图）所示。

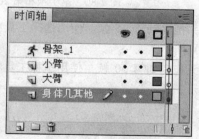

图 7-77　创建骨骼和"骨架"图层

Step 03 单击选择工具，然后拖动人物的大臂，则小臂将随着大臂进行移动，如图 7-78（左图）所示。如果拖动人物的小臂，则小臂将沿着肘部进行旋转，如图 7-78（右图）所示。

Step 04 在"时间轴"面板中选择所有图层的第 50 帧，按 F5 键插入普通帧，如图 7-79 所示（"骨架"图层的"时间轴"背景颜色为草绿色）。

图 7-78　移动大臂和小臂

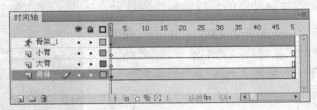

图 7-79　"时间轴"面板

Step 05 将播放头拖曳到时间轴的第 1 帧，然后使用选择工具将人物的大臂拖曳到电脑的上方，如图 7-80（左图）所示。

Step 06 将播放头拖曳到第 20 帧，使用选择工具将人物的小臂向上并向人物的头部拖曳，如图 7-80（右图）所示。

图 7-80　第 1 帧和第 20 帧手臂的位置

Step 07 将播放头拖曳到第 35 帧，使用选择工具将人物的手部放置在人物的头侧，如图 7-81（左图）所示。

Step 08 将播放头拖曳到第 50 帧，使用选择工具将人物的手臂放置在桌面上，如图 7-81（右图）所示。

图 7-81　第 35 帧和第 50 帧手臂的位置

Step 09 按 Ctrl+Enter 组合键测试、输出并浏览动画。

7.7.2 创建基于图形的骨骼动画

在 Flash CS5 中不但可以对元件实例创建骨骼动画，还可以对图形形状创建骨骼动画。与创建基于元件实例的骨骼动画不同，基于图形形状的骨骼动画对象可以是一个图形形状，也可以是多个图形形状，创建基于图形形状的骨骼动画的方法如下。

（1）在向单个形状或一组形状添加第 1 个骨骼之前必须选择所有的形状。

（2）将骨骼添加到所选内容后，Flash 将所有的形状和骨骼转换为骨骼形状对象，并将该对象移动到新骨骼图层。在某个形状转换为骨骼形状后，它无法再与其他形状进行合并操作。

> **提示** 在某个形状转换为骨骼形状后，它无法再与其他形状进行合并操作。

对于基于图形形状的骨骼动画也需要使用骨骼工具创建，具体创建步骤如下。

Step 01 创建一个新文档，选择"文件"|"打开"命令，在配套光盘的"素材与源文件\第 7 章\素材"文件夹中打开一个名为"武者.fla"的源文件，如图 7-82 所示。

图 7-82 打开源文件

> **提示** 打开的文件中共有 3 个图层，或者为一个单独的图形形状，如图 7-83 所示。

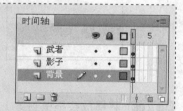

图 7-83 源文件的图层分布

Step 02 选择骨骼工具，此时图标呈现为十字下方带骨头的图标形式，将光标放置在武者的胯部位置单击并向膝盖位置拖曳，创建出骨骼，如图 7-84（左图）所示，按住鼠标再将膝盖向脚踝位置拖曳，如图 7-84（右图）所示。

Step 03 将脚踝向脚底位置拖曳，如图 7-85 所示，创建出一系列的骨骼，同时自动创建出一个"骨架_1"图层，并将"武者"图层中的对象自动剪切到"骨架_1"图层中，如图 7-86 所示。

图 7-84 创建骨骼

图 7-85　创建第 3 个骨骼

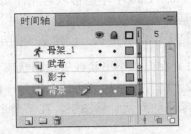

图 7-86　"时间轴"面板

Step 04 选中每个图层的第 50 帧，按 F5 键插入普通帧，"骨架_1"图层的"时间轴"背景颜色为草绿色。

Step 05 将播放头拖曳到第 20 帧，然后在"骨架_1"图层第 20 帧处单击鼠标右键，在弹出的快捷菜单中选择"插入姿势"命令，如图 7-87（左图）所示。在"骨架_1"图层的第 20 帧处创建一个关键帧，如图 7-87（右图）所示，此关键帧与第 1 帧的人物图像相同。

图 7-87　在第 20 帧创建关键帧

Step 06 将播放头拖曳到第 1 帧，使用选择工具，拖曳武者的脚和腿部的下方，如图 7-88 所示。按下 Ctrl+Enter 组合键，对动画进行测试，可以看到武者的踢腿动作，如图 7-89 所示。

图 7-88　拖曳骨骼

图 7-89　动画效果

7.7.3 骨骼的属性

为对象创建骨骼后，选择其中的骨骼，打开"属性"面板，在该面板中将出现此骨骼的相关属性设置，如图 7-90 所示。其中，各选项含义介绍如下。

- 速度：限制选定骨骼的运动速度，可以通过鼠标滑动修改数值，并在"速度"文本框中填入数值。
- "联接：旋转"：默认状态为选中"启用"复选框，用于指定被选中的骨骼可以沿父骨骼对象进行旋转；选中"约束"复选框，将约束骨骼的旋转，可以设置骨骼对象旋转的最小度数和最大度数。
- "联接：X 平移"：选中"启用"复选框，则表示选中的骨骼可以沿着 X 轴方向进行平移；如果选中"约束"复选框，还可以设置此骨骼对象在 X 轴方向平移的最小值和最大值。
- "联接：Y 平移"：选中"启用"复选框，则表示选中的骨骼可以沿着 Y 轴方向进行平移；如果选中"约束"复选框，还可以设置此骨骼对象在 Y 轴方向平移的最小值和最大值。
- 强度：弹簧强度，值越高，创建的弹簧效果越强。
- 阻尼：弹簧效果的衰减速率，值越高，弹簧属性减小得越快，如果值为 0，则弹簧属性在姿势图层的所有帧中保持其最大强度。

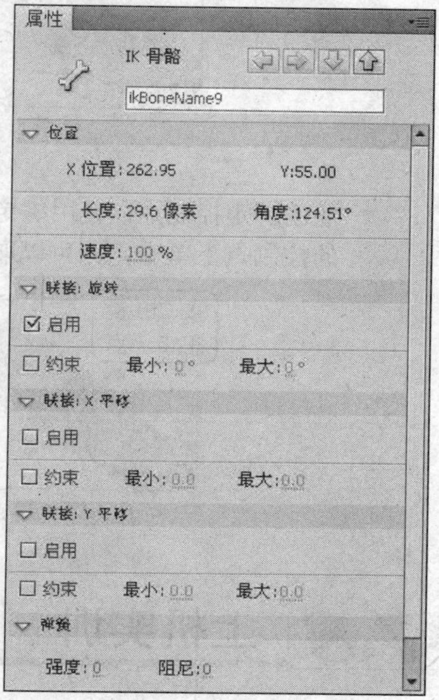

图 7-90 骨骼"属性"面板

7.7.4 绑定骨骼

为图形形状添加骨骼后，发现在移动骨架时，图形形状并不能按令人满意的方式进行扭曲，此时，可以使用工具面板中的绑定工具 ✐ 编辑单个骨骼和形状控制点之间的连接，这样就可以控制在每个骨骼移动时形状的扭曲方式，从而得到满意的结果。

使用绑定工具可以将多个控制点绑定到一个骨骼，也可以将多个骨骼绑定到一个控制点。使用绑定工具单击骨骼，将显示骨骼和控制点之间的连接，选择的骨骼以红色的线显示，骨骼的控制点以黄色的点显示，如图 7-91 所示。

基于图形形状的骨骼动画，在骨骼运动时是由控制点控制动画的变化效果，可以通过绑定、取消绑定骨骼上的控制点，从而精确地控制骨骼动画的运动效果。

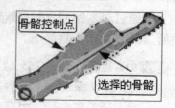

图 7-91 骨骼的控制点

- 绑定控制点：使用绑定工具选择骨骼后，按住 Shift 键，在蓝色未点亮的控制点上单击，则可以将此控制点绑定在选择的骨骼上，如图 7-92 所示。

图 7-92　绑定控制点

● 取消绑定控制点：使用绑定工具选择骨骼后，按住 Ctrl 键，在黄色显示绑定在骨骼
的控制点上单击，则可以取消此控制点在骨骼上的绑定，如图 7-93 所示。

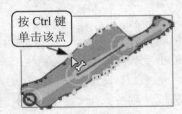 

图 7-93　取消绑定控制点

7.8　上机实训

下面通过介绍几个与本章知识点有关的案例制作，希望读者能对本章有更深的理解。

7.8.1　上机实训 1——时钟

实训说明

本例通过时钟动画效果的制作，介绍了旋转补间动画的一
般制作流程，完成后的效果如图 7-94 所示。

效果文件	素材与源文件\第 7 章\上机实训 1\时钟.fla
同步视频文件	同步教学文件\第 7 章\7.8.1 上机实训 1——时钟.avi

实训目标

通过对本例的学习，读者可以对旋转动画有一个初步的了
解，具体操作步骤如下。

图 7-94　效果图

Step 01　运行 Flash CS5 软件，选择"文件"|"打开"命令，从配套光盘的"素材与源文件\
第 7 章\素材"文件夹中打开一个名为"卡通表盘.fla"的源文件，如图 7-95 所示。选
择"文件"|"另存为"命令，将文档保存到"素材与源文件\第 7 章\上机实训 1"文
件夹中，并为文档命名为"时钟.fla"。

Step 02　单击"时间轴"面板中的"新建图层"按钮，插入新图层，并命名图层为"时间"，
选择该图层的第 1 帧，选择线条工具，在场景中绘制一条笔触高度为 2（像素）、长度
为 180（像素）的直线段，如图 7-96（左图）所示。

Step 03 选中直线段，选择"修改"｜"转换为元件"命令，在打开的"转换为元件"对话框中将该直线段转换为名为"直线"的图像元件，如图 7-96（右图）所示，单击"确定"按钮。

图 7-95　表盘

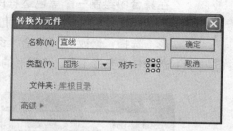

图 7-96　绘制直线并将其转换为元件

Step 04 选择"窗口"｜"变形"命令，打开"变形"面板，首先单击"重制选区和变形"按钮，然后设置"旋转"角度为 15°，如图 7-97 所示。单击"重制选区和变形"按钮，复制出的图形效果如图 7-98（左图）所示。

Step 05 连续单击"重制选区和变形"按钮，一共复制出 11 个线条，如图 7-98（右图）所示。

图 7-97　设置变形参数

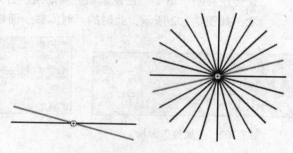

图 7-98　复制线条

Step 06 将制作出的线条元件实例拖曳到表盘的中间位置，如图 7-99（左图）所示。选中元件实例，选择"修改"｜"分离"命令，将实例分离，使用橡皮擦工具将多余的线条擦除，如图 7-99（中图）所示。

Step 07 再选中剩余的线条，选择"修改"｜"组合"命令，将剩余的线条组合为一个整体，如图 7-99（右图）所示。

图 7-99　制作表盘刻度

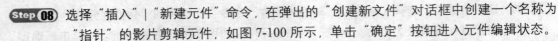

Step 08 选择"插入"|"新建元件"命令，在弹出的"创建新文件"对话框中创建一个名称为"指针"的影片剪辑元件，如图 7-100 所示，单击"确定"按钮进入元件编辑状态。

Step 09 在"图层 1"图层的第 1 帧处，选择矩形工具，设置颜色与表盘颜色相同，拖动鼠标在舞台中绘制一个黑色边框的长条矩形，利用选择工具将图形调整为指针图形，如图 7-101（左图）所示，并利用"对齐"面板使其相对于舞台居中对齐，选中指针图形，选择"修改"|"组合"命令，将其组合为一个整体。

Step 10 选择任意变形工具，将图形的中心点调整到指针图形的下端，如图 7-101（右图）所示。

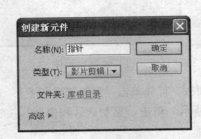

图 7-100　创建影片剪辑元件

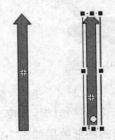

图 7-101　绘制图形并调整中心点

Step 11 在第 60 帧处按 F6 键插入关键帧，鼠标右键单击第 1 帧，在弹出的快捷菜单中选择"创建传统补间"命令，创建运动补间动画，打开"属性"面板，设置"顺时针"旋转 1 次，如图 7-102 所示。此时的"时间轴"面板如图 7-103 所示。

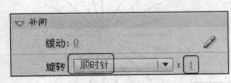

图 7-102　"属性"面板

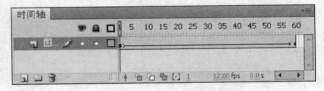

图 7-103　"时间轴"面板

Step 12 打开"库"面板，在该面板中用鼠标右键单击"指针"元件，在弹出的快捷菜单中选择"直接复制"命令，在弹出的"直接复制元件"对话框中创建一个名为"指针 2"的影片剪辑元件，如图 7-104（左图）所示，单击"确定"按钮。

Step 13 进入"指针 2"元件编辑状态，将补间删除并清除第 60 帧处的关键帧，调整第 1 帧的元件形状，如图 7-104（右图）所示，在第 60 帧处按 F6 键插入关键帧，使用同样的方法设置传统补间动画，在"属性"面板中设置为"顺时针"旋转 6 次，如图 7-105 所示。

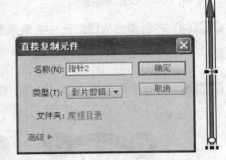

图 7-104　复制元件并修改图形

Step 14 按 Ctrl+E 组合键返回主场景，单击"新建图层"按钮，插入新图层，并将其命名为"指针"，在"指针"图层的第 1 帧处打开"库"面板，从中将"指针"元件拖曳到场景舞台中，调整元件的位置和大小，再将"指针 2"元件拖曳到舞台中，调整元件的位置和大小，如图 7-106 所示。

Step 15 制作结束后保存文件，"时间轴"面板如图 7-107 所示，按 Ctrl+Enter 组合键输出并测试动画效果。

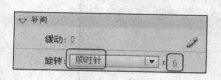

图 7-105　设置旋转

图 7-106　添加指针

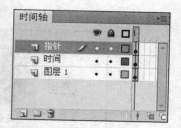

图 7-107　"时间轴"面板

7.8.2　上机实训 2——衰减运动

实训说明

本例介绍的动画是利用影片剪辑制作出一个复合运动的篮球，动画中的篮球沿水平方向移动的同时，也在进行垂直运动，完成后的效果如图 7-108 所示。

效果文件	素材与源文件\第 7 章\上机实训 2\衰减运动.fla
同步视频文件	同步教学文件\第 7 章\7.8.2 上机实训 2——衰减运动.avi

图 7-108　效果图

实训目标

通过对本例的学习，读者可以了解补间动画中"缓动"命令的作用，具体操作步骤如下。

Step 01 运行 Flash CS5 软件，创建一个新文档，选择"文件"|"打开"命令，从配套光盘的"素材与源文件\第 7 章\素材"文件夹中打开一个名为"篮球.fla"的源文件，如图 7-109 所示。

Step 02 选择"文件"|"另存为"命令，将文档保存到"素材与源文件\第 7 章\上机实训 2"文件夹中，并为文档命名为"衰减运动.fla"。

Step 03 选中篮球，选择"修改"|"转换为元件"命令，将篮球转换为一个名称为"篮球 1"的图形元件，如图 7-110（左图）所示，单击"确定"按钮，转换后的小球如图 7-110（右图）所示。

图 7-109　源文件

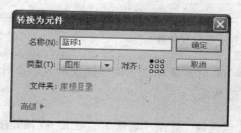

图 7-110　将篮球转换为图形元件

183

Step 04 将小球移动到舞台右上角舞台之外，如图 7-111（左图）所示，然后选择"修改"|"转换为元件"命令，将图形元件转换为名称为"篮球 2"的影片剪辑元件，如图 7-111（右图）所示。

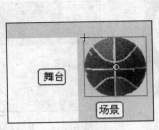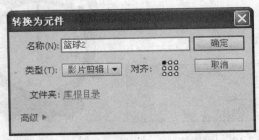

图 7-111　移动篮球元件将其转换为影片剪辑元件

Step 05 双击舞台中的"篮球 2"元件进入元件编辑状态，在第 10 帧和第 20 帧处按 F6 键，插入关键帧。

Step 06 在第 10 帧处选中小球，按住 Shift 键将小球垂直移动到舞台的底部，如图 7-112（左图）所示，然后鼠标右键单击第 1～10 帧中的任意一帧，在弹出的快捷菜单中选择"创建传统补间"命令，创建运动补间动画，打开"属性"面板，并将"缓动"设置为-100，如图 7-112（右图）所示。

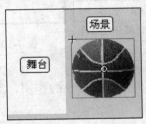

图 7-112　创建动画并设置参数

Step 07 鼠标右键单击第 10～20 帧中的任意一帧，在弹出的快捷菜单中选择"创建传统补间"命令，创建运动补间动画，并在"属性"面板中将"缓动"设置为 100，如图 7-113所示，此时的"时间轴"面板如图 7-114 所示。

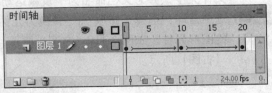

图 7-113　创建动画设置参数　　　　　图 7-114　"时间轴"面板

> **提示** "缓动"值为-100 时，篮球在下落时速度加大，上升时速度减小；"缓动"值为 100，则篮球的运动状态相反。

Step 08 按 Ctrl+E 组合键，返回"场景 1"。在第 60 帧处按 F6 键插入关键帧，然后选中元件实例，按住 Shift 键将小球移动到舞台的左侧顶端，如图 7-115（左图）所示。

Step 09 鼠标右键单击第1~60帧中的任意一帧，在弹出的快捷菜单中选择"创建传统补间"命令，创建运动补间动画，此时的"时间轴"面板如图7-115（右图）所示。

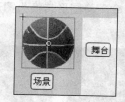 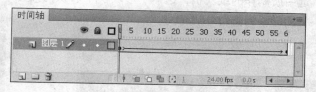

图7-115　移动篮球创建传统补间

7.8.3 上机实训3——纸飞机

 实训说明

本例创建一个围绕引导线运动的小飞机，完成后的效果如图7-116所示。

图7-116　效果图

效果文件	素材与源文件\第7章\上机实训3\纸飞机.fla
同步视频文件	同步教学文件\第7章\7.8.3 上机实训3——纸飞机.avi

实训目标

通过对本例的学习，读者可以更加熟悉运动引导线的作用和创建的方法，具体操作步骤如下。

1. 绘制图形并将其转换为元件

Step 01 运行Flash CS5，创建一个新文档。修改舞台背景为蓝色，修改帧频为12fps，默认其他属性选项。

Step 02 选择"文件"|"保存"命令，将新文档保存到"素材与源文件\第7章\上机实训3"文件夹中，并为文档命名为"纸飞机.fla"。

Step 03 选择矩形工具，拖动鼠标在舞台中绘制一个黑色边框、红色填充颜色的正方形，如图7-117（左图）所示。

Step 04 利用选择工具将红色矩形调整为三角形，如图7-117（中图）所示。选中三角形的底边，按Delete键将其删除，如图7-117（右图）所示。

Step 05 选中舞台上的三角形，单击鼠标右键，在弹出的快捷菜单中选择"复制"命令，然后选择"粘贴到当前位置"命令。选择"修改"|"变形"|"垂直翻转"命令，将复制的三角形翻转180°，如图7-118（左图）所示。

Step 06 选中复制的三角形，将其填充颜色更改为橙色，然后将两个三角形对接。选中所有图
形，选择"修改"|"组合"命令，将其组合成一个图形，如图 7-118（右图）所示。

Step 07 选中所制作的纸飞机，选择"修改"|"转换为元件"命令，将图形转换为图形元件。
将图形移到舞台外边待用。

图 7-117　绘制并变形图形　　　　　　　图 7-118　纸飞机

2. 绘制引导线

Step 01 鼠标右键单击"图层 1"图层的名称处，在弹出的快捷菜单中选择"添加传统运动引
导层"命令，即可在"图层 1"图层的上方添加引导层，如图 7-119 所示。

Step 02 选中引导层的第 1 帧，选择椭圆工具，拖动鼠标在舞台上绘制一个无填充色的椭圆，
利用选择工具修改其形状，然后选择橡皮擦工具，在绘制的椭圆上擦出一个缺口，如
图 7-120 所示。

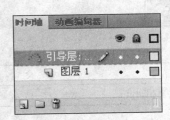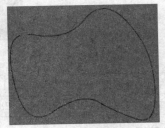

图 7-119　添加引导层　　　　　　　图 7-120　绘制引导线

Step 03 在引导层的第 40 帧处，按 F5 键插入延长帧。单击工具栏中的"贴紧至对象"按钮，
在"图层 1"图层的第 1 帧处，按住图形元件实例的中央，将其拖动到引导线的右端
点，当图形中心点放大时，放开鼠标，如图 7-121（左图）所示。

Step 04 在"图层 1"图层的第 40 帧处，按 F6 键插入关键帧，单击图形元件实例的中央，将
其拖动到引导线的左端点，当图形中心点放大时，放开鼠标，如图 7-121（右图）所示。

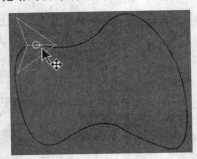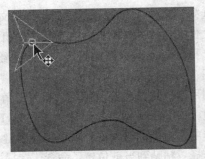

图 7-121　将纸飞机移动到引导线

Step 05 鼠标右键单击第 1~40 帧中的任意一帧，在弹出的快捷菜单中选择"创建传统补间"命令，创建运动补间动画，打开"属性"面板，在该面板中选中"调整到路径"复选框，同时保证"同步"和"贴紧"复选框也被选中，如图 7-122 所示。

Step 06 完成制作后的"时间轴"面板如图 7-123 所示。

图 7-122　设置补间属性

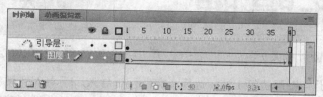

图 7-123　"时间轴"面板

Step 07 制作完毕后，保存文件，按 Ctrl+Enter 组合键，测试并浏览动画效果。

7.8.4　上机实训 4——文字遮罩动画

实训说明

本实例制作一个透过文本遮罩看见其底层画面的移动动画，完成后的效果如图 7-124 所示。

图 7-124　效果图

效果文件	素材与源文件\第 7 章\上机实训 4\文字遮罩动画.fla
同步视频文件	同步教学文件\第 7 章\7.8.4 上机实训 4——文字遮罩动画.avi

实训目标

通过本例的学习，读者可以加深对遮罩原理的理解、可以巧妙地掌握遮罩动画的制作方法，具体操作步骤如下。

1. 输入文字并创建图形元件

Step 01 运行 Flash CS5，创建一个新文档。修改舞台尺寸为 400 像素 × 200 像素，修改帧频为 12fps，默认其他属性选项。

Step 02 选择"文件"|"保存"命令，将新文档保存到"素材与源文件\第 7 章\上机实训 4"文件夹中，并为文档命名为"文字遮罩动画.fla"。

Step 03 选择文本工具，拖动鼠标在文本框中输入文字"渔舟唱晚"，将文字字体设为隶书、字体大小设为 90，利用"对齐"面板，使其相对于舞台居中对齐，如图 7-125 示。

Step 04 双击该图层的名称处，将该图层更名为"遮罩"。单击"新建图层"按钮，添加一个
新图层，将其更名为"图片"，选中该图层并将其拖到"遮罩"图层的下方，如图 7-126
所示。

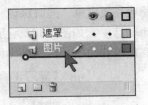

图 7-125　输入文字　　　　　　　　　　图 7-126　图层顺序

Step 05 选中"图片"图层的第 1 帧，选择"文件"|"导入"|"导入到舞台"命令，从光盘的
"素材与源文件\第 7 章\上机实训 4"文件夹中导入一张名为"背景"的图片，调整其
尺寸为 1200 像素×200 像素，打开"对齐"
面板，选择"左对齐"和"垂直居中分布"选
项（图片的左端与舞台左端相对齐）。

Step 06 选中舞台中的背景图片，选择"修改"|"转换
为元件"命令，将其转换为名称为"背景图片"
的图形元件，如图 7-127 所示。

Step 07 舞台中的元件如图 7-128 所示。

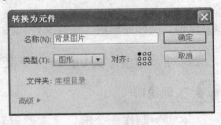

图 7-127　转换为元件

图 7-128　将图片转换为图形元件

2．制作动画

Step 01 选中"遮罩"图层的第 40 帧，按 F5 键插入一个延长帧。

Step 02 选中"图片"图层的第 40 帧，按 F6 键插入关键帧，选中"背景图片"元件，在"对
齐"面板中，单击"右对齐"选项，舞台中的图片如图 7-129 所示（图片的右端与舞
台的右端相对齐）。

图 7-129　移动图片

Step 03 在"图片"图层的第 1～40 帧之间，单击鼠标右键，在弹出的快捷菜单中选择"创建
传统补间"命令，创建运动补间动画，"时间轴"面板如图 7-130 所示。

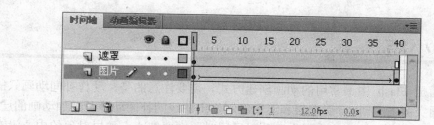

图 7-130 "时间轴"面板

Step 04 双击"遮罩"图层的图标 ☐，弹出"图层属性"对话框，在该对话框中选中"遮罩层"单选按钮，如图 7-131（左图）所示，单击"确定"按钮，即可将选中的层转换为遮罩图层。

Step 05 双击"图片"图层的图标，弹出"图层属性"对话框，在该对话框中选中"被遮罩"单选按钮，如图 7-131（右图）所示，单击"确定"按钮，即可将选中的层转换为被遮罩图层。

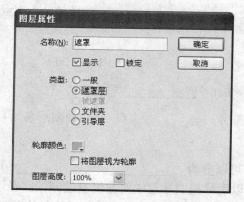 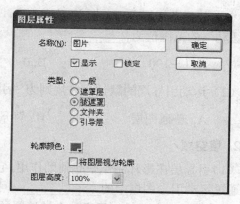

图 7-131 "图层属性"对话框

Step 06 单击图层上方的"锁"按钮，将两个图层锁定，遮罩设置完毕。"时间轴"面板如图 7-132 所示。

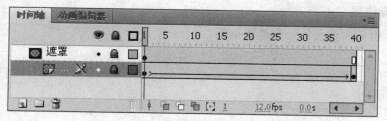

图 7-132 "时间轴"面板

Step 07 制作完成后，保存文件，按 Ctrl+Enter 组合键，测试并浏览动画效果。

> **提示** 创建"遮罩"时，也可以鼠标右键单击"遮罩"图层，在弹出的快捷菜单中选择"遮罩层"命令，即可将遮罩层和被遮罩层设置结束，并且自动锁住两个图层。另外，如果要修改图层内容，必须解锁，一旦修改完毕，要锁定两个图层，遮罩才会有效。

7.9 小结

补间动画是 Flash 中最常用的动画创建方式。需要注意的是，动作补间动画只能在相同元件的不同实例之间创建。引导层和遮罩能制作出曲线的补间动画及增加动画的层次感，是动画制作中使用较多的方法。制作运动引导层时一定要细心，如果对象的中心没有吸附到引导线上，那么这个动画将不能正常播放。而在制作遮罩动画时，制作者要对动画的层次有较深的了解，一定要分清楚遮罩层和被遮罩。

7.10 课后习题与上机操作

1. 选择题

（1）如果要慢慢地开始补间形状动画，并朝着动画的结束方向加速补间过程，可以设置"缓动"的范围值为_____。

    A. 1～100   B. 0   C. -1～-100

（2）运动引导层的默认命名规则为"引导层：_____"。

    A. 普通图层   B. 背景图层   C. 被引导图层名

2. 填空题

（1）引导层在影片制作中起辅助作用，它可以分为_____和_____两种，其中通过运动引导图层中的_____，可以引导被引导层中对象沿着绘制的路径运动。

（2）遮罩层也可以与任意多个被遮罩的图层关联，仅那些与遮罩层相关联的图层会受其影响，其他所有图层（包括组成遮罩的图层下面的那些图层及与遮罩层相关联的层）将_____。

3. 上机操作题

根据本章所学内容设计一个遮罩动画。

第8章

多媒体的应用

　　在 Flash 制作过程中，由于有了声音的加入才使得动画更加绚丽多彩。在 Flash CS5 中除了可以置入声音外，还可以将视频导入文档中。本章将详细介绍在 Flash CS5 中音频对象和视频对象的应用。

　　通过对本章内容的学习，应学会音频的导入和属性的设置，熟练掌握为按钮和动画添加声音的方法，掌握视频文件的导入和设置。

本章知识点

◎　导入音频文件

◎　导入视频文件

8.1　音频文件的应用

声音是 Flash 动画中的重要组成元素之一，它直接关系动画的表现能力。在 Flash CS5 中，用户可以使用多种方法在影片中添加声音，从而创建出有声影片。音频文件在动画中的播放方式可以独立于时间轴连续播放，也可以和影片保持同步。

8.1.1　音频文件的格式

从声音的信息量来看，16 位的声音信息比 8 位的声音信息大一倍，但是，实际的应用效果却不一样，因为声音信息最终会以一定的格式保存，而声音的格式对声音的品质及声音文件的大小影响很大。声音的格式大致可分为两种，具体介绍如下。

- 无损压缩格式：声音的所有信息被完整地保存，所以保存的声音文件很大，此时的 16 位声音文件会比 8 位声音文件大一倍。这种格式的代表是微软公司的 WAV 格式和苹果公司的 AIF 格式。
- 有损压缩格式：必须是通过压缩编码的压缩格式，如 MP3、RM 格式等。由于声音信息经过编码，因此保存下来的声音文件比较小，但对于 16 位和 8 位声音而言，8 位声音保存下来的声音文件不一定比 16 位的小。因此大部分的压缩编码并不支持 8 位声音，所以 16 位和 8 位声音保存下来的声音文件大小是一样的，如 MP3 文件格式。

Flash CS5 最先支持的音频文件的格式是 WAV 和 MP3，在动画中主要用做背景音乐、配乐、事件声音等。

- WAV：WAV 格式的音频文件直接保存对声音波形的采样数据，由于数据没有经过压缩，在保证优异音质的同时，其致命的缺点就是文件过大，占用磁盘空间很大。
- MP3：MP3 是数字音频格式，它是一种破坏式的压缩格式，但由于其取样与编码技术优异，其音质可以与 CD 相媲美。MP3 的体积小，其存储容量只有 WAV 格式的 1/10，再加上它传输方便、拥有很好的声音质量，因此，目前电脑音乐大多是以 MP3 格式输出的，是 Flash CS5 中默认的音频输出格式。

8.1.2　导入音频文件

外部音频资源只有导入 Flash 动画文档中才能使用。当音频文件导入到文档后，将与位图、元件等一起被保存在"库"面板中。导入音频文件的方法和导入图形文件完全一样。

> **提示**　在 Flash CS5 中，用户既可以将外部声音文件导入到动画中，也可以使用共享库中的声音文件。

1. 将音频文件拖入到舞台

将音频文件拖入到舞台的操作步骤如下。

Step 01　创建一个新文档，选择"文件"|"导入"|"导入到舞台"命令，在"素材与源文件\第 8 章\素材"文件夹下，导入"渔舟唱晚.mp3"声音素材。

　　导入音频文件时，在"导入"对话框中可以选中多个音频文件，一次性导入。音频文件导入后，时间轴及舞台上并没有任何变化，因为导入音频文件时，无论是选择"导入舞台"命令还是选择"导入库"命令，都会被直接存储在"库"面板中。

Step 02 在导入音频文件时，将弹出一个"正在导入"对话框，如图 8-1 所示，当文件导入结束后，打开"库"面板，将看见声波图，单击"库"面板中预览窗口的播放按钮，即可试听声音效果，如图 8-2 所示。

图 8-1　"正在导入"对话框

图 8-2　"库"面板

Step 03 在第 40 帧处，按 F5 键插入普通帧，将音频文件拖入到舞台，音频文件将自动加入到时间轴的第 1～40 帧之间，如图 8-3 所示。

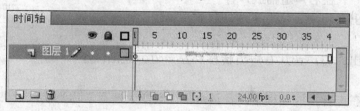

图 8-3　加入音频文件的"时间轴"面板

　　在制作动画时，一般将音频文件放置在一个独立的图层中。

Step 04 按住 Ctrl 键，将鼠标放置在第 40 帧处，当鼠标变成水平的双向箭头时，按住鼠标沿"时间轴"往右拖动，即可将声波全部显示出来。

Step 05 按下 Enter 键即可欣赏音乐。

2. 设置属性的方法添加声音文件

Step 01 当将音频文件导入到"库"以后，选中"库"中的音频文件，打开"属性"面板，单击面板中的"声音"下拉箭头，可以发现"库"中所有的音频素材都已罗列在其中。

Step 02 在列表中选择已经导入的声音文件"渔舟唱晚.mp3"，如图 8-4 所示，即可将声音文件添加到时间轴。

Step 03 选中音频文件的任何一帧，选择"声音"下拉列表中的"无"选项，时间轴上的声波即可消失。

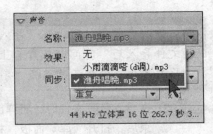

> **提示** 若要彻底删除声音，必须在"库"面板中选中要删除的声音文件，按 Delete 键。

图 8-4　选择声音文件

8.1.3　声音属性的设置

在 Flash CS5 中，不但可以使动画和音频文件同步播放，还可以使声音独立于时间轴连续播放。为了使播放的音频文件听起来更加自然，可以制作出声音的淡入淡出效果。当添加了音频文件后，在"属性"面板中，即可设置该文件的属性。

1. 设置声音的效果

通过对声音效果的设置，可以将同一个声音做出多种效果，可以让声音发生变化，也可以让左右声道产生各种不同的变化。将声音添加到文档后，单击"效果"下拉列表，其中包含 8 个选项，如图 8-5 所示，其中各选项含义如下。

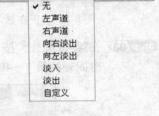

- 无：不使用任何声音特效。选择此项也可删除以前应用过的效果。
- 左声道：只在左声道播放声音。
- 右声道：只在右声道播放声音。
- 向右淡出：将声音从左声道转移到右声道，逐渐减小幅度。
- 向左淡出：将声音从右声道转移到左声道，逐渐减小幅度。

图 8-5　"效果"下拉列表

- 淡入：在声音播放过程中，音量由小逐渐变大，通常称为淡入效果。
- 淡出：在声音播放过程中，音量由大逐渐变小，通常称为淡出效果。
- 自定义：允许用户自定义声音效果，选择此项，可以打开"编辑封套"对话框编辑声音。

2. 设置声音同步的方式

（1）声音同步方式

单击"同步"下拉列表，其中包含 4 个选项，如图 8-6 所示，其中各选项含义如下。

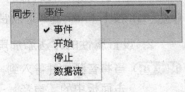

- 事件：该选项为事件声音，事件声音将从加入该声音的关键帧开始，独立于时间轴进行播放。如果事件声音长于影片声音，即使影片放完，也会继续播放。事件声音适用于背景音乐和其他不需要同步的声音。

图 8-6　"同步"下拉列表

- 开始：该选项类似于事件声音，如果声音已经在播放，选择"开始"选项将重新开始播放。这个选项用于处理按钮实例较长的声音。

- 停止：该选项和"开始"选项类似，只有当激活的时候声音才停止播放。
- 数据流：数据流声音类似于传统视频编辑软件中的声音，其本质是锁定到时间轴上，强制声音保持和动画一致，这种声音将播放到包含数据流声音的最后一帧为止。

在制作 MTV 时，一定要选择"同步"下拉列表中的"数据流"选项。

（2）声音播放模式

在设置了声音同步方式后，还可以选择下拉列表中的选项来控制声音的播放模式，其中有两个选项，如图 8-7 所示。

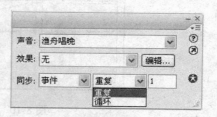

- 重复：控制导入的声音文件的播放次数，在其右侧的数值框中可以输入重复播放的次数。
- 循环：可以让文件一直不停地循环播放。

图 8-7　设置重复播放

8.1.4　编辑音频文件

在声音被导入以后，可以对其进行编辑，如可以改变音频播放和停止的位置、删除不必要的部分以缩小文件等。编辑音频文件的步骤如下。

Step 01 选中需要编辑的音频文件，然后单击"属性"面板中的"编辑声音封套"按钮 ，弹出"编辑封套"对话框，如图 8-8 所示。

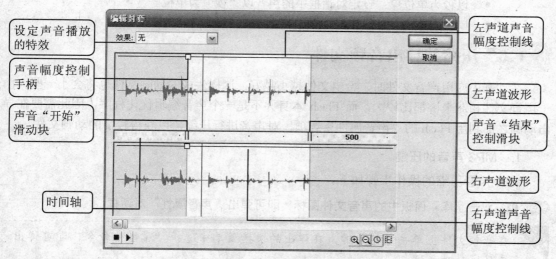

图 8-8　"编辑封套"对话框

Step 02 在该对话框左上角的"效果"下拉列表中，可以设定声音播放的特效，如图 8-9 所示，此"效果"选项与"属性"面板中的"效果"选项相同，在此就不再赘述。

Step 03 在对话框中拖动滚动条，可以设定播放的起始和结束位置，调整后，将对高亮度区的声音进行播放，如图 8-10 所示。

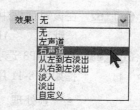

图 8-9　"效果"列表

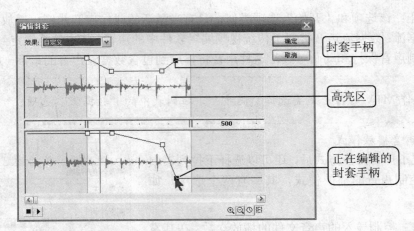

图 8-10　设定声音播放的起始点和封套手柄

Step 04 调整上下两条声音幅度控制线，可以控制声音的播放音量，向下拖动该控制线，表示
音量减小；向上拖动该控制线，表示音量加大。

Step 05 在左右声道声音幅度控制线上单击，即可添加封套手柄，正在编辑的封套手柄是以实
心显示的。

Step 06 其他按钮的作用如下。

- 停止和播放 ■▶：控制编辑中声音文件的"停止"和"播放"。
- 放大和缩小 ⊕⊖：对预览窗口的内容进行"放大"和"缩小"显示。
- 以秒为单位 ⊙：设定对话框中的声音以"秒"为单位。
- 以帧为单位 ⊞：设定对话框中的声音以"帧"为单位。

8.1.5　压缩并导出音频文件

在动画中应用声音文件时，希望文件越小越好，这样生成的动画文件也将会小一些。由
于声音文件相对来讲都比较大，而 Flash 本身并不是一个声音编辑优化程序，因此需要在导
出动画之前利用 Flash 的"声音属性"选项，对声音进行压缩，以获得较小的动画文件。

1. MP3 声音的压缩

MP3 声音压缩的操作步骤如下。

Step 01 双击"库"面板中的声音文件图标，即可弹出"声音属性"对话框。

> **提示**　在音频文件上单击鼠标右键，在弹出的快捷菜单中选择"属性"命令，即可弹出
> "声音属性"对话框。

Step 02 在该对话框中，用户可以指定声音的"压缩"选项。"压缩"选项的下拉列表中包括
"默认"、"ADPCM"、"MP3"、"原始"和"语音"5 个选项。

Step 03 选择 MP3 选项，取消选中"使用导入的 MP3 品质"复选框，此时，"声音属性"对话
框如图 8-11 所示。其中各选项含义如下。

- 预处理：由于 MP3 格式本身就规定了这种音频是单声道声音，因此"预处理"
中的"将立体声转换为单声道"选项是灰色的，而且在默认情况下会被选中。

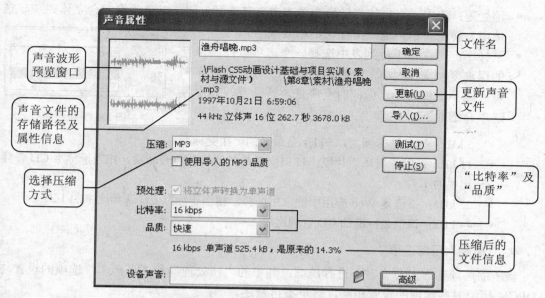

图 8-11　MP3"声音属性"对话框

- 比特率：该选项用来控制导出的声音文件中每秒播放的位数，Flash 支持比特率的范围为 8～160Kbps。当导出音乐时，需要将比特率设为 16 Kbps 或更高，以获得最佳效果。

> **提示**
>
> 一般来说，比特率为 16Kbps 是最低的可接受标准。

- 品质：该选项用来确定压缩速度和声音品质。其中，"快速"选项的压缩速度较快，但声音品质较低；"中"选项的压缩速度较慢，但声音品质较高；"最佳"选项的压缩速度最慢，声音品质最高。

Step 04 当设定好参数后，对话框底部将显示压缩后的文件信息，如压缩后的文件大小、文件为原来文件的多少百分比等。

Step 05 单击"更新"按钮，系统即可按照设置对音频文件进行更新，然后单击"确定"按钮，即可完成对 MP3 音频文件的压缩。

2. "默认"压缩选项

选择"默认"压缩方式，将使用"发布设置"对话框中的默认声音压缩。

3. ADPCM 压缩选项

ADPCM 压缩适用于压缩按钮音效、事件声音比较简短的声音，选择该选项后，其"声音属性"对话框的下方显示新的选项设置界面，如图 8-12 所示，其中各选项介绍如下。

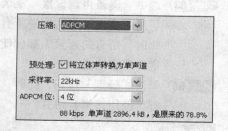

图 8-12　ADPCM 压缩项

- 预处理：选中"将立体声转换为单声道"复选框，便可以自动将混合立体声（非立体声）转化为单声道，文件大小相应减半。
- 采样率：可在该下拉列表中选择一个选项以控制声音的保真度和文件大小，如图 8-13 所示。较低的采样率可以减小文件大小，但同时会降低声音品质，其中各选项介绍如下。

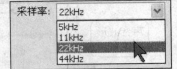

图 8-13　采样率

- ◆ 5 kHz：对于语音而言，5 kHz 是最低的可接受标准。
- ◆ 11 kHz ：对于音乐短片段，11 kHz 是最低的推荐声音品质，相当于标准 CD 音频比率的 1/4。
- ◆ 22 kHz：该值是 Web 应用中的常用选择，相当于标准 CD 音频比率的 1/2。
- ◆ 44 kHz：该值是标准的 CD 音频比率。

4."原始"压缩选项

该压缩选项在导出声音时不进行压缩。其中的"预处理"和"采样率"选项的设置与 ADPCM 压缩时各选项的设置相同，这里不再赘述。

5."语音"压缩选项

当导出一个适合于语音压缩方式压缩的声音时，使用该种方式。其中，"采样率"选项的设置与 ADPCM 压缩时各选项的设置相同，在此也不再赘述。

6. 全局压缩设置

如果希望整个 Flash 文档中的声音全部使用相同的声音设置，用户可在"发布设置"对话框中指定选项，操作步骤如下。

Step 01 选择"文件"|"发布设置"命令，弹出"发布设置"对话框。

Step 02 打开该对话框中的 Flash 选项卡，弹出如图 8-14 所示的"发布设置"对话框。

Step 03 选中"覆盖声音设置"复选框，以覆盖在"声音属性"对话框中所有指定的设置。此时，所有的音频流都会使用该对话框指定的声音格式。

Step 04 单击"确定"按钮，此时，所有的音频流都将使用该声音格式。

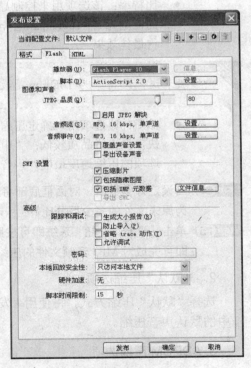

图 8-14　"发布设置"对话框

> **提示** 如果某个声音文件在"声音属性"对话框中指定的声音格式的质量比在"发布设置"对话框中设置的质量高，那么在导出时，该声音所使用的设置是在"声音属性"对话框中指定的格式。

8.2 | 视频文件的应用

在 Flash CS5 中除了可以应用其他软件制作矢量图形和位图外,还可以将视频剪辑文件导入动画中加以应用。此时的视频文件便成为动画文件的一个元件,而插入文档的内容就是该元件的实例。将视频剪辑文件导入 Flash 动画时,可以在导入之前对视频剪辑文件进行编辑,也可以应用自定义进行设置,如对带宽、品质、颜色纠正、裁切等选项进行设置。

8.2.1 Flash 支持的视频格式

Flash CS5 对导入的视频格式具有很高的要求,它支持的视频格式包括 FLV 和 F4V 格式编码的视频,如果导入的视频不是该类编码视频,就要通过 Adobe Media Encoder 进行编码转换后才能将文件导入到 Flash CS5 中。

8.2.2 视频编码转换

对其他格式的视频文件进行编码转换的操作步骤如下。

Step 01 选择"文件"|"新建"命令,创建一个新文档。

Step 02 选择"文件"|"导入"|"导入视频"命令,在弹出的"导入视频"对话框中单击对话框下方的"启动 Adobe Media Encoder"按钮,如图 8-15 所示。

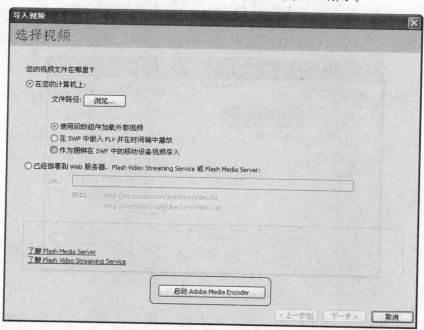

图 8-15 "导入视频"对话框

Step 03 此时将弹出"另存为"对话框,单击该对话框中的"取消"按钮,稍等片刻,将会启动 Adobe Media Encoder,如图 8-16 所示。

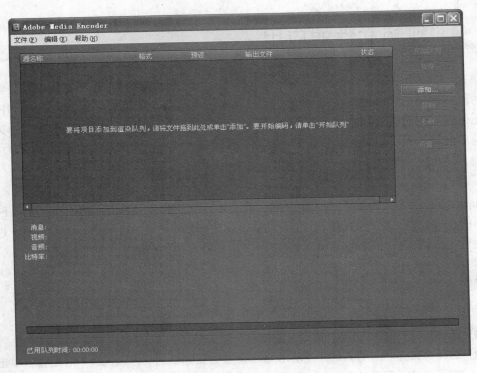

图 8-16　启动 Adobe Media Encoder

Step 04 单击该窗口中的"添加"按钮，在弹出的"打开"对话框中，在"素材与源文件\第8章\素材"文件夹下打开名为"案例实训教程片头.f4v"的视频文件，如图 8-17 所示。

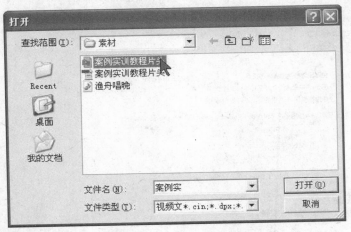

图 8-17　添加视频文件

Step 05 单击"编辑"|"导出设置"命令，即可弹出如图 8-18 所示的"导出设置"对话框，在该对话框中可以对视频文件进行时间的修改、大小的修改以及音频调整等设置，如图 8-18 所示，完成设置后，单击"确定"按钮，返回 Adobe Media Encoder 窗口。

Step 06 在 Adobe Media Encoder 窗口中单击"开始队列"按钮，将对视频文件进行编码转换，此时在窗口下方将以黄色进度条的形式显示进程，如图 8-19 所示。

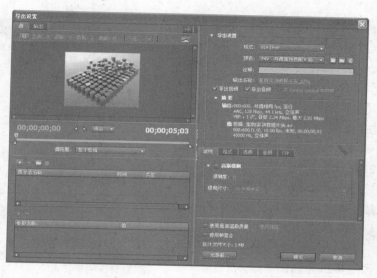

图 8-18　"导出设置"对话框

图 8-19　对文件进行编码转换

Step 07 转换结束后，在 Adobe Media Encoder 窗口中所选视频的"状态"选项中是以对勾✅显示的，表示完成视频的编码转换。此时，转换后的视频文件将自动保存到与"案例实训教程片头.f4v"视频文件相同的文件夹中，如图 8-20 所示。

图 8-20　转换后的文件存放的位置

8.2.3　导入视频文件

在 Flash CS5 中，导入视频文件的操作可以通过"导入视频"对话框来完成，具体的操作步骤如下。

Step **01** 运行 Flash CS5，创建一个新文档。选择"文件"|"导入"|"导入视频"命令，此时弹出"导入视频"对话框。

Step **02** 单击"文件路径"选项右侧的"浏览"按钮，在弹出的"打开"对话框选中要导入的视频文件，如图 8-21 所示。

Step **03** 单击"打开"按钮，在打开的"选择视频"界面中将显示视频文件的路径，如图 8-22 所示。

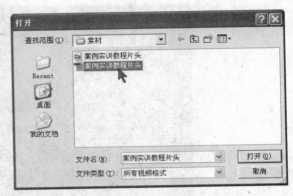

图 8-21 "打开"对话框

Step **04** 单击"下一步"按钮，进入"外观"界面，在"外观"下拉列表中选择一种需要的外观，如图 8-23 所示。

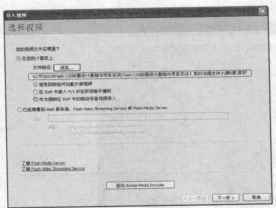

图 8-22 "选择视频"界面

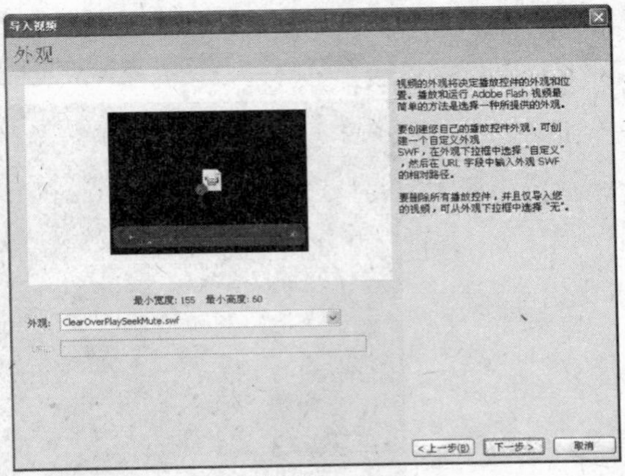

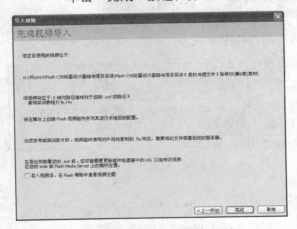

图 8-23 "外观"界面

Step **05** 外观设置结束后，单击"下一步"按钮，进入"完成视频导入"界面，如图 8-24 所示。单击"完成"按钮，弹出"获取元数据"提示框，如图 8-25 所示。

图 8-24 "完成视频导入"界面

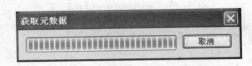

图 8-25 "获取元数据"提示框

Step 06 数据获取结束后，舞台中将显示导入的视频文件，如图 8-26 所示。选择"文件"|"保存"命令，弹出"另存为"对话框，在该对话框中为文件命名，单击"保存"按钮，即可将文件保存。

Step 07 按 Ctrl+Enter 组合键，测试效果，最终输出效果如图 8-27 所示。

图 8-26　视频文件导入到舞台

图 8-27　输出效果

8.3 上机实训

8.3.1 上机实训1——为按钮添加声音

 实训说明

在 Flash 中经常需要为按钮的不同状态添加不同的声音，以使鼠标指针在对按钮进行操作时产生不同的音响效果。本实训是为按钮元件的一个帧添加音频文件，完成后的动画效果如图 8-28 所示。

图 8-28　效果图

效果文件	素材与源文件\第 8 章\上机实训 1\为按钮添加声音.fla
同步视频文件	同步教学文件\第 8 章\8.3.1 上机实训 1——为按钮添加声音.avi

实训目标

通过对本例的学习，读者可以对为按钮元件的帧添加音频文件的操作有更进一步的了解，掌握如何为按钮添加声音的操作方法。

为按钮添加音效的操作步骤如下。

Step 01 运行 Flash CS5，选择"文件"|"新建"命令，创建一个新文档，默认文档属性。选择"文件"|"保存"命令，将新文档保存到"素材与源文件\第 8 章\上机实训 1"文件夹下，并将新文档命名为"为按钮添加声音.fla"。

Step 02 选择矩形工具，打开"属性"面板，设置矩形边角半径为 10，拖动鼠标在舞台上绘制一个圆角矩形，再选择文本工具在矩形内输入文字"按下"二字，如图 8-29 所示。

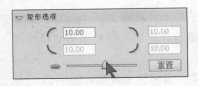

图 8-29　绘制图形

Step 03　选中第 1 帧，即可将图形及文字全部选中，选择"修改"|"转换为元件"命令，将其
转换为按钮元件，并命名为"播放按钮"，单击"确定"按钮，如图 8-30 所示。

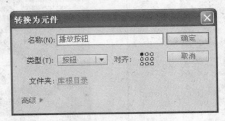

图 8-30　将图形转换为按钮元件

Step 04　双击该按钮元件，进入按钮元件编辑状态，
在"时间轴"上的 4 个状态中，只有"弹起"
帧处创建了一个关键帧，如图 8-31 所示。

Step 05　在"按下"帧和"点击"帧处按 F6 键插入关
键帧。

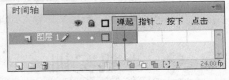

图 8-31　按钮元件的"时间轴"面板帧

Step 06　选择"文件"|"导入"|"导入到库"命令，在"素材与源文件\第 8 章\素材"文件夹
下，导入"声音 1.wav"音频文件。

Step 07　选择"按下"帧，打开"属性"面板，在"声音"选项组中选择"声音 1"声音文件，
此时"按下"帧上出现声波图样，如图 8-32 所示。

图 8-32　为"按下"帧添加声音文件

Step 08　按 Ctrl+E 组合键，返回主场景，制作结束后保存文件，按 Ctrl+Enter 组合键，输出并
测试动画，当单击按钮时，即可听到按钮发出的声音。

使用同样的方法，可以为其他帧添加不同的声音效果。

8.3.2　上机实训 2——为动画添加背景音乐

实训说明

通过对导入音频文件和设置声音属性的学习，用户对声音有了简单的认识，下面为动画添加背景音乐，进一步对声音文件进行简单的介绍。如图 8-33 所示为制作完成后的动画效果。

图 8-33　效果图

效果文件	素材与源文件\第 8 章\上机实训 2\为动画添加背景音乐.fla
同步视频文件	同步教学文件\第 8 章\8.3.2 上机实训 2——为动画添加背景音乐.avi

实训目标

通过对本例的学习，使读者懂得音乐在动画中的重要性，并且让读者掌握添加音频文件的操作步骤和方法。

为动画添加背景音乐的操作步骤如下。

Step 01 运行 Flash CS5，选择"文件"｜"打开"命令，在"素材与源文件\第 7 章\素材"文件夹下，打开"制作摇曳的烛光.fla"源文件，为了便于操作，将所有图层全部锁定，如图 8-34 所示。

Step 02 选择"文件"｜"另存为"命令，将文档保存到"素材与源文件\第 8 章\上机实训 2"文件夹下，并将新文档命名为"为动画添加背景音乐.fla"。

Step 03 选择"文件"｜"导入"｜"导入到库"命令，在"素材与源文件\第 8 章\素材"文件夹下，导入"祝你生日快乐.mp3"音频文件，选择"窗口"｜"库"命令，打开"库"面板，可以在库中看到导入的音频文件，如图 8-35 所示。

图 8-34　打开 Flash 源文件

图 8-35　导入"库"中的音频文件

Step 04 在"时间轴"面板中选中"烛光"图层，然后单击"新建图层"按钮，插入一个新图层，并将该图层命名为"音乐"，图层排列顺序如图 8-36 所示。

Step 05 选择"音乐"图层的第 1 帧，从"库"面板中将音频文件拖曳到舞台中，选中音频文件，打开"属性"面板，在面板中设置"同步"选项为"事件"、"声音循环"选项为"循环"、"效果"选项为"淡入"，如图 8-37 所示。

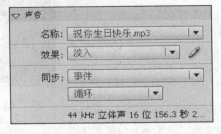

图 8-36　插入新图层　　　　　　图 8-37　在"属性"面板中设置参数

Step 06 设置结束后，保存文件，"时间轴"面板如图 8-38 所示。按 Ctrl+Enter 组合键测试动画，此时可听到背景音乐响起。

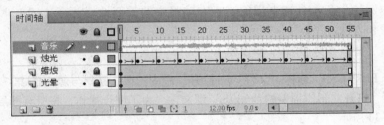

图 8-38　"时间轴"面板

8.4 小结

通过对本章内容的学习，用户基本了解了怎样从外界将所需要音频和视频对象导入到 Flash 中的方法，通过 Flash 导入功能可以简化 Flash 的制作周期，使设计者制作出更好的动画作品。

8.5 课后习题与上机操作

1. 选择题

（1）如果要减少导入图像的容量就必须_____。

    A. 压缩图像　　　　　　　　　　B. 缩放图像

    C. 剪切图像　　　　　　　　　　D. 减小图像的分辨率

（2）Flash CS5 最先支持的音频文件的格式是_____。音频文件在动画中主要用做_____等。

    A．WAV 和 MP3/事件声音、变频   B．WAV 和 MP3/背景音乐、配乐
    C．PG 和 PNG/背景音乐、事件声音   D．PSD 和 WMV/压缩声音、背景音乐

（3）Flash CS5 支持的视频格式是_____。

    A．MPEG 和 FLV   B．AVI 和 RM
    C．FLV 和 F4V   D．RM 和 MPEG

2．填空题

（1）导入一个声音文件的动画在最终输出时，有可能比原来的声音文件小，这是因为在 Flash CS5 中，能对声音进行_____。

（2）在"属性"面板中的"同步"下拉列表中选择_____选项后，Flash 将强制声音与动画同步。

（3）在 Flash 中音频文件都是被保存在_____中，要彻底删除音频文件，要在_____里进行删除。

3．上机操作题

结合本章学习的内容，制作一个简单的动画并为其添加音频文件。

第9章

脚本动画基础

ActionScript 是 Flash 中内嵌的一种脚本语言，它具有强大的交互功能。在 Flash 动画中可以根据不同的要求添加相应的脚本语句，使动画实现一些特殊功能，提高动画与用户之间的交互性。

本章知识点

◎ ActionScript 的概述

◎ ActionScript 的语法基础与常用术语

◎ ActionScript 的运算符和主要命令

◎ ActionScript 的应用

9.1 ActionScript 的概述

ActionScript 是针对 Adobe Flash Player 运行时环境的编程语言，它在 Flash 内容和应用程序中实现了交互性、数据处理以及其他许多功能。

使用 ActionScript，用户不仅可以动态地控制动画的进行，而且能够进行各种运算，甚至使用各种方式获得用户的动作，并即时做出回应，这样就可以有效地响应用户事件，触发响应的脚本来控制动画的播放，大大增强了 Flash 动画的交互性。

9.1.1 ActionScript 的版本

Flash CS5 中包含多个 ActionScript 版本，以满足各类开发人员和回放硬件的需要。

- ActionScript 3.0 版本：该版本的执行速度很快，与其他 ActionScript 版本相比，此版本要求开发人员对面向对象的编程概念有一个更加深入的了解。ActionScript 3.0 完全符合 ECMAScript 规范，提供了更出色的 XML 处理、一个改进的事件模型以及一个用于处理屏幕元素的改进体系结构。使用 ActionScript 3.0 的 FLA 文件不能包含 ActionScript 的早期版本。
- ActionScript 2.0 版本：该版本比 ActionScript 3.0 版本更容易学习。尽管 Flash Player 运行编译后的 ActionScript 2.0 代码的速度比运行编译后的 ActionScript 3.0 代码的速度慢，但是 ActionScript 2.0 对于许多计算量不大的项目仍然十分有用。ActionScript 2.0 也基于 ECMAScript 规范，但并不完全遵循该规范。
- ActionScript 1.0 版本：该版本是最简单的 ActionScript 版本，仍为 Flash Lite Player 的一些版本所使用。ActionScript 1.0 和 2.0 可共存于同一个 FLA 文件中。

9.1.2 如何选择 ActionScript 版本

尽管有了 ActionScript 3.0 版本，但是用户仍然可以使用 ActionScript 2.0 的语法，特别是为传统的 Flash 工作时。如果针对旧版 Flash Player 创建的 SWF 文件时，则必须使用与之相兼容的 ActionScript 2.0 或 ActionScript 1.0 版本。

如果是为 Flash Player 6、Flash Player 7 和 Flash Player 8 创建内容，应该使用 ActionScript 2.0。如果计划在 Flash 的未来版本中更新应用程序，则应使用 ActionScript 3.0 版本，这样可以很容易地更新和修改应用程序。

Flash CS5 允许用户输出与某个 Flash 播放器版本兼容的.swf 文件。设置一个播放器版本的步骤如下。

Step 01 运行 Flash CS5 程序，在软件的"引导"页面中，选择 ActionScript 2.0 选项，如图 9-1（左图）所示。

Step 02 进入工作环境后，选择"文件"|"发布设置"命令，打开"发布设置"对话框，在该对话框中选择 Flash 选项卡。

Step 03 打开"播放器"下拉列表，从中选择 Flash Player 10 版本，如图 9-1（右图）所示。

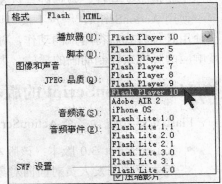

图 9-1　选择 Flash Player 版本

9.1.3　Flash CS5 的编程环境

　　Flash 提供了一个专门处理动作脚本的编辑环境，那就是"动作"面板。通常情况下，"动作"面板处于关闭状态，可以选择"窗口"|"动作"命令，打开"动作"面板。"动作"面板包括"动作工具箱"、"脚本导航器"、"工具栏"、"脚本编辑窗口"、"脚本助手"和"快捷菜单"6 个部分，如图 9-2 所示。

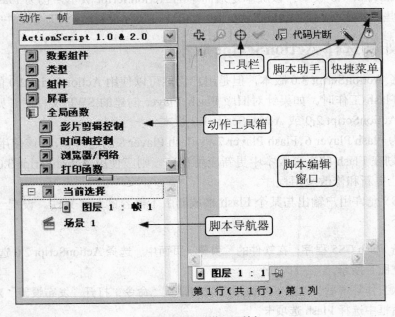

图 9-2　"动作"面板

1. 动作工具箱

浏览 ActionScript 语言元素（函数、类、类型等）的分类列表，然后将其插入到脚本编辑窗口中。要将脚本元素插入到脚本编辑窗口中，可以双击该元素，或直接将其拖动到窗口中。还可以使用"动作"面板工具栏中的  按钮来将语言元素添加到脚本中。

2. 脚本导航器

脚本导航器可显示包含脚本的 Flash 元素（影片剪辑、帧和按钮）的分层列表。使用脚本导航器可在 Flash 文档中的各个脚本之间快速移动。如果单击脚本导航器中的某一项目，则与该项目关联的脚本将显示在脚本窗格中，并且播放头将移到时间轴上的相应位置。如果双击脚本导航器中的某一项，则该脚本将被固定（就地锁定）。可以单击每个选项卡，在脚本间移动。

3. 工具栏

当释放脚本助手按钮后，"动作"面板的工具栏如图 9-3 所示，其中各选项介绍如下。

图 9-3　工具栏

- 将新项目添加到脚本中：单击该按钮，在弹出的下拉列表中选择动作语句，如图 9-4 所示，将语句添加到脚本编辑窗口中。该按钮包含的动作语句与"动作工具箱"中的命令是一致的。

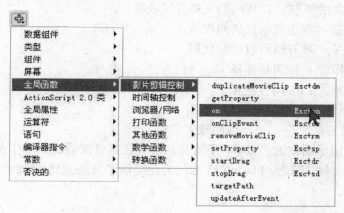

图 9-4　添加语句

- 查找 🔍：单击该按钮，可以打开如图 9-5 所示的"查找和替换"对话框，在"查找内容"文本框中输入要查找的名称，再单击"查找下一个"按钮即可；在"替换为"文本框中输入要替换的内容，然后单击右侧的"替换"按钮即可。
- 插入目标路径 ⊕：单击该按钮，可以打开如图 9-6 所示的"插入目标路径"对话框，用户可以从中选择插入实例的目标路径。
- 语法检查 ✓：单击该按钮，可以对输入的 ActionScript 进行语法检查。如果脚本中存在错误，则显示一个消息对话框，并在"编辑器错误"面板中显示脚本的错误信息，如图 9-7 所示。

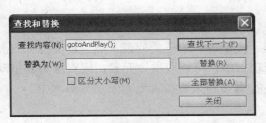

图 9-5　"查找和替换"对话框　　　　　图 9-6　"插入目标路径"对话框

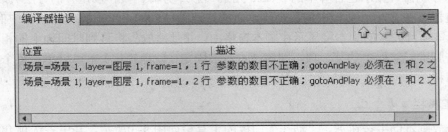

图 9-7　"编译器错误"面板

- 自动套用格式▤：单击该按钮，可以对输入的 ActionScript（简称 AS）自动进行格式排列。
- 显示代码提示⊡：单击该按钮，可以在输入 ActionScript 时显示代码提示。
- 调试⊗：单击该按钮，在弹出的下拉列表中选择"切换断点"选项，可以检查 ActionScript 的语法错误。
- 折叠成对大括号⊞：在代码的大括号间收缩。
- 折叠所选⊟：在选择的代码间收缩。
- 展开全部✳：展开所有收缩的代码。
- 应用块注释⊡：应用块注释
- 应用行注释⊡：应用行注释。
- 删除注释⊡：删除注释。
- 显示/隐藏工具箱⊞：显示或隐藏工具箱。
- 帮助⊙：由于动作语言太多，不管是初学者还是资深的动画制作人员都会有忘记代码功能的时候，因此，Flash CS5 专门为此提供了帮助工具，帮助用户在开发过程中避免麻烦。

4. 脚本编辑窗口

该窗口是用来编写 ActionScript 的区域，当前对象的所有脚本语句都会在该区域显示，并且在该区域对程序进行编辑。

5. 脚本助手

自从 Flash MX 2004 版本中删除了脚本编辑器的普通模式后，给许多想学习脚本的用户带来很多困难。因此，为了方便初学脚本的用户能够更快地掌握脚本语句，Flash CS5 版本中增加了"脚本助手"，该"脚本助手"就是 Flash MX 2004 版本之前的编辑器的普通模式，并且经过改进后比以前更加完善。

"脚本助手"是将"动作"工具箱中的选项添加到专门提供的界面中，而后生成脚本来完成脚本的编辑。这个界面包含文本字段、单选按钮和复选框，可以提示正确变量及其他脚本语言构造，如图9-8所示。

6. 快捷菜单

单击快捷菜单按钮 ，可以打开快捷菜单，如图9-9所示，菜单中包括一些常用的命令，为制作动画提供了方便。

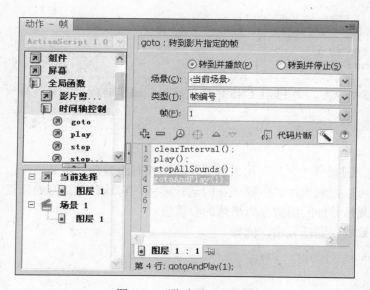

图9-8 "脚本助手"面板

图9-9 快捷菜单

9.2 ActionScript 的语法基础与常用术语

9.2.1 ActionScript 的语法基础

Flash CS5 中的脚本与其他的脚本语言一样，具有自己的一套语法规则，规定了一些字符的含义及使用规则，在使用 AS 语句创建动作脚本之前，用户需要熟悉 ActionScript 的语法基础。

1. 点语法

在 AS 中，点运算符"."用来指明与某个对象或电影剪辑相关的属性和方法，也用于标识指向电影剪辑或变量的目标路径。使用点运算符表达对象的属性，开始是对象或影片剪辑名，然后是一个点，最后是要指定的属性、方法或变量，如表达式"zz.y"表示段 zz 动画片的_y 属性。点语法还包括_root 和_parent 这两个特殊的别名，其中的_root 用于创建一个绝对路径，表示动画中的主时间轴；而_parent 则用于对嵌套在当前动画中的动画片段进行引用。

2. 大括号

在 ActionScript 2.0 版本中，大括号 "{}" 用来分隔每段代码，作为区分程序段落的标记。大括号是成对出现的，必须是完整的，如下面的脚本所示：

```
onClipEvent (load){
timer = new Date();
}
```

3. 分号

在 ActionScript 2.0 版本中，分号 ";" 用于 AS 语句的结束，每条语句的结尾都应该加上分号，如果省略语句结尾的分号，AS 仍然能编译用户创建的脚本。例如，下面的语句以分号结束：

```
Hour = timer.getHours();
Minute = timer.getMinutes();
Second = timer.getSeconds();
```

> **提示**　如果在动画编辑过程中省略分号，则 Flash CS5 仍然可以识别编辑的脚本，将该脚本格式化并自动加上分号。

4. 圆括号

在 ActionScript 2.0 版本中，圆括号 "()" 用来放置使用动作时的参数，定义一个函数以及对函数进行调用等。它可以控制表达式中操作符的运行顺序，它具有运算符的最优先级别；还可以将变量传递给圆括号外的函数作为函数的参数值。

定义一个函数时，要将参数放在圆括号中，例如：

```
function myFunction (name, age, reader){
...
}
```

圆括号也可以用来改变 AS 的优先级，或使用户编写的 AS 语句更容易阅读，例如：

```
2 + (3 * (4 + 5))
2 + (3 * 4) + 5
```

5. 字母的大小写

在 AS 中，字母的大小写并无严格要求，只有关键字区分大小写，否则关键字无法在执行时被 Flash CS5 识别。除关键字之外的其余内容语句，可以使用大写或小写字母，大小写字母是等价的。例如下面的语句是等价的：

```
hat = true;
HAT = true;
```

6. 关键字

在 AS 中具有特殊含义且供 AS 调用的特定的单词，被称作 "关键字"。在 AS 中较为重要的关键字主要包括 Break、Continue、Delete、Else、For、Function、If、In、New、Return、This、Typeif、Var、Void、While、With 等。

在编辑脚本时，系统不允许使用关键字作为变量、函数以及标签等的名字，以免发生脚本混乱。

在AS程序中，应该遵守一致的大小写规定，合理地将大小写字母混合起来使用。关键字的大小写必须正确，如果在书写关键字时没有使用正确的大小写，脚本将会出现错误。

7. 注释

注释在程序中起到很重要的作用。在 Flash CS5 中，沿用了 C 语言的注释语法符号"//"，凡是在这个符号之后的语句都被视为注释，Flash 在执行的时候会自动跳过注释语句而运行下面的程序。

在 AS 语句中，注释内容是以灰色字体显示的，其长度不受限制且不参与语句的执行。

9.2.2 ActionScript 的常用术语

下面介绍 ActionScript 中的常用术语，具体介绍如下。

1. 事件

事件是指触发 Flash 程序继续运行的条件。有了各种事件，Flash 程序的交互性才能得以实现。例如鼠标单击、加载影片剪辑或用户按下键盘上的某个键时都可以称为事件。

2. 常数

常数是指一个数值不变的常量。例如 Key-TAB 始终代表键盘上的 Tab 键。

3. 变量

与常数相对应的即是变量，指可以更新数据值的标识符。变量可以被创建、被更改和被更新。

4. 实例名称

实例名称是动作脚本认识影片剪辑和按钮实例的唯一名称。添加实例名称的方法为选中场景中需要添加实例名称的影片剪辑或按钮元件后，打开"属性"面板，在"实例名称"文本框中输入名称即可。

5. 布尔值

布尔值是一个判断是与否的值，它包括两个值，一个是 true，另一个是 false。

6. 标识符

标识符是用于表示变量、属性、函数、对象或方法的名称。它的开头字符必须是字母、下划线（_）或美元符号（$），其后的字符必须是数字、字母、下划线或美元符号。

7. 类

类是可以创建用来定义新对象类型的数据类型。若要定义类，可在外部 AS 脚本文件中使用"Class"关键字。

8. 对象

对象是属性和方法的集合，每个对象都有其各自的名称，并且都是特定类的实例。内置对象在 AS 脚本语言中是预先定义的，如 Date 对象可以提供系统时间的信息。

9. 运算符

运算符是一种计算符号。例如，加法运算符（+）可以将两个或多个值加到一起，产生一个新值，运算符所处理的值称为操作数。

10. 表达式

表达式是代表值的动作脚本元件的组合，它是由运算符和操作数组成。例如，在表达式 X+5 中，X 和 5 都是操作数，而"+"号是运算符。

11. 目标路径

目标路径是指在 SWF 文件中影片剪辑实例或变量、对象等的位置。

12. 属性

属性是指对象的特性。例如，_visible 是定义影片剪辑是否可见的属性，所有影片健康均有此属性。

13. 参数

参数又称为参量，是用于向函数传递值的占位符。

14. 函数

函数是指可以传递参数并能够返回值的可重复使用的代码块。

15. 构造函数

构造函数是用于定义类的属性和方法的函数，它是类定义中与类同名的函数。

16. 事件处理函数

事件处理函数是管理 mouseDown 或 load 等事件的特殊动作。它分为两类，分别是事件处理函数方法和事件侦听器（还有两张事件处理函数 on()和 onClipEvent()，可以将它们直接分配给影片剪辑或按钮）。其中，某些命令既可用于事件处理函数也可用于事件侦听器。

9.3 ActionScript 的运算符和主要命令

9.3.1 ActionScript 的运算符

ActionScript 中的运算符也称为操作符，与数学运算中的加减乘除相似，它是用来指定表达式中的值如何被联系、比较或改变的。一个完整的表达式由变量、常数及运算符 3 个部分组成。当一个表达式中使用了两个或多个运算符时，Flash CS5 会根据运算规则对各个运算符的优先级进行判断，和数学运算一样，ActionScript 脚本的表达式也同样遵循"先乘除后加减"、"有括号先运算括号"的运算规则。

ActionScript 脚本中的运算符分为数值运算符、比较运算符和逻辑运算符等。

1. 数值运算符

数值运算符主要用于执行数值的运算。在遇到数据类型的字符串时，Flash CS5 会将字符串转换为数值后再进行运算。例如，可以将"100"转换为 100，将不是数据型的字符串转换为 0。如表 9-1 所示列出了动作脚本数值运算符。

表9-1 数值运算符

运算符	执行的运算
+	加法
*	乘法
/	除法
%	求模（除后的余数）
-	减法
++	递增
--	递减

2. 比较运算符

比较运算符用于对脚本中表达式的值进行比较并返回一个布尔值。如表 9-2 所示列出了动作脚本比较运算符。

表9-2 比较运算符

运算符	执行的运算
=	等于
<	小于
>	大于
<=	小于或等于
>=	大于或等于
!==	不等于

3. 逻辑运算符

逻辑运算符用在逻辑类型的数据中间，也就是用于连接布尔变量。如表 9-3 所示列出了动作脚本逻辑运算符。

表9-3 逻辑运算符

运算符	执行的运算
&&	逻辑"与"
||	逻辑"或"
!	逻辑"非"

4. 位运算符

对浮点型数字使用位运算符会在内部将其转换为 32 位的整型，所有的位运算符都会对一个浮点数的每一位进行计算并产生一个新值。如表 9-4 所示列出了动作脚本位运算符。

表9-4　位运算符

运算符	执行的运算
&	按位"与"
|	按位"或"
^	按位"异或"
~	按位"非"
<<	左移位
>>	右移位
>>>	右移位填零

5. 等于运算符

使用等于运算符可以确定两个运算数的值或标识是否相等，该运算符会返回一个布尔值。如果运算符为字符串、数字或布尔值，它们会按照值进行比较；如果运算符是对象或数组，它们将按照引用进行比较。如表 9-5 所示列出了动作脚本等于运算符。

表9-5　等于运算符

运算符	执行的运算
==	等于
===	全等
!=	不等于
!==	不全等

6. 赋值运算符

使用赋值运算符可以为一个变量进行赋值，如"name="user";"。

还可以使用复合赋值运算符来联合运算，复合赋值运算符会对两个运算对象都执行，然后把新的值赋给第 1 个运算对象，如"只能 i+=10;它也就相当于：i=i+10;"。

如表 9-6 所示列出了动作脚本赋值运算符。

表9-6　赋值运算符

运算符	执行的运算
=	赋值
+=	相加并赋值
-=	相减并赋值
*=	相乘并赋值
%=	求模并赋值
/=	相除并赋值
<<=	按位左移位并赋值
>>=	按位右移位并赋值
>>>=	右移位填零并赋值
^=	按位"异或"并赋值

（续表）

运算符	执行的运算
|=	按位"或"并赋值
&=	按位"与"并赋值

9.3.2 ActionScript 的主要命令

在 Flash CS5 中有两个编码器，一个是 ActionScript 1.0&2.0 编码器，另一个是 ActionScript 3.0 编码器，下面介绍 ActionScript 1.0&2.0 编码器中主要使用的命令。

1. goto 命令

goto 命令是"无条件跳转"语句，它不受任何条件的约束，可以跳转到任意场景的任意一帧。在 Flash CS5 中，goto 命令有两种基本的跳转模式。

- 命令格式 1：gotoAndPlay（场景，帧）
- 命令格式 2：gotoAndStop（场景，帧）
- 作用：跳转到指定场景的指定帧并开始播放（或跳转到指定场景指定帧，停止播放）。如果没有指定场景，则将跳转到当前场景的指定帧。

2. nextFrame 和 nextScene 命令

- 命令格式 1：nextFrame（）
- 命令格式 2：nextScene（）
- 作用：跳到下一帧（场景）并停止播放。

例如，单击按钮，跳到下一帧并停止播放，语句如下：

```
on (release) {
    nextFrame ();
}
```

3. prveFrame 和 prevScene 命令

- 命令格式 1：prveFrame（）
- 命令格式 2：prevScene（）
- 作用：跳到前一帧（场景）并停止播放。

4. play 和 stop 命令

- 命令格式 1：play（）
- 命令格式 2：stop（）
- 作用：使影片从当前帧开始（停止）播放。

如果需要某个影片剪辑在播放完毕后是停止而不是循环播放，则可以在影片剪辑的最后一帧添加 stop 命令。

> **提示**　如果没有特殊指定，在播放影片时，都是从第 1 帧开始播放。如果影片在播放过程中被 stop 语句停止或者被 goto 语句跳转，必须使用 play 语句使影片重新播放。

5. stopAllSounds 命令

stopAllSounds 命令停止动画中所有声音的播放，只对正在播放的声音有效，该命令没有参数。

- 命令格式：stopAllSounds()
- 作用：停止播放当前的所有声音，但是不停止播放动画。

6. on 命令

- 命令格式：on（）
- 作用：按钮脚本命令，是事件处理函数，当特定事件发生时要执行的代码。

例如，单击鼠标后放开事件，语句如下：

```
on（release）{
}
```

7. startDrag 命令

- 命令格式：startDrag()
- 作用：规定在相应的事件发生的时候，将指定的影片剪辑跟随鼠标一起移动。

9.4 ActionScript 的应用

通过前面知识的介绍，大致可以体会 ActionScript 的强大功能和重要作用，但它毕竟是 Flash 专用的动画编程语言，因此需要在具体的动画中才能展现其重要性。

根据添加 ActionScript 的不同目的，在动画设计中可以在下列 3 个不同的地方加入相应的 ActionScript 程序。

1. 为按钮添加脚本

为按钮添加 ActionScript 是最为普通的一种做法，如按钮按下或放开等。按钮中的 ActionScript 代码一般都包含在 on 事件之内。为按钮指定动作的具体步骤如下。

Step 01 选中一个按钮实例，用鼠标右键单击该按钮实例，从快捷菜单中选择"动作"命令。

Step 02 打开"动作"面板后，选择"全局函数"|"影片剪辑控制"|"on"命令，弹出下拉列表，如图 9-10 所示，从列表中选择按钮要触发的鼠标事件。

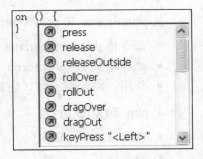

图 9-10 "on"命令下拉列表

Step 03 按钮可以触发的事件包括以下几种。

- press：鼠标单击按钮。
- release：鼠标单击按钮后放开。
- releaseOutside：鼠标左键在按钮上按下后在按钮外部放开。
- rollOver：鼠标滑过按钮。
- rollOut：鼠标滑出按钮。

- dragOver：鼠标拖动滑过按钮。
- dragOut：鼠标拖动滑出按钮。
- keyPress"<Left>":单击键盘上指定的"键名"时，便可以触发指定的动作。keyPress命令后边总是跟着键盘上的某个键的名称，比如"Left"、"Right"或"Home"等。

2. 为帧添加脚本

将 ActionScript 添加在指定的帧上，添加后当动画播放到添加 ActionScript 脚本的那一帧时，相应的 ActionScript 程序将被执行。典型的应用就是控制动画播放和结束事件，根据需要使动作在相应的时间进行。根据播放动画的内容和要达到的控制要求在相应的帧处添加所需的程序，可以有效地控制动画的播放时间和内容。

 如果需要为帧添加 ActionScript，帧的类型必须是关键帧。

为帧添加 ActionScript 的具体步骤如下。

Step 01 在时间轴中选择要添加动作的关键帧。

Step 02 选择"窗口"|"动作"命令，打开"动作"面板，在脚本编辑窗口中输入动作代码。

Step 03 为帧插入 ActionScript 后，在关键帧上出现一个小小的"a"字，如图 9-11 所示，这就标志着在该帧处已有 ActionScript 代码。

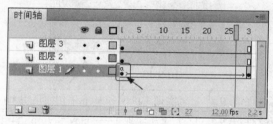

图 9-11　为帧添加脚本

3. 为影片剪辑元件添加脚本

Flash 动画中的影片剪辑元件拥有独立的时间轴，每个影片剪辑元件都有自己唯一的名称。为影片剪辑元件添加语句并指定触发事件后，当事件发生时就会执行设置的语句动作。为影片剪辑元件添加语句的方法与为按钮添加语句的方法基本相同，设置触发事件的步骤如下。

Step 01 将一个影片剪辑元件拖到舞台中，并选中该元件实例。

Step 02 打开"动作"面板，选择"全局函数"|"影片剪辑控制"|onClipEvent 命令，弹出快捷菜单，如图 9-12 所示，在列表中选择影片剪辑元件要触发的事件。

Step 03 影片剪辑元件可以触发的事件包括以下几种。

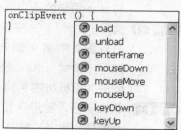

图 9-12　onClipEvent 快捷菜单

- load：当载入影片剪辑元件到场景时触发事件。
- unload：当卸载影片剪辑元件时触发事件。

- enterFrame：当加入帧时触发事件。
- mouseDown：当按下鼠标左键时触发事件。
- mouseMove：当移动鼠标时触发事件。
- mouseUp：当放开鼠标左键时触发事件。
- keyDown：当按下键盘上某个键时触发事件。
- keyUp：当放开键盘上某个键时触发事件。
- data：当数据接收到和数据传输完时触发事件。

9.5 上机实训

9.5.1 上机实训 1——play 和 stop 语句的运用

实训说明

本例制作一个运用 play 和 stop 语句使影片播放和停止的动画，效果如图 9-13 所示。

图 9-13 效果图

效果文件	素材与源文件\第 9 章\上机实训 1\play 和 stop 语句的运用.fla
同步视频文件	同步教学文件\第 9 章\9.5.1 上机实训 1——play 和 stop 语句的运用.avi

实训目标

通过对本例的学习读者可以掌握如何为帧和按钮添加脚本语句。

Step 01 运行 Flash CS5，创建一个新文档，默认文档属性。选择"文件"|"另存为"命令，将新文档保存到"素材与源文件\第 9 章\上机实训 1"文件夹下，并为新文档命名为"play和 stop 语句的运用.fla"。

Step 02 选择"文件"|"打开"命令，从"素材与源文件\第 9 章\素材"文件夹下打开"素材 1.fla"源文件，其"时间轴"面板如图 9-14 所示。

图 9-14 素材文件的时间轴

Step 03 单击"插入图层"按钮，添加一个新图层，选择"窗口"|"公用库"|"按钮"命令，打开"公用库"面板，从库中将一个黄色的按钮拖入舞台，调整其大小并放置在合适的位置，如图 9-15（左图）所示。

Step 04 再单击"新建图层"命令，添加一个新图层，再从公用库中将一个红色按钮拖动放入舞台，调整其大小并放置在合适的位置，如图 9-15（右图）所示。

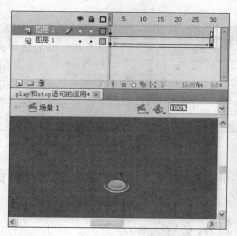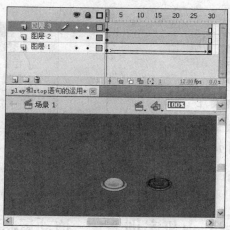

图9-15 将按钮从公用库拖曳到舞台

Step 05 选中黄色按钮，打开"动作"面板，输入以下代码：

```
on (release) {
play();
}
```

Step 06 此时的"动作"面板如图9-16（左图）所示。再选中红色按钮，在"动作"面板中输入如下代码：

```
on (release) {
stop();
}
```

> **提示** play 表示当单击按钮（黄色），动画开始播放；stop 表示当单击按钮（红色），动画停止播放。

此时，"动作"面板如图9-16（右图）所示。

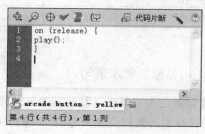

图9-16 "动作"面板

Step 07 选中"图层1"图层的第1帧，打开"动作"面板，输入"stop();"命令，如图9-17所示。

> **提示** 动作代码表示当动画播放到第1帧时停止播放。

Step 08 制作结束后保存文件，"时间轴"面板如图9-18所示。

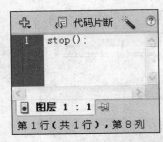

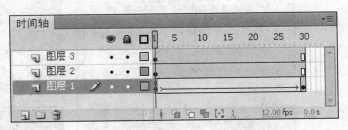

图 9-17　"动作"面板　　　　　　　　　　图 9-18　"时间轴"面板

Step 09　按 Ctrl+Enter 组合键，测试影片效果，单击黄色按钮，动画开始运行；单击红色按钮，动画停止运行。

9.5.2　上机实训 2——拖动鼠标显示文字

实训说明

　　本实例通过为帧添加脚本语句，从而实现鼠标拖动显示文字的动画，效果如图 9-19 所示。

图 9-19　效果图

效果文件	素材与源文件\第 9 章\上机实训 2\拖动鼠标显示文字.fla
同步视频文件	同步教学文件\第 9 章\9.5.2 上机实训 2——拖动鼠标显示文字.avi

实训目标

　　通过对本例的学习，使读者更好地掌握如何为帧添加脚本语句。

Step 01　运行 Flash CS5，创建一个新文档，设置背景色为淡黄色，默认其他属性选项。

Step 02　选择"文件"|"保存"命令，将新文档保存到"素材与源文件\第 9 章\上机实训 2"文件夹下，并将文件命名为"拖动鼠标显示文字.fla"。

Step 03　选择"插入"|"新建元件"命令，在弹出的"创建新元件"对话框中创建一个名为 light 的影片剪辑元件，如图 9-20 所示，单击"确定"按钮，进入元件编辑状态。

Step 04　选择椭圆工具，打开"颜色"面板，设置为"径向渐变"填充类型，填充颜色从左到右依次为红色、白色、黄色和蓝色（颜色可以任意设置），如图 9-21（左图）所示。

Step 05　拖动鼠标在舞台上绘制一个正圆，设置宽和高为 150px×150px，利用"对齐"面板，使其相对于舞台居中对齐，如图 9-21（右图）所示。

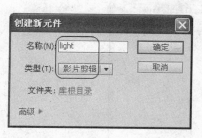

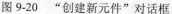

图 9-20 "创建新元件"对话框

图 9-21 绘制渐变圆

Step 06 选择"插入"|"新建元件"命令，在弹出的"创建新文件"对话框中创建一个名为"文字"的影片剪辑元件，如图 9-22（左图）所示，单击"确定"按钮，进入元件编辑状态。

Step 07 选择文本工具，拖动鼠标在文本框中输入文字"海阔天空"，颜色可以任意设置，利用"对齐"工具，使其相对于舞台居中对齐，如图 9-22（右图）所示。

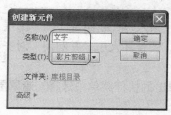

图 9-22 创建影片剪辑元件

Step 08 按 Ctrl+E 组合键，返回主场景，选中第 1 帧，打开"库"面板，如图 9-23（左图）所示。从中将 light 影片剪辑元件拖入舞台，将其相对于舞台居中对齐，打开"属性"面板，并在实例名称处输入元件实例名称为 light，此时的"属性"面板如图 9-23（右图）所示。

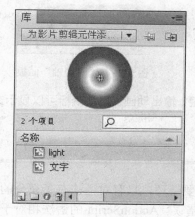

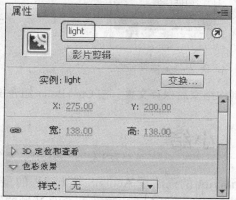

图 9-23 "库"面板和"属性"面板

225

Step 09 选中第 1 帧，打开"动作"面板，选择"全局函数"|"影片剪辑控制"| startDrag 命令，在帧的位置上加入代码"startDrag(light,true);"，如图 9-24 所示。

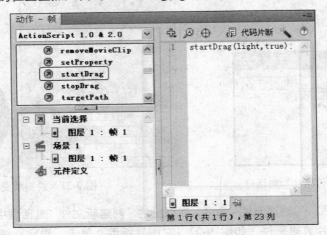

图 9-24 为"帧"添加代码

 "startDrag(light,true)"语句是用来指定拖动的影片剪辑对象的语句。

Step 10 选中"图层 1"图层，单击"新建图层"按钮，插入一个新图层，在"图层 2"图层的第 1 帧处将影片剪辑元件"文字"拖入舞台，调整其大小，并利用"对齐"面板，使其相对于舞台居中对齐。

Step 11 在"图层 2"图层的名称处单击鼠标右键，在弹出的快捷菜单中选择"遮罩层"命令，如图 9-25 所示，"时间轴"面板如图 9-26 所示。

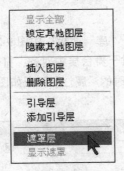

图 9-25 选择命令

图 9-26 "时间轴"面板

Step 12 制作结束后保存文件，按 Ctrl+Enter 组合键，输出动画，拖动鼠标可以显示文字效果。

9.6 小结

ActionScript 的语法是 ActionScript 编程的重要一环，只有对语法有了充分的了解才能在编程中游刃有余，不至于出现一些莫名其妙的错误。ActionScript 的语法相对于其他一些专业程序语言来说是较为简单的。

本章的内容相对前几章比较抽象，对于初学者来说，只要掌握了基本的动作脚本，基本上就可以完成比较完备的交互性 Flash 动画设计了，并且 Flash 所提供的强大的"动作"面板，也已经大大地简化了设计者编写脚本的工作。

9.7 课后习题与上机操作

1. 选择题

（1）在 ActionScript 中，用于结束语句的是_____。

    A. 点   B. 分号   C. 大括号

（2）下列_____是字符串类型的数据。

    A. true   B.1122   C. "1122"   D. AABB

2. 填空题

（1）"动作"面板是 Flash 用于_____的主要区域，在菜单栏中选择_____命令后，即可打开"动作"面板。

（2）布尔型数值只包含两个值，一个是_____，另一个是_____。

（3）在对变量进行命名是，变量必须是_____。

3. 上机操作题

参照实例自行设计一个拖动鼠标显示图像的动画。

第10章

组件的应用

本章学习组件的应用，一个组件就是一段影片剪辑，其中所带的预定义参数由用户在创建时进行设置，是用来简化交互式动画开发的一门技术，一次性制作，可以多人反复使用，每个组件还有一组独特的动作脚本方法、属性和事件等。

本章知识点

- ◎ 组件概述
- ◎ 组件的基本操作
- ◎ UI 组件
- ◎ 媒体组件
- ◎ Video 组件

10.1 组件概述

10.1.1 认识组件

组件是带参数的影片剪辑，通过这些参数可以个性化地修改组件的外观和行为。一个组件可以是简单的用户界面控件，如选项框和复选框，也可以包含一定的内容，如滚动面板等，还可以是不可见的。

每个组件都有预定义参数，可以在创作时设置这些参数；每个组件还有一组独特的动作脚本方法、属性和事件，可以在运行时设置参数和其他选项，从而完成只有专业人员才能实现的交互动画。

10.1.2 Flash 组件简介

Adobe Flash Professional 包含 ActionScript 2.0（简称 AS 2.0）组件和 ActionScript 3.0（简称 AS 3.0）组件，用户不能混合使用这两组组件，对于给定的应用程序，只能使用其中的一组。Flash CS5 根据用户打开的是 AS 2.0 文件还是 AS 3.0 文件，将显示是哪一组件。本章的实例就是利用 AS 2.0 组件制作的，下面对 AS 2.0 组件进行介绍。

Flash CS5 内置了 3 种组件类型，包括用户界面（UI）组件、视频（Video）组件和媒体（Media）组件。利用内置的 UI 组件不但可以创建功能强大、效果丰富的程序界面，而且可以加载和处理数据源的信息。此外，还可以利用媒体组件和视频组件制作媒体播放器或控制动画中媒体的播放。

Flash 在"组件"面板中存储和管理组件，选择"窗口"|"组件"命令即可打开"组件"面板，如图 10-1 所示。另外，Flash 还提供了一个"组件检查器"面板，选择"窗口"|"组件检查器"命令即可打开该面板，如图 10-2 所示。当将一个组件实例拖放到场景中以后，在"组件检查器"面板中可以设置和查看该实例的信息。

图 10-1 "组件"面板

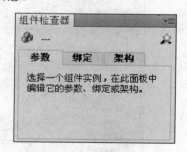

图 10-2 "组件检查器"面板

10.2 组件的基本操作

任何人都可以利用组件创建一个复杂的 Flash 应用，即使对脚本语言没有深入的研究。在 Flash 中，可以在创作过程中利用"组件"面板将选定的组件添加到文档中，然后利用"属性"面板设置组件实例名称和组件属性。

1. 向 Flash 文档中添加组件

向 Flash 文档中添加组件的操作步骤如下。

Step 01 选择"窗口"|"组件"命令，打开"组件"面板。

Step 02 在"组件"面板中选择相应的组件，按住鼠标左键不放，将其拖曳到舞台中或者直接在"组件"面板中双击该组件，组件即可被添加到文档中。

> **提示** 组件被添加到文档的同时也会出现在"库"面板中，如想再添加该组件，可以打开"库"面板，从"库"面板中将该组件拖曳到舞台。

2. 组件的预览和查看

动态预览模式使动画制作者在制作时能观察到组件发布后的外观，并反映出不同组件的不同参数。通过选择"控制"|"启用动态预览"命令，可以启动或关闭动态预览模式。如图 10-3（上图）所示为按钮组件的动态预览模式，如图 10-3（下图）所示为非动态预览模式。

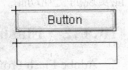

图 10-3　组件预览模式

要查看组件的参数，可以通过"属性"面板和"组件检查器"面板。方法是选择"窗口"|"属性"命令，在"属性"面板中选择"组件参数"选项，如图 10-4（左图）所示，或者选择"窗口"|"组件检查器"命令，打开"组件检查器"面板，在该面板中查看组件参数，如图 10-4（右图）所示。

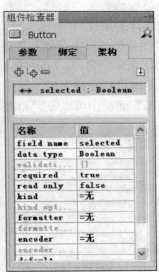

图 10-4　在面板中查看组件参数

10.3 UI 组件

使用组件可以快速轻松地在 Flash 文档中添加简单的用户界面元素，下面介绍一些常用的 UI 组件。

10.3.1 常用组件的使用

1. 按钮组件（Button）

在 Flash 中的按钮组件是一个可使用自定义图标来定义其大小的按钮，按钮组件可以执行鼠标和键盘的交互事件，也可以将按钮的行为从按下改为切换。使用按钮组件的具体操作步骤如下。

Step 01 运行 Flash CS5，创建一个新文件。选择"窗口"|"组件"命令，打开"组件"面板。

Step 02 双击"组件"面板中的 User Interface 文件夹，在文件列表中选择 Button 组件，并将其拖曳到舞台中，如图 10-5 所示。

Step 03 选中 Button 组件，选择"窗口"|"属性"命令，打开"属性"面板，在该面板中设置参数，如图 10-6 所示。在"属性"面板中可以设置以下参数。

图 10-5　按钮组件

图 10-6　设置组件参数

- icon：为按钮添加自定义图标。该值是库中影片剪辑或图形元件的链接标识符，没有默认值。
- label：设置按钮上的标签名，默认值为 Button。
- labelPlacement：确定按钮上的标签文本相当于图标的方向。该参数可以是 left、right、top 或 bottom，默认值为 right。
- selected：设置默认是否选中，当 toggle 参数的值为 true，该参数指定按钮是处于按下状态（true）还是释放状态（false），默认值为 false。
- toggle：将按钮转换为切换开关。如果值是 true，则按钮在单击后保持按下状态，并在再次单击时返回弹起状态。如果值是 false，则按钮行为与一般按钮相同，默认值为 false。
- enabled：指示组件是否可以接受焦点和输入，默认值为 true。
- visible：指示对象是否可见，默认值为 true。
- minHeight：用来确定按钮的最小高度值。
- minWidth：用来确定按钮的最小宽度值。

Step 04 选中舞台中的按钮元件，选中任意变形工具，修改按钮的形状，并在"属性"面板中的 label 选项后的文本框中输入"播放"二字，如图 10-7 所示。

图 10-7　修改标签名

Step 05 选中"文件"|"导入"|"导入到库"命令，在"素材与源文件\第 10 章\素材"文件夹下导入名称为"图标 1.gif"的图片，打开"库"面板，将图片拖放到舞台，选中图

片，选择"修改'｜'转换为元件"命令，将图片转换为名称为"icon"的影片剪辑元件，如图 10-8 所示。

Step 06 在"转换为元件"对话框中单击"高级"按钮，打开"高级"界面，选中"链接"选项中的"为 ActionScript 导出"复选框，如图 10-9 所示，单击"确定"按钮，将舞台中的按钮元件删除。

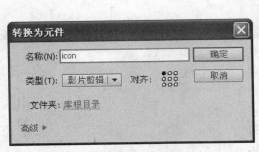

图 10-8　转换为影片剪辑元件

图 10-9　设置"链接"选项

Step 07 选择舞台中的播放按钮，打开"属性"面板，在组件参数 icon 后的文本框中输入影片剪辑元件的名称为"icon"，在 labelPlacement 选项中选择"left"，如图 10-10（左图）所示。此时，在播放按钮文字的右侧出现一个灰色小矩形，如图 10-10（右图）所示。

Step 08 制作结束后，按 Ctrl+Enter 组合键测试按钮效果，如图 10-11 所示。

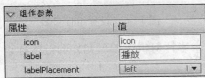

图 10-10　为按钮设置参数

图 10-11　效果图

2. 复选框组件（CheckBox）

复选框是指一个可以选中或取消选中的方框。复选框是表单或 Web 应用程序中的一个基础部分，当需要收集一组非相互排斥的选项时，都可以使用复选框。使用复选框组件的具体操作步骤如下。

Step 01 运行 Flash CS5，创建一个新文件。选择"窗口"｜"组件"命令，打开"组件"面板。

Step 02 双击"组件"面板中的 User Interface 文件夹，在文件列表中选择 CheckBox 组件，并拖曳图 10-12 所示的 3 个组件到舞台中。

Step 03 选中 Button 组件，选择"窗口"｜"属性"命令，打开"属性"面板，在该面板中设置参数，如图 10-13 所示。在"属性"面板中可以设置以下参数。

- label：设置复选框的标签名，默认值为 CheckBox。
- labelPlacement：确定复选框上标签文本出现在复选框的什么位置。该参数可以是 left、right、top 或 bottom，默认值是 right。
- selected：默认情况下此值是 false，表示复选框未被选中；若设置为 true，则表示复选框在初始状态下是被选中的。

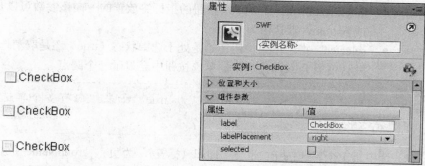

☐CheckBox

☐CheckBox

☐CheckBox

图 10-12　复选框组件　　　　　　　　　　　图 10-13　设置组件参数

Step 04 在"属性"面板中分别将 3 个 label 的内容修改为"原创"、"翻唱"和"伴奏"，选中 selected 复选框，再将 3 个 labelPlacement 的值设置为 left，如图 10-14（左图）所示，最终设置参数以后的组件如图 10-14（右图）所示。

Step 05 制作结束后，按 Ctrl+Enter 快捷键测试结果，当同时选中"原创"和"伴奏"复选框时的效果如图 10-15 所示。

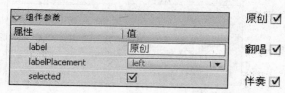

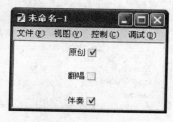

图 10-14　修改参数后的组件　　　　　　　　　　图 10-15　效果

3. 单选按钮组件（RadioButton）

单选按钮组件允许在相互排斥的选项之间进行选择，它与复选框的差异在于它必须设定群组（Group），同一群组的单选按钮不能复选，使用单选按钮组件的具体操作步骤如下。

Step 01 运行 Flash CS5，创建一个新文件。选择"窗口"|"组件"命令，打开"组件"面板。

○Radio Button

Step 02 双击"组件"面板中的 User Interface 文件夹，在文件列表中选择 RadioButton 组件，并拖曳图 10-16 所示的 3 个组件到舞台中。

○Radio Button

Step 03 选中组件，选择"窗口"|"属性"命令，打开"属性"面板，在该面板中设置参数，如图 10-17 所示。在"属性"面板中可以设置以下参数。

○Radio Button

图 10-16　单选按钮组件

- data：该单选按钮被选中后，会返回给 Flash 的值，ActionScript 也可以利用这一点来判断用户选择了哪一个按钮。
- groupName：它是单选按钮的组名称，同一组内的单选按钮只能选择其一，默认值为 radioGroup。
- label：设置单选按钮旁的文本标签，主要是显示给用户看的，默认值为 Radio Button。

- labelPlacement：确定单选按钮的指标签放置的方向该参数可以是 left、right、top 或 bottom，默认值为 right。
- selected：指示单选按钮初始是处于选中状态（true）还是取消选中状态（false），默认值为 false，被选中的单选按钮中会显示一个圆点。

> **提示**　一个组内只有一个单选按钮值可以为 true。如果组内有多个单选按钮被设置为 true，则会选中最后实例化的单选按钮。

Step 04 选中第 1 个单选按钮，设置"label（标签）"为负，"groupName（组名）"为 ss，"data（数据）"为 -1，默认 labelPlacement 值，"selected（初始值）"为 false，如图 10-18 所示。

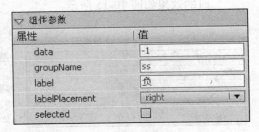

图 10-17　组件参数　　　　　　　　　　　　图 10-18　设置参数

Step 05 使用同样的方法设置另外两个单选按钮的 label 为"零"和"正"，data 为"0"和"1"，组名同样为 ss，设置结束后，舞台中的单选按钮如图 10-19 所示。

Step 06 制作结束后，按 Ctrl+Enter 快捷键测试结果，如图 10-20 所示。

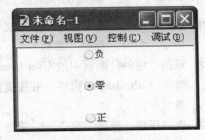

图 10-19　设置参数后的按钮　　　　　　　　图 10-20　效果

4. 下拉列表组件（ComboBox）

下拉列表组件允许从上下滚动的选择列表中选择一个选项。例如，可在用户地址表单中提供一个"省"的下拉列表。ComboBox 可以是静态的，也可以是可编辑的。可编辑的 ComboBox 中，允许用户在列表顶端的文本字段中直接输入文本；静态 ComboBox、按钮和文本框一起组成点击区域，点击区域通过打开或关闭下拉列表来进行响应。使用 ComboBox 组件的具体操作步骤如下。

Step 04 双击 labels 选项，弹出"值"对话框，在该对话框中单击"添加"按钮 ✚，添加文本标签，在标签中输入"原创歌曲"、"翻唱歌曲"、"伴奏"和"视频"，如图 10-28（左图）所示。

Step 05 双击 data 选项，添加文本标签，并在其中输入"s1"、"s2"、"s3"和"s4"，如图 10-28（右图）所示，单击"确定"按钮。

图 10-28　输入标签和数据项

Step 06 选中 multipleSelection 单选框，"属性"面板如图 10-29 所示。

Step 07 制作结束后，按 Ctrl+Enter 组合键测试结果，同时选中两个选项，如图 10-30 所示。

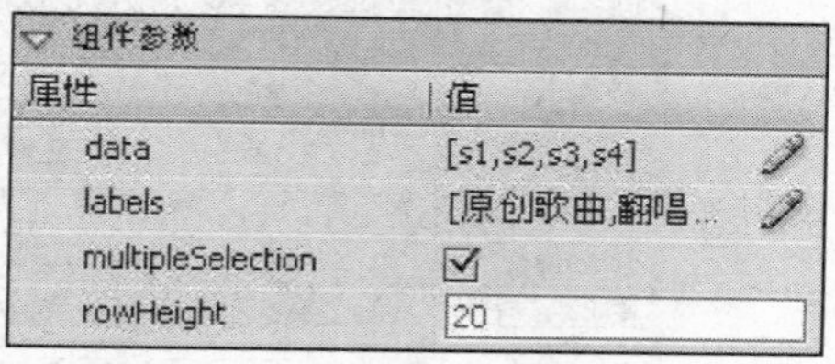

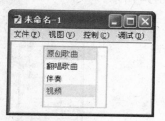

图 10-29　设置参数

图 10-30　效果

> **提示**　任何一种组件，如果要创建多个组件，可以按住 Ctrl 键拖动鼠标即可实现复制组件。

10.3.2　其他组件

1. 标签组件（Label）

一个标签组件实际上就是一行文本，Label 组件没有边框，不能具有焦点，并且不产生任何组件，只能起到显示文本的作用，使用标签组件的具体操作步骤如下。

Step 01 运行 Flash CS5，创建一个新文件。选择"窗口"|"组件"命令，打开"组件"面板。

Step 02 双击"组件"面板中的 User Interface 文件夹，在文件列表中选择 Label 组件，并将组件拖放到舞台中，如图 10-31 所示。

Step 03 选中组件，选择"窗口"|"属性"命令，打开"属性"面板，在面板中设置参数，如图 10-32 所示。在"属性"面板中可以设置以下参数。

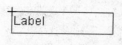

图 10-31　创建标签

图 10-32　组件参数

- autoSize：指明标签的大小和对齐方式应如何适应文本。默认值为 none。参数可以是 left、center、right 或 none。

- html：指明标签是否采用 HTML 格式。如果将 html 参数设置为 true，就不能使用
  样式来设定 Label 的格式，默认值为 false。
- text：指明标签的文本，默认值是 Label。
- visible：表示对象是否可见。选中 visible，表示对象是可见的（true）；否则，表
  示对象是不可见的，默认值为 true。
- minHeight：用来确定标签的最小高度值。
- minWidth：用来确定标签的最小宽度值。

2. 菜单组件（Menu）

菜单组件使用户可以从弹出菜单中选择一个项目，这与大多数软件应用程序的"文件"
或"编辑"菜单很相似，如图 10-33 所示。在"属性"面板中可以对其参数进行设置，如
图 10-34 所示。

图 10-33　创建标签组件　　　　　　　　　　图 10-34　组件参数

- rowHeight：指示每行的高度（以像素为单位）。更改字体大小不会更改行高度，默
  认值为 20。

3. 日期选择组件（DateChooser）

日期选择组件是一个允许用户选择日期的日历。它包含一些按钮，这些按钮允许用户
在月份之间来回滚动并单击某个日期将其选中。可以设置指示月份和日名称、星期的第一
天和任何禁用日期及加亮显示当前日期的参数，如图 10-35 所示。在"属性"面板中可以
对以下参数进行设置（minHeight 和 minWidth 的含义与之前所述相同，不再赘述），如
图 10-36 所示。

图 10-35　日期选择组件　　　　　　　　　　图 10-36　组件参数

图 10-41 创建媒体控制组件

图 10-42 组件参数

- activePlayControl：确定播放栏在实例化时是处于播放模式还是暂停模式。此模式确定在"播放"/"暂停"按钮上显示的图像，它与控制器实际所处的播放/暂停状态相反。
- backgroundStyle：确定是否为 MediaController 实例绘制铬印染背景。
- controllerPolicy：确定控制器是根据鼠标位置打开或关闭，还是锁定在打开或关闭状态。
- horizontal：确定实例的控制器部分为垂直方向还是水平方向。true 值将指示组件为水平方向。

2. 媒体显示

媒体显示组件（MediaDisplay）使媒体可以流入到 Flash 内容中。此组件可用于处理视频和音频数据，单独使用此组件时，用户将无法控制媒体，如图 10-43 所示。这个组件的参数设置要通过"组件检查器"面板来完成，如图 10-44 所示。

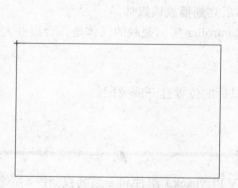

图 10-43 创建媒体显示组件

图 10-44 设置组件参数

- FLV/MP3：指定要播放的媒体类型。
- Video Length：播放 FLV 媒体所需的总时间。此设置是确保播放栏正常工作所必需的。
- Milliseconds：确定播放栏是使用帧还是毫秒，以及提示点是使用秒还是帧。
- FPS：指示每秒的帧数。

- URL：一个字符串，保存要播放的媒体路径和文件名。
- Automatically Play：确定是否在加载媒体后立刻播放该媒体。
- Use Preferred Media Size：确定与 MediaDisplay 实例关联的媒体是符合组件大小，还是仅使用其默认大小。

3. 媒体回放

媒体回放组件（MediaPlayback）是媒体控制组件和媒体显示组件的结合，它提供对媒体内容进行流式处理的方法，如图 10-45 所示。这个组件的参数设置要通过"组件检查器"面板来完成，如图 10-46 所示。

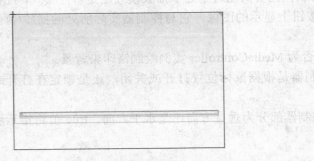

图 10-45 创建媒体回放组件

图 10-46 设置组件参数

- FLV/MP3：指定要播放的媒体类型。
- Video Length：播放 FLV 媒体所需的总时间。此设置是确保播放栏正常工作所必需的。
- Milliseconds：确定播放栏是使用帧还是毫秒，以及提示点是使用秒还是帧。
- FPS：指示每秒的帧数。
- URL：一个字符串，保存要播放的媒体的路径和文件名。
- Automatically Play：确定是否在加载媒体后立刻播放该媒体。
- Use Preferred Media Size：确定与 MediaController 实例关联的媒体是符合组件大小，还是仅使用其默认的大小。
- Control Placement：控制器的位置。
- Control Visibility：确定控制器是否根据鼠标的位置打开或关闭。

10.5 Video 组件

视频组件（Video）主要包括 FLV 回放（FLV Playback）组件和一系列视频控制按键的组件。

通过 FLV 回放组件，可以轻松地将视频播放器包括在 Flash 应用程序中，以便播放通过 HTTP 渐进式下载的 Flash 视频（FLV）文件，如图 10-47 所示。

FLV 回放组件包括 FLV Playback 自定义用户界面组件。FLV Playback 组件是显示区域（或视频播放器）的组合，从中可以查看 FLV 文件及允许对该文件进行操作的控件。FLV

Playback 自定义用户界面组件提供控制按钮和机制，可用于播放、停止、暂停 FLV 文件及对该文件进行其他控制。这些控件包括 BackButton、BufferingBar、ForwardButton、MuteButton、PauseButton、PlayButton、PlayPauseButton、SeekBar、StopButton 和 VolumeBar。在 "属性" 面板中可以对其参数进行设置，如图 10-48 所示。

图 10-47 FLV 回放组件

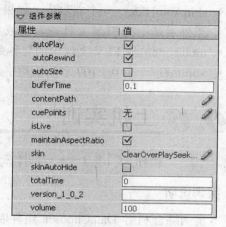

图 10-48 设置组件参数

- autoPlay：确定 FLV 文件的播放方式的布尔值。如果为 true，则该组件将在加载 FLV 文件后立即播放；如果为 false，则该组件加载第 1 帧后暂停。对于默认视频播放器（0），默认值是 true，对于其他项则为 false。

- autoRewind：一个布尔值，用于确定 FLV 文件在它完成播放时是否自动后退。如果为 true，则播放头达到末端或用户单击 "停止" 按钮时，FLV Playback 组件会自动使 FLV 文件后退到开始处；如果为 false，则组件在播放 FLV 文件的最后一帧后会停止，并且不自动后退。默认值为 true。

- autoSize：一个布尔值，如果为 true，则在运行时调整组件大小以使用源 FLV 文件尺寸。这些尺寸是在 FLV 文件中进行编码的，并且不同于 FLV Playback 组件的默认尺寸。默认值为 false。

- bufferTime：在开始回放前，内存中缓冲 FLV 文件的秒数。此参数影响 FLV 文件流，这些文件在内存中缓冲，但不下载。

- contentPath：一个字符串，指定 FLV 文件的 URL，或者指定描述如何播放一个或多个 FLV 文件的 XML 文件。可以指定本地计算机上的路径、HTTP 路径或实时消息传输协议（RTMP）路径。

- cuePoints：描述 FLV 文件的提示点的字符串。提示点允许同步包含 Flash 动画、图形或文本的 FLV 文件中的特定点。默认值为一个空字符串。

- isLive：一个布尔值，如果为 true，则指定 FLV 文件正从 Flash Communication Server 实时加载流。实时流的一个示例就是在发生新闻事件的同时显示这些事件的视频。默认值为 false。

- maintainAspectRatio：一个布尔值，如果为 true，则调整 FLV Playback 组件中视频播放器的大小，以保持源 FLV 文件的高宽比；FLV 文件根据舞台上 FLV Playback 组件的尺寸进行缩放。autoSize 参数优先于此参数，默认值为 true。

- skin：一个参数，用于打开"选择外观"对话框，从该对话框中可以选择组件的外观。默认值最初是预先设计的外观，但它在以后将成为上次选择的外观。如果选择 none，则 FLV Playback 实例并不具有用于操作 FLV 文件的控制元素；如果 autoPlay 参数设置为 true，则会自动播放 FLV 文件。
- skinAutoHide：一个布尔值，如果为 true，则当鼠标不在 FLV 文件或外观区域（如果外观是不在 FLV 文件查看区域上的外部外观）上时隐藏外观。默认值为 false。
- totalTime：源 FLV 文件中的总秒数，精确到毫秒。默认值为 0。
- volume：一个 0～100 之间的数字，用于表示相对于最大音量（100）的百分比。

10.6 上机实训

10.6.1 上机实训 1——制作万年历

 实训说明

本实例综合利用 DataChooser 组件制作一个万年历，用户可根据自己的需求有选择地浏览信息。完成后的效果如图 10-49 所示。

图 10-49 效果图

效果文件	素材与源文件\第 10 章\上机实训 1\制作万年历.fla
同步视频文件	同步教学文件\第 10 章\10.6.1 上机实训 1——制作万年历.avi

实训目标

通过对本例的学习，读者可以掌握如何使用 DataChooser 组件，具体的操作步骤如下。

Step 01 运行 Flash CS5，创建一个新文档。修改帧频为 12fps，默认其他属性选项。

Step 02 选择"文件"|"保存"命令，将新文档保存到"素材与源文件\第 10 章\上机实训 1"文件夹下，并为文档命名为"制作万年历.fla"。

Step 03 选择"文件"|"导入"|"导入到舞台"命令，从配套光盘中的"素材与源文件\第 10 章\上机实训 1"文件夹中，导入名为"背景.jpg"的图片。选中该图片，设置尺寸与舞台相同，并且利用"对齐"面板，使其相对于舞台居中对齐，如图 10-50（左图）所示。

Step 04 单击"新建图层"按钮，添加"图层 2"图层，选择文本工具，在"属性"面板中设置字体、颜色和字号，移动鼠标在文本框中输入文字"万年历"，并为文字添加滤镜效果，如图 10-50（右图）所示。

图 10-50　导入背景图片并添加文字

Step 05 单击"新建图层"按钮，添加"图层 3"图层，选中第 1 帧，选择"窗口"|"组件"命令，打开"组件"面板，单击展开 User Interface 选项，将 DateChooser 组件拖入到舞台，在"属性"面板中修改其尺寸，如图 10-51（左图）所示。

Step 06 选中 DateChooser 组件，选择"窗口"|"属性"命令，打开"属性"面板，如图 10-51（右图）所示。

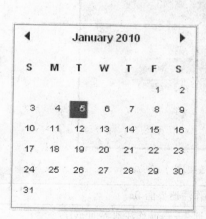

图 10-51　DateChooser 组件和"属性"面板

Step 07 选中 dayNames 选项并单击，即可打开"值"对话框，在该对话框中将英文的星期数值修改为中文的星期数值，如图 10-52 所示，设置结束后单击"确定"按钮。

Step 08 选中 monthNames 选项并单击，即可打开"值"对话框，在该对话框中将英文的月份修改为中文月份数值，如图 10-53 所示，设置结束后单击"确定"按钮，默认其他各项参数。

图 10-52　修改参数值

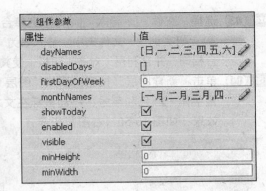

图 10-53　组件参数

Step 09　制作结束后，保存文件，按 Ctrl+Enter 组合键，输出动画，鼠标单击动画中的左右箭头，即可查看某年某月某日。

10.6.2　上机实训 2——制作注册界面

 实训说明

本实例综合利用 TextInput 组件、RadioButton 组件、CheckBox 组件和 TextArea 组件制作一个注册界面。完成后的效果如图 10-54 所示。

图 10-54　效果图

效果文件	素材与源文件\第 10 章\上机实训 2\制作注册界面.fla
同步视频文件	同步教学文件\第 10 章\10.6.2　上机实训 2——制作注册界面.avi

实训目标

通过对本例的学习，读者可以掌握如何使用各种组件的应用，具体的操作步骤如下。

Step 01　运行 Flash CS5，创建一个新文档。修改帧频为 12fps，默认其他属性选项。

Step 02　选择"文件"|"保存"命令，将新文档保存到"素材与源文件\第 10 章\上机实训 2"文件夹下，并为文档命名为"制作注册界面.fla"。

Step 03 选择"文件"|"导入"|"导入到舞台"命令，从配套光盘中"素材与源文件\第10章\上机实训 2"文件夹中导入名为"背景.jpg"的图片。选中该图片，设置尺寸与舞台相同，并且利用"对齐"面板，使其相对于舞台居中对齐，如图10-55（左图）所示。

Step 04 新建一个图层，选择文本工具，在舞台中输入相应的文字，如图10-55（右图）所示。

Step 05 单击"新建图层"按钮，插入一个新图层，选择"窗口"|"组件"命令，打开"组件"面板，在该面板中选择 User Interface | TextInput 组件，将其拖入到"姓名"的右侧，如图10-56所示。

图 10-55　导入背景图片并输入文字

图 10-56　拖入组件

Step 06 在"组件"面板中选择 RadioButton 组件，将其拖放到"性别"的右侧，打开"属性"面板，在面板中 Label 右侧文本框中输入文字"男"，如图10-57（左图）所示，此时舞台如图10-57（右图）所示。

图 10-57　拖入组件并设置参数

Step 07 在"组件"面板中选择 RadioButton 组件，将其拖放到"男"的右侧，打开"属性"面板，在面板中 Label 右侧文本框中输入文字"女"，此时舞台如图10-58所示。

Step 08 在"组件"面板中选择 CheckBox 组件，将其拖放到"爱好"的右侧，打开"属性"面板，在面板中 Label 右侧文本框中输入文字"上网"，如图10-59所示。

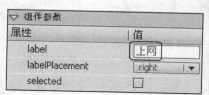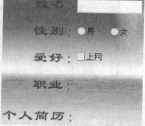

图 10-58　创建组件

图 10-59　拖入组件并设置参数

Step 09 重复上一步的操作，拖入其他复选框组件，并设置其参数，如图 10-60 所示。

Step 10 在"组件"面板中选择 ComboBox 组件，将其拖放到"职业"的右侧，打开"属性"面板，在面板中单击 labels 右侧的按钮，弹出"值"对话框，在对话框中输入字段，如图 10-61（左图）所示，单击"确定"按钮。

Step 11 继续在"属性"面板中单击 data 右侧的按钮，弹出"值"对话框，在对话框中输入字段，如图 10-61（右图）所示，单击"确定"按钮。

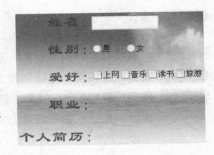

图 10-60　拖入组件并设置参数

图 10-61　输入字段

Step 12 在"组件"面板中选择 TextArea 组件，将其拖放到"个人简历"的右侧，打开"属性"面板，在面板中的 maxChars 右侧的文本框中输入 200，在 restrict 右侧的文本框中输入 200，在 text 右侧的文本框中输入文字"输入个人简历"，修改参数后的"属性"面板如图 10-62（左图）所示。

Step 13 在"组件"面板中选择 Button 组件，将其拖放到相应的位置，打开"属性"面板，在面板中的 Label 右侧的文本框中输入文字"提交"，如图 10-62（右图）所示。

图 10-62　设置组件参数

Step 14 制作结束后，保存文件，按 Ctrl+Enter 组合键，输出动画，在注册界面根据需要填写个人信息。

10.7 小结

使用组件能提高 Flash 建设网站的效率，组件中提供的数据和网络服务类的组件可使 Flash 页面的数据与后台数据的交换更加简单。由于 Flash 的组件太多，本章不能一一介绍每种组件的使用方法及其功能，还需要读者自己摸索。如果使用这些组件建设网站，还可以通过网络下载及自己制作新组件来扩充组件资源。

10.8 课后习题与上机操作

1. 选择题

（1）Checkbox 组件中，_____设置的字符串代表复选框旁边的文字说明。

      A. labelPlacement   B. label   C. selected

（2）单选按钮中，labelPlacement 确定标签放置的方向，其值可以是_____或_____。

      A. right   B. left   C. false   D. true

2. 填空题

（1）按钮组件可以执行的_____交互事件，还可以将按钮的行为从_____。

（2）列表框组件用来在 Flash 影片中添加带滚动条的列表菜单，它允许从一个可滚动的列表中选择_____或_____选项。

3. 上机操作题

利用 RadioButton 组件和 Button 最近制作一道单项选择题，若用户答对了，就显示"答对了！恭喜你！"；若答错了，则显示"答错了！继续努力！"。

第11章

动画输出与发布

本章介绍动画作品的输出和发布，介绍如何对影片进行优化、减少影片的容量以及提升影片的速度等。

本章知识点

◎ 测试并优化 Flash 作品

◎ 导出 Flash 作品

◎ 动画作品的输出和发布

◎ 发布 Flash 作品

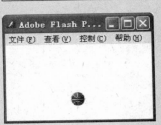

11.1 测试并优化 Flash 作品

11.1.1 测试 Flash 作品

由于 Flash 可以以流媒体的方式边下载边播放影片的内容，因此如果影片播放到某一帧时，所需要的数据还没有下载完，影片就会停止播放并等待数据下载。因此在影片正式发布前，需要测试影片在各帧的下载速度，找出在播放过程中有可能因为数据容量太大而造成影片播放停顿的地方。

Step 01 打开一个 Flash 动画源文件（可任意），选择"控制"|"测试影片"|"测试"命令，打开测试界面。

Step 02 选择"视图"|"带宽设置"命令，打开如图 11-1 所示的测试窗口，测试窗口包括两个部分，上部分为模拟带宽监视模式的显示区，下部分为动画播放区。

Step 03 模拟带宽监视模式的显示区分为两个部分。

- 左侧为带宽的数字化显示栏，给出了动话播放的相关参数，其中包括画布大小、动画大小、帧频、持续时间、预载时间以及所设置的带宽和播放速度。
- 右侧为带宽图形示意栏，给出了每帧大小的柱状图，显示了播放动画中的每帧所需传输的数据量，数据量大的帧自然需要较长的时间才能下载完。

Step 04 在带宽图形示意栏中，红色水平线的位置由传输条件决定，当柱状图方框高于红色水平线，表明动画下载的速度慢于播放速度，动画将在其对应帧的位置上产生停顿。选择"视图"|"下载设置"命令，在弹出的菜单中选择不同的下载速度，如图 11-2 所示。

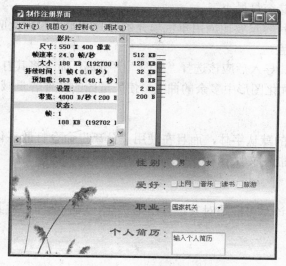

图 11-1　测试窗口

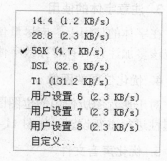

图 11-2　下载速度

Step 05 选择不同的下载速度，可看到红色水平线位置的变化，当选择下载速度为 56KB 时，其带宽图形示意图如图 11-3（左图）所示，当选择下载速度为 28.8KB 时，其带宽图形示意图如图 11-3（右图）所示。

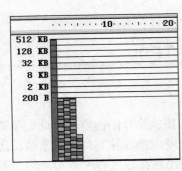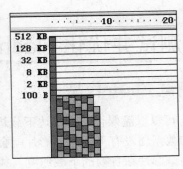

图 11-3　选择不同的下载速度的带宽示意图

11.1.2 优化 Flash 作品

完成 Flash 影片的制作工作后，就可将其发布为可播放的文件格式。发布影片是整个 Flash 影片制作中最后也是最关键的一步，由于 Flash 是为网络而生的，因此一定要充分考虑最终生成影片的大小、播放速度等一系列重要的问题。如果不能平衡好这些问题，即使 Flash 作品设计得再优秀与精彩，也不能使其在网页中流畅地播放，影片的价值就会大打折扣。

1. 元件的灵活使用

如果一个对象在影片中将会被多次应用，那么一定要将其以图形元件的方式添加到库中，因为添加到库中的文件不会因为调用次数的增加而使影片文件的容量增大。

2. 减少特殊绘图效果的应用

在使用线条绘制图像时要格外注意，如果不是十分必要，应尽量使用实线，因为实线相对其他特殊线条而言，其所占用的存储容量最小。

在填充色方面，应用渐变颜色的影片容量要比应用单色填充的影片容量大，因此应该尽可能使用单色填充，并且是网络安全色。

对于由外部导入的矢量图形，在将其导入后应该选择"修改"|"分离"命令将其打散，再选择"修改"|"形状"|"优化"命令优化图形中多余的曲线，使矢量图的文件容量减少。

3. 注意字体的使用

在字体的使用上，应尽量使用系统的默认字体，而且在使用"分离"命令打散字体时也应该多加注意，有时打散字体未必就能使文件容量减少。

4. 优化位图的图像

对于影片中所使用的位图图像，应该尽可能地对其进行压缩优化，或者在库中对其图像属性进行重新设置，如图 11-4 所示。

5. 优化声音文件

导入声音文件应使用经过压缩的音频格式，如 MP3。而对于 WAV 这种未经过压缩的声音格式文件应该尽量避免使用。可以使用鼠标右键单击库中的声音文件，在弹出的快捷菜单中选择"属性"命令，在"声音属性"对话框中选择合适的压缩方式，如图 11-5 所示。

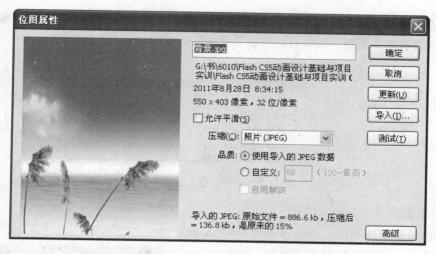

图 11-4　"位图属性"对话框

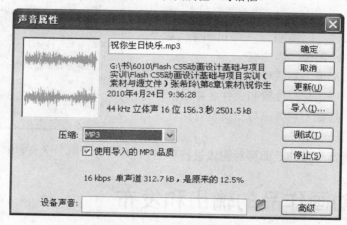

图 11-5　"声音属性"对话框

11.2 导出 Flash 作品

Flash 影片制作完毕后，就可将其导出成影片。动画的导出通常分为两种方式，一种是导出影片，另一种则是导出图像。

1. 导出影片

影片导出的含义，就是将整个 Flash 动画的所有帧中的对象全部导出，具体步骤如下。

Step 01　选择"文件"|"导出"|"导出影片"命令，弹出"导出影片"对话框，如图 11-6 所示。

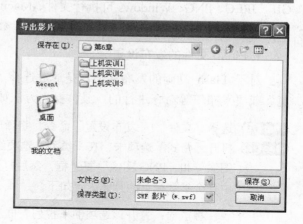

图 11-6　"导出影片"对话框

Step 02 在弹出的"导出影片"对话框中，单击"保存类型"下拉按钮，在下拉列表中选择一种文件保存类型，如图 11-7 所示，单击"保存"按钮即可导出影片。

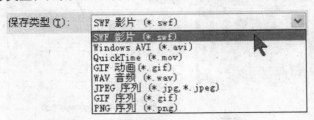

图 11-7　选择保存文件的类型

2. 导出图像

导出图像就是将 Flash 动画中播放头所在帧的对象进行导出，其操作步骤基本与导出影片相似，具体介绍如下。

Step 01 选择"文件"|"导出"|"导出图像"命令，弹出"导出图像"对话框。

Step 02 在"导出图像"对话框中，选择要保存图像的格式，确定保存位置和文件名称后，单击"保存"按钮，将弹出导出类型对话框，如图 11-8 所示。

Step 03 单击"确定"按钮，即可对图像进行导出。

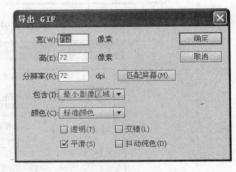

图 11-8　导出类型对话框

11.3 动画作品的输出和发布

使用 Flash CS5 制作的动画是 FLA 格式，因此在动画制作完成后，需要将 FLA 格式的文件发布成扩展名为 SWF 的文件，才能应用于网页播放。在默认状态下，使用"发布"命令可以创建 SWF 文件。此外，Flash CS5 还提供了其他多种发布格式，具体包括 HTML、GIF、JPEG、PNG、Windows 可执行文件、Macintosh 可执行文件、QuickTime 动画文件等，用户可根据需要选择发布格式并设置其发布参数。

1. Flash 文件的发布设置

对于 Flash 动画的发布，通常是通过选择"文件"菜单下的"发布设置"、"发布预览"或"发布"等命令进行的，具体操作方法如下。

Step 01 选择"文件"|"发布设置"命令，将弹出"发布设置"对话框，如图 11-9 所示。

Step 02 打开"格式"选项卡，在"类型"选项组中选中 Flash、HIML、"GIF 图像"、"JPEG 图像"和"PNG 图像"复选框，然后打开 Flash 选项卡，如图 11-10 所示。该对话框中各个参数设置的具体内容如下。

- 播放器：打开该选项的下拉列表框，可设置 Flash 播放器的版本，从 Flash Player 1～10 和 Flash lite 1.0～3.0 各个不同的版本。

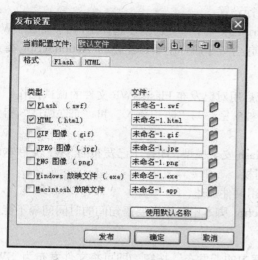

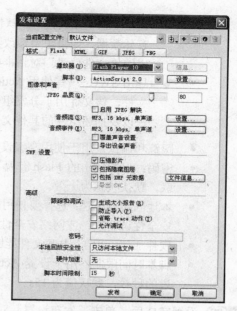

图 11-9　"发布设置"对话框　　　　　　　图 11-10　Flash 选项卡

- **脚本**：用于选择 ActionScript 版本，有 3 个选项，ActionScript 1.0、ActionScript 2.0 或 ActionScript 3.0 可供选择。当选择 ActionScript 2.0 或 ActionScript 3.0 时，其后的"设置"按钮转换为可用状态，单击该按钮，将弹出 ActionScript 类文件设置对话框，从中可以"添加"、"删除"、"浏览"类的路径。

> **提示**　Flash 动画的播放是靠插件支持的，如果用户系统中没有安装高版本的插件，那么使用高版本输出的 Flash 动画在此系统中将无法被正确地播放。如果使用低版本输出，那么 Flash 动画所有的新功能将无法正确地运行。因此，除非有必要，否则一般不提倡使用低版本输出 Flash 动画。

- **JPEG 品质**：用于压缩影片中使用的 JPEG 位图图像，从而设置其品质。数值越小，品质越低，生成的文件就越小；反之，则品质越高，文件越大。
- **音频流/音频事件**：用于为影片中所有音频流和音频事件设置采样率和压缩，单击右侧的"设置"按钮，在弹出的"声音设置"对话框中可以设置导出动画中声音的压缩格式、比特率与品质等。

    ◆ **覆盖声音设置**：选中该复选框，则不再使用库中设定好的各种音频属性，而统一使用在这里设置的属性。

    ◆ **导出设备声音**：选中该复选框，可以导出适合于设备（包括移动设备）的声音而不是原始库声音。

- **SWF 设置**：用于设置导出 SWF 文件的相关选项。

    ◆ **压缩影片**：选中该复选框，压缩 SWF 文件以减小文件大小和缩短下载时间。系统默认时该复选框处于选中状态。

    ◆ **包括隐藏图层**：选中该复选框，则发布 Flash 文档中所有隐藏的图层，反之则不发布隐藏图层。

◆ 包括 XMP 元数据：默认情况下，将在"文件信息"对话框中发布输入的所有元数据，如果想要修改其设置，可以单击右侧的"文件信息"按钮，在弹出的"文件信息"对话框中进行设置。

◆ 导出 SWC：只有使用 ActionScript 3.0 时，该复选框才起作用，可以导出 SWC 文件，该文件用于分发组件，包含一个编译剪辑、组件的 ActionScript 类文件以及描述组件的其他文件。

- 跟踪和调试：用于使用高级设置或启用对已发布 Flash SWF 文件的调试操作。
- 密码：保护输出的 Flash 作品不会被解密，与"防止导入"和"允许调试"相关联，默认状态为无效。
- 本地回访安全性：选择要使用的 Flash 安全模型，即授予已发布的 SWF 文件本地安全性访问权，或网络安全性访问权。
- 硬件加速：用于 SWF 文件能够使用硬件加速。
- 脚本时间限制：用于设置 ActionScript 脚本中各个主要语句间的时间间隔不能超过的秒数，默认值为 15s。

Step 03 设置完成后，单击"发布设置"对话框中的"发布"按钮，即可将文件发布为 SWF 文件。

2. HTML 文件的发布设置

如果需要在 Web 浏览器中放映 Flash 动画，必须创建一个用来启动该 Flash 动画并对浏览器进行有关设置的 HTML 文档。在发布 Flash 文件的同时，可以将其输出为网页的形式，其操作步骤如下。

Step 01 在"发布设置"对话框中，打开 HTML 选项卡，在该选项对话框中，显示了 HTML 发布格式的所有参数设置，如图 11-11 所示，可以快速地按照模板确定的方式生成 Web 页面。

Step 02 HTML 选项中各个参数意义和功能如下。

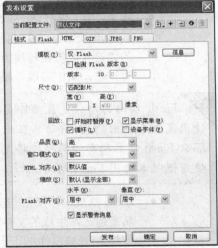

图 11-11 HTML 选项卡

- 模板：指定 HTML 文件使用的模板，共有 11 种模板方式可供选择。单击"信息"按钮，可以查看所选模板对应的相关信息。默认为"仅 Flash"模板。
- 尺寸：用于设置 HTML 文件的尺寸，共有 3 种选择。

    ◆ 匹配影片：设定的尺寸与影片的尺寸大小相同。
    ◆ 像素：允许在下方文本框中输入以像素为单位的宽度和高度值。
    ◆ 百分比：允许在下方文本框中输入相对于浏览器窗口的宽度和高度的百分比。

- 回放：用于设置浏览器中 Flash 播放器的相关属性。

    ◆ 开始时暂停：选中该复选框，一直暂停播放影片，直到要求播放时才会取消暂停，系统默认时不选中该项。

◆ 显示菜单：选中该复选框，在发布影片中单击鼠标右键，可以弹出一个用于放大、缩小、品质以及打印等设置的快捷菜单。

◆ 循环：选中该复选框，影片播放到最后一帧后会重复播放。

◆ 设备字体：选中该复选框，用消锯齿的系统字体替换未安装在用户系统上的字体，只适用于 Windows 环境。

● 品质：用于设置 Flash 动画的播放质量，包括低、自动低级、自动高级、中等、高和最高等选项。

● 窗口模式：调整 Flash 动画在 Web 页面中的透明度及定位，但是只有安装 Flash ActiveX 控件的 IE 浏览器才可以看到相应效果，包括有"窗口"、"不透明"和"透明无窗口"3 个模式。默认为"窗口"模式。

● HTML 对齐：可以确定 Flash 动画在 Web 页面中的定位方式，分别为"默认"、"左对齐"、"右对齐"、"顶部"和"底部"5 个选项。

● 缩放：动画的缩放比例控制，共有 4 个选项，通常采用"默认（显示全部）"选项。

● Flash 对齐：用于设置 Flash 动画在窗口中的位置，可以设置其放置的位置，也可以进行影片边缘裁剪。

● 显示警告消息：用于是否显示错误信息警告有关标签设置冲突的问题。

Step 03 设置结束后，单击"确定"按钮，将文件发布为 HTML 文件。

3. GIF 文件的发布设置

GIF 文件是支持 256 色的位图文件格式，采用无损压缩储存，在不影响图像质量的情况下，可以生成很小的文件，并支持透明色，可以使图像浮现在背景之上。在 Flash 中对 GIF 文件进行优化，并只保存为逐帧变化的动画，其操作步骤如下。

Step 01 在"发布设置"对话框中，打开 GIF 选项卡，在该选项对话框中，显示了 GIF 发布格式的所有参数设置，如图 11-12 所示。

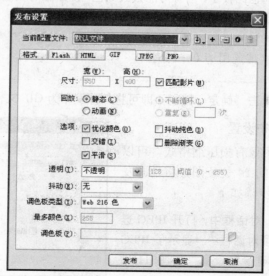

图 11-12 GIF 选项卡

Step 02 GIF 选项中各个参数意义和功能如下。

- 尺寸：用于调整 GIF 文件的尺寸，选中"匹配影片"复选框，可使 GIF 动画与 Flash 动画大小相同并保持原始图像的高宽比例。
- 回放：GIF 类型控制，确定发布为 GIF 图像是动态的还是静态的。当选中"动画"单选按钮时，还可以设置为不断循环或重复多少次。
- 选项：有关输出的 GIF 文件外观的设定，它有 5 个子选项。

  - 优化颜色：选中该复选框就是将 GIF 文件颜色表中不使用的颜色予以删除，可以在不损失图像质量的情况下，使 GIF 图像相对减小 1～1.5KB，但是可能占用一定的内存。
  - 交错：图像交错显示，使 GIF 图像在浏览器中下载的同时显示已下载的部分。通常，GIF 图像在完全下载前可以观看到基本的图像内容。
  - 平滑：平滑效果处理，可消除图像边界的锯齿，从而产生高质量的位图图像。
  - 抖动纯色：抖动处理既应用于单色，也应用于渐变填充。当 GIF 图像调色板中颜色不足时，多余的颜色就相应由调色板中的颜色模拟生成。
  - 删除渐变：将 GIF 图像中渐变填充转换为单色，所使用的单色就是渐变填充中的第一个颜色。

- 透明：GIF 格式是支持透明效果的。当选择为"不透明"时，则图像背景不透明；当选择为"透明"时，则图像背景完全透明；而选择 Alpha 时，可以设置透明值，介于透明与不透明之间。
- 抖动：当选择"无"时，关闭抖动功能；当选择"有序"时，在尽量不增加文件容量的情况下，提供具有较高图像质量的抖动处理；当选择"扩散"时，提供最佳的抖动处理，但是会增加文件的容量，而且处理时需要较长的时间。
- 调色板类型：指定图像用到的调色板类型，通常默认为 Web 216 色。
- 最多颜色：设置在 GIF 图像中用到的颜色数。当该设置的数字较小时，生成的文件所占空间也比较小，但有可能丢失颜色，使图像的颜色失真。该选项只有在"接近 Web 最适合"调色板选中时有效。

"最多颜色"的取值范围为 0～255。

Step 03 设置结束后，单击"确定"按钮，即可将文件发布为 GIF 文件。

4. JPEG 文件的发布设置

JPEG 文件是一种图像有损压缩格式，可以将图像保存为高压缩比的 24 位位图，将动画发布为 JPEG 文件的具体步骤如下。

Step 01 在"发布设置"对话框中，打开 JPEG 选项卡，在该选项对话框中，显示了 JPEG 发布格式的所有参数设置，如图 11-13 所示。

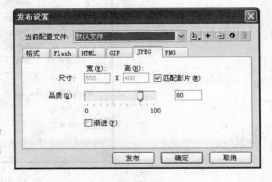

图 11-13　JPEG 选项卡

Step 02 JPEG 选项中各个参数意义和功能如下。

- 尺寸：设置 JPEG 文件尺寸，参数设置与 GIF 文件的该参数设置相同。
- 品质：控制生成的 JPEG 文件的压缩比，也就是控制图像质量。该值较低时，压缩比就越大，文件占用较少的存储空间，图像质量差；该值较高时，图像质量比较好，但占有较大的存储空间，通常取值范围在 70%～80% 之间。
- 渐进：选中该复选框，可在浏览器中逐渐显示 JPEG 图像，对于网速较慢的用户而言，可以提前看到 JPEG 图像的部分内容，类似于 GIF 的"交错"显示。

Step 03 设置结束后，单击"确定"按钮，即可将文件发布为 JPEG 文件。

> **提示**
> 压缩时，JPEG 是在保持图像颜色不损失的情况下采用高压缩比，而 GIF 图像是通过减少图像中的颜色数目进行压缩的。因此，JPEG 图像更适用于 Web 页面中色彩丰富的照片图像，而 GIF 格式对于导出线条绘画效果较好。

5. PNG 文件的发布设置

PNG 格式是唯一一种可跨越平台支持透明度的图像格式，这也是 Adobe Fireworks 本身所带的输出格式。

Step 01 打开 PNG 选项卡，在该选项对话框中，显示了 PNG 发布格式的所有参数设置，如图 11-14 所示。

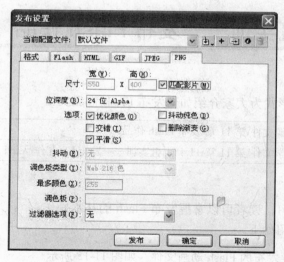

图 11-14　PNG 选项卡

Step 02 PNG 选项卡中各个参数意义和功能如下。

- 尺寸：设置导出图像尺寸的，以像素为单位在宽度和高度文本框中设置输出图形的尺寸。默认为"匹配影片"。
- 位深度：用于设置创建图像时要使用的每个像素的位数和颜色数。位深度越高，文件就越大。位深度又包括 3 个选项，对于 256 色的图像，选择"8 位"；对于上万的颜色，选择"24 位"；对于带有透明色的上万的颜色，选择"24 Alpha"。位值越高，生成的文件就越大。

● 过滤器选项：设定 PNG 图像的过滤方式。PNG 图像是进行逐行过度的，使得图像易于压缩。

选项、抖动、调色板类型与 GIF 中的参数一致，在此不再赘述。

Step 03 设置结束后，单击"确定"按钮，即可将文件发布为 PNG 文件。

6. Windows 放映文件

在"发布设置"对话框中选中"格式"选项卡中的"Windows 放映文件"复选框，可创建 Windows 独立放映文件。选中该复选框后，在"发布设置"对话框中将不会显示相应的选项卡。

7. Macintosh 放映文件

在"发布设置"对话框中选中"格式"选项卡中的"Macintosh 放映文件"复选框，可创建 Macintosh 独立放映文件。选择该复选框后，在"发布设置"对话框中将不会显示相应的选项卡。

8. 预览发布动画

选择"文件"|"发布预览"命令，可以使 Flash 按所选择的文件类型在默认浏览器中输出并进行预览。该命令不仅适用于输出并显示"发布设置"对话框中的所设定的所有文件类型，还按照当前发布属性对话框中的设置进行输出预览。

11.4 上机实训——发布 Flash 作品

实训说明

本例将以实例的形式为大家介绍如何发布 Flash 作品。

效果文件	素材与源文件\第 11 章\发布 Flash 作品
同步视频文件	同步教学文件\第 11 章\11.4 上机实训——发布 Flash 作品.avi

实训目标

通过对本例的学习，读者可以掌握发布 Flash 的基本操作。

具体操作步骤介绍如下。

Step 01 打开一个需要发布的 Flash 动画文件，如图 11-15 所示。

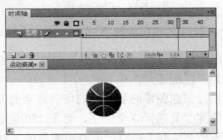

图 11-15　打开的 Flash 文件

Step 02 选择"文件"|"发布设置"命令，在"发布设置"对话框中，选中"Windows 放映文件（.exe）"复选框，依次单击"发布"和"确定"按钮，如图 11-16 所示。

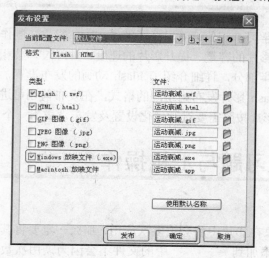

图 11-16 "发布设置"对话框

Step 03 舞台出现"正在发布"进度条，打开保存源文件的文件夹，发布的文件就在源文件保存的位置或文件夹中生成，如图 11-17 所示。

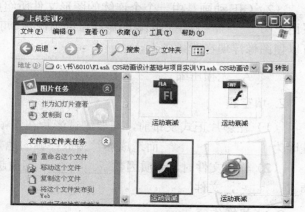

图 11-17 发布的文件

Step 04 不需要任何其他附件，也不需要计算机上安装 Flash 播放器，双击文件就可以直接观看此动画文件，如图 11-18 所示。

图 11-18 浏览影片

11.5 小结

通过对本章内容的学习，相信读者已经了解了 Flash 影片在制作完成后，应该学会如何对影片进行优化，减少影片的容量、提升影片的速度，并经过一些相关的设置，导出理想的文件格式。在本章的后半部分，详细介绍了 Flash 动画的发布设置，通过对不同格式的相应参数进行设置，可将 Flash 影片发布为不同的格式，在发布前还可进行预览。同时，用户可以将制作完毕的 Flash 影片按照需要进行优化设置及发布，成为一个最终完成的作品。

11.6 课后习题与上机操作

1. 选择题

（1）如果一个对象在影片中将会被多次应用，那么一定要将其用图形元件的方式添加到_____中，因为添加到_____中的文件不会因为调用次数的增加而使影片文件的容量增大。

        A. 库　　　　　　　　B. 组件　　　　　　　　C. 舞台

（2）GIF 动画是由一个个连续的图形文件所组成的动画，它支持_____文件格式，采用_____储存，在不影响图像质量的情况下，可以生成很小的文件，并支持_____，可以使图像浮现在背景之上。

        A. 无损压缩　　　　　　B. 透明色　　　　　　C. 256 色的位图

2. 填空题

（1）在影片正式发布前，需要测试影片在各帧的_____，找出在播放过程中有可能因为_____而造成影片播放停顿的地方。

（2）输出文件时，品质因数_____，品质越低，生成的文件_____；反之则品质_____，文件_____。

3. 上机操作题

将自己制作比较满意的作品进行发布。

第12章

综合项目实训

本章共有 12 个实例动画，这 12 个动画中包含逐帧动画、运动补间动画、形状补间动画、遮罩动画、引导线动画、鼠标控制动画和脚本语句动画。

本章知识点

- ◎ 跑步的运动员
- ◎ 毛笔字
- ◎ 旋转小球
- ◎ 卷轴画
- ◎ 旋转残影字
- ◎ 风吹文字
- ◎ 水滴
- ◎ 金鱼吐泡泡
- ◎ 百叶窗效果
- ◎ 瀑布
- ◎ 随鼠标移动的红心
- ◎ 下雪效果

12.1 逐帧动画——跑步的运动员

实训说明

　　本例通过一个正在跑步的运动员的运动过程介绍了逐帧动画的制作方法，完成后的效果如图 12-1 所示。

图 12-1　效果图

效果文件	素材与源文件\第 12 章\逐帧动画\跑步的运动员.fla
同步视频文件	同步教学文件\第 12 章\12.1 逐帧动画——跑步的运动员.avi

实训目标

　　通过对本例的学习，读者可以掌握影片剪辑元件的创建、引导图层的建立，并学会创建传统补间动画，具体操作步骤如下。

1. 创建影片剪辑元件

Step 01 运行 Flash CS5，创建一个新文档。修改帧频为 12fps，默认其他属性选项。

Step 02 选择"插入"|"新建元件"命令，创建一个名为"运动员"的影片剪辑元件，单击"确定"按钮，进入元件编辑状态。

Step 03 选择"文件"|"保存"命令，将新文档保存到"素材与源文件\第 12 章\逐帧动画"文件夹下，并将文档命名为"跑步的运动员.fla"。

Step 04 选择"文件"|"导入"|"导入到舞台"命令，从配套光盘的"素材与源文件\第 12 章\逐帧动画"文件夹中导入名为"运动员.gif"的图片，其"时间轴"面板如图 12-2 所示。

Step 05 单击"图层 1"图层的名称处，选中所有的帧，然后单击"时间轴"面板下方的"编辑多个帧"按钮，此时的"时间轴"面板如图 12-3 所示。

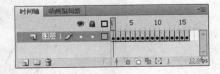

图 12-2　"时间轴"面板

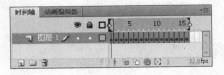

图 12-3　单击"编辑多个帧"后的时间轴

Step 06 打开"对齐"面板，在该面板中单击"水平中齐"按钮品和"垂直中齐"按钮 ，使每个帧上的图片都相对于舞台居中对齐，如图 12-4 所示。再次单击"编辑多个帧"按钮。

Step 07 选中第 1 帧的图片，选择"修改"|"分离"命令，将图片打散，选择魔术棒工具和橡皮擦工具将背景删除（图片背景为白色），如图 12-5 所示。依此类推，将其他帧上的图片——进行分离（共有 16 帧），删除背景。

图 12-4 居中对齐

图 12-5 删除图片背景

2. 创建运动补间动画

Step 01 按 Ctrl+E 组合键返回主场景，选择"文件"|"导入"|"导入到舞台"命令，从配套光盘的"素材与源文件\第 12 章\逐帧动画"文件夹中导入名为"背景.jpg"的图片，调整背景图片尺寸与舞台相同，如图 12-6 所示。

Step 02 单击"新建图层"按钮，添加"图层 2"图层，选择"文件"|"导入"|"导入到舞台"命令，从配套光盘的"素材与源文件\第 12 章\逐帧动画"文件夹中导入名为"树干.jpg"的图片，执行"分离"命令将其打散，将图片的背景删除，调整图片的位置，使之与对应的树干相重叠，以便产生运动员从树后跑过的效果，如图 12-7 所示。

图 12-6 背景图片

图 12-7 导入"树干"图片

Step 03 选中"图层 1"图层，单击"插入图层"按钮，添加"图层 3"图层，打开"库"面板，将"运动员"影片剪辑元件拖到舞台外。

Step 04 鼠标右键单击"图层 3"名称处，在弹出的快捷菜单中选择"添加传统运动引导层"命令，添加"引导层"图层，再选择铅笔工具，绘制一条曲线，作为运动员跑步的路线，如图 12-8 所示。

Step 05 在"图层 1"、"图层 2"和"引导层"图层的第 50 帧处，按 F5 键插入普通帧。

图 12-8　绘制引导线

Step **06** 选择"图层 3"图层的第 1 帧，将鼠标指针放在"运动员"元件实例的中央，按住鼠标左键，将其移动到引导线的右端点，当移动的中心点放大时，松开鼠标，元件实例便被吸附在引导线的起点，如图 12-9（左图）所示。

Step **07** 在"图层 3"图层的第 50 帧处，按 F6 键插入关键帧，再将元件实例移动到引导线的左端点，当移动的中心点变大时，松开鼠标，元件实例便被吸附到引导线的终点，如图 12-9（右图）所示。

图 12-9　将实例放入引导线

Step **08** 鼠标右键单击"图层 3"图层的第 1 帧，在弹出的快捷菜单中选择"创建传统补间"命令，创建动作补间动画，"时间轴"面板如图 12-10 所示。

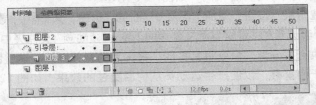

图 12-10　"时间轴"面板

Step **09** 制作结束后保存文件，按 Ctrl+Enter 组合键，输出动画并测试动画效果。

 将影片剪辑元件放入引导线之前，需要先单击"贴紧至对象"（自动吸附）按钮 。

12.2 逐帧动画——毛笔字

图 12-11　效果图

实训说明

本例通过毛笔写字的运笔规律制作一个书写毛笔字的逐帧动画，完成后的效果如图 12-11 所示。

效果文件	素材与源文件\第 12 章\逐帧动画\毛笔字.fla
同步视频文件	同步教学文件\第 12 章\12.2 逐帧动画——毛笔字.avi

实训目标

通过对本例的学习，读者可以掌握元件的创建、渐变颜色的定义以及逐帧动画和传统补间动画的创建，具体操作步骤如下。

1. 创建元件

Step 01 运行 Flash CS5，创建一个新文档。修改帧频为 12fps，默认其他属性选项。

Step 02 选择"插入"|"新建元件"命令，打开"创建新元件"对话框，创建一个名为"毛笔"的图形元件，如图 12-12 所示，单击"确定"按钮，进入元件编辑状态。

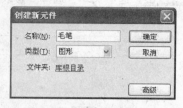

图 12-12　创建图形元件

Step 03 选择"文件"|"保存"命令，将新文档保存到"素材与源文件\第 12 章\逐帧动画"文件夹中，并将文档命名为"毛笔字.fla"。

Step 04 选择矩形工具，打开"颜色"面板，在该面板中选择"线性"填充类型，填充颜色从左到右为浅灰色和深黄色，如图 12-13（左图）所示，移动鼠标在舞台上绘制一个无边框的长条矩形，作为"笔杆"，利用"对齐"面板，使其相对于舞台居中对齐，如图 12-13（右图）所示。

Step 05 选择椭圆工具，在"颜色"面板中选择"径向渐变"填充类型，颜色从左到右为白色和黑色，如图 12-14（左图）所示，移动鼠标在舞台上绘制一个椭圆，并使用选择工具将椭圆调整为"笔头"形状，并利用渐变变形工具调整其颜色的中心位置，如图 12-14（右图）所示。

图 12-13　绘制笔杆

图 12-14　绘制笔头

Step 06 选择任意变形工具，分别将"笔杆"和"笔头"旋转 45°，并将"笔头"拖放到"笔杆"的下方，同时将两者选中，选择"修改"|"组合"命令，将"笔杆"和"笔头"组合为一个图形，结果如图 12-15 所示。

图 12-15　毛笔

2. 创建传统补间动画

Step 01 按 Ctrl+E 组合键，返回 "场景 1"，将 "图层 1" 更名为 "字"，选择文本工具，设置字体为 "华文行楷"，字号为 300，字色为黑色，如图 12-16 所示。移动鼠标在文本框中输入文本 "一"，并将其放置在舞台的中下方。

Step 02 选中文本，选择 "修改" | "分离" 命令，将文本分离，使其呈现为麻点状，如图 12-17 所示。

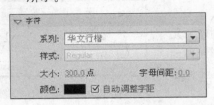

图 12-16　设置字符属性　　　　　　　　　图 12-17　分离文本

Step 03 在 "字" 图层的第 2～50 帧连续按 F6 键，插入关键帧。单击 "新建图层" 按钮，添加新图层，并将其更名为 "毛笔"，打开 "库" 面板，将 "毛笔" 元件拖入舞台，放置在 "一" 字的起始笔画上，如图 12-18（左图）所示。

Step 04 在第 5 帧处按 F6 键插入关键帧，将毛笔移动到毛笔书写文字的钝笔处，如图 12-18（中图）所示，鼠标右键单击第 1～5 帧之间的任意一帧，在弹出的快捷菜单中选择 "创建传统补间" 命令，创建动作补间动画。

Step 05 分别选中 "毛笔" 图层的第 1～5 帧，使用橡皮擦工具将毛笔所在点后边的文字部分擦除，第 5 帧处的毛笔和文字的状态如图 12-18（右图）所示。

图 12-18　制作 "写字" 的过程

Step 06 分别在 "毛笔" 图层的第 12 帧、第 20 帧、第 25 帧、第 30 帧、第 35 帧、第 40 帧、第 45 帧和第 50 帧处插入关键帧，按照毛笔运笔的规律（找钝笔点），移动毛笔的位置，创建动作补间动画。使用同样的方法擦除毛笔后边的文字部分，一直到第 50 帧为止。

Step 07 分别在两个图层的第 60 帧处按 F5 键，插入普通帧，"时间轴" 面板如图 12-19 所示。

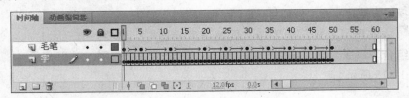

图 12-19　"时间轴" 面板

Step 08 制作结束后，保存文档，按 Ctrl+Enter 组合键，浏览并测试动画效果。

提示　"毛笔"图层关键帧的设置完全取决于毛笔在书写该字过程中的运笔规律。

12.3 形状补间动画——旋转小球

实训说明

本实例制作一个颜色变换的球体，而且反光部分也随之变化的动画，如图 12-20 所示。

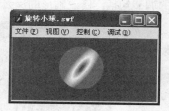

图 12-20　效果图

效果文件	素材与源文件\第 12 章\形状补间动画\旋转小球.fla
同步视频文件	同步教学文件\第 12 章\12.3 形状补间动画——旋转小球.avi

实训目标

通过对本例的学习，读者可以掌握渐变颜色的定义以及逐帧动画的创建，具体操作步骤如下。

Step 01　启动 Flash CS5，创建一个新文档，设置舞台尺寸为 400px×100px、背景为蓝色，修改帧频为 12fps，默认其他属性选项。

Step 02　选择"文件"|"保存"命令，将新文档保存到"素材与源文件\第 12 章\形状补间动画"文件夹中，并将文档命名为"旋转小球.fla"。

Step 03　选择椭圆工具，打开"颜色"面板，选择"径向渐变"填充类型，填充色从左到右依次为蓝色、白色和淡蓝色，如图 12-21（左图）所示。拖动鼠标在舞台中绘制一个无边框的正圆（小球），如图 12-21（中图）所示。

Step 04　选择渐变变形工具并单击舞台中的正圆，此时在正圆中心与周围出现调节句柄，拖动正圆周围出现的调节句柄，修改圆的反光部分，如图 12-21（右图）所示。

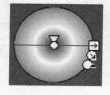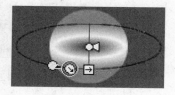

图 12-21　绘制蓝白色小球

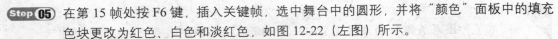
Step 05 在第 15 帧处按 F6 键，插入关键帧，选中舞台中的圆形，并将"颜色"面板中的填充色块更改为红色、白色和淡红色，如图 12-22（左图）所示。

Step 06 选择渐变变形工具并单击舞台上的圆，拖动圆周围出现的调节句柄，修改圆形的反光部分，如图 12-22（右图）所示。

Step 07 鼠标右键单击第 1～15 帧之间的任意一帧，在弹出的快捷菜单中选择"创建补间形状"命令，创建形状补间动画。

Step 08 在第 30 帧处按 F6 键插入关键帧，选中舞台上的圆，并将"颜色"面板中的填充色块更改为绿色、白色和淡绿色，如图 12-23（左图）所示。选择渐变变形工具并单击舞台上的圆，拖动圆周围出现的调节句柄，修改圆形的反光部分，如图 12-23（右图）所示。

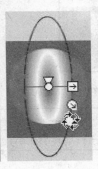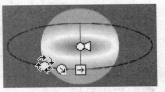

图 12-22　填充为红白色小球　　　　　　图 12-23　填充为绿白色小球

Step 09 鼠标右键单击第 15～30 帧之间的任意一帧，在弹出的快捷菜单中选择"创建补间形状"命令，创建形状补间动画。

Step 10 在第 45 帧处，按 F6 键插入关键帧，选中舞台上的圆形，将"颜色"面板中的填充色块更改为黄色、白色和淡黄色，如图 12-24（左图）所示。选择渐变变形工具并单击舞台上的圆，拖动圆周围出现的调节句柄，修改圆形的反光部分，如图 12-24（右图）所示。

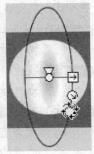

图 12-24　填充为黄白色小球

Step 11 在第 30 帧处单击鼠标右键，在弹出的快捷菜单中选择"复制帧"命令。选中第 60 帧，单击鼠标右键，在弹出的快捷菜单中选择"粘贴帧"命令。使用相同的方法，将第 15 帧粘贴到第 75 帧，将第 1 帧粘贴到第 90 帧处，然后创建各帧之间形状补间动画，完成后的"时间轴"面板如图 12-25 所示。

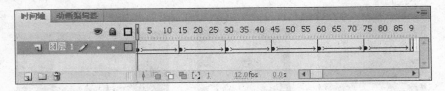

图 12-25　"时间轴"面板

Step 12 制作完毕，保存文件，按 Ctrl+Enter 组合键，浏览并测试动画效果。

12.4 形状补间动画——卷轴画

✊ 实训说明

本实例运用遮罩原理制作一个卷轴画效果的动画，效果如图 12-26 所示。

图 12-26　效果图

效果文件	素材与源文件\第 12 章\形状补间动画\卷轴画.fla
同步视频文件	同步教学文件\第 12 章\12.4 形状补间动画——卷轴画.avi

📚 实训目标

通过对本例的学习，读者可以掌握遮罩图层的创建，并学会形状补间和传统补间动画的创建，具体的操作步骤如下。

1. 创建元件

Step 01 启动 Flash CS5，创建一个新文档，设置舞台尺寸为 500px×300px、背景为黑色，修改帧频为 12fps，默认其他属性选项。

Step 02 选择"文件"|"保存"命令，将新文档保存到"素材与源文件\第 12 章\形状补间动画"文件夹中，并将文档命名为"卷轴画.fla"。

Step 03 选择"文件"|"导入"|"导入到舞台"命令，从配套光盘的"素材与源文件\第 12 章\形状补间动画"文件夹中导入名为"模糊背景.jpg"的图片，设置其尺寸与舞台相同，利用"对齐"面板使其相对于舞台居中对齐，如图 12-27 所示。

Step 04 选中模糊背景图片，选中"修改"|"转换为元件"命令，打开"转换为元件"对话框，将模糊背景图片转换为名为"模糊背景"的图形元件，如图 12-28 所示，单击"确定"按钮。在第 150 帧处按 F5 键，插入普通帧。

图 12-27　导入模糊背景图片

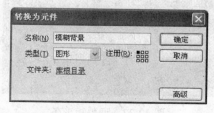

图 12-28　转换为图形元件

Step 05 单击"新建图层"按钮，插入"图层 2"，选中"文件"|"导入"|"导入到舞台"命令，从配套光盘的"素材与源文件\第 12 章\形状补间动画"文件夹中导入名为"背景.jpg"的图片，设置其尺寸与舞台相同，利用"对齐"面板使其相对于舞台居中对齐，如图 12-29 所示。

Step 06 选中背景图片，选中"修改"|"转换为元件"命令，打开"转换为元件"对话框，将背景图片转换为名为"背景"的图形元件，如图 12-30 所示，单击"确定"按钮。在第 150 帧处按 F5 键，插入普通帧。

图 12-29　背景图片

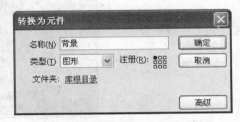

图 12-30　将背景图片转换为图形元件

2. 创建补间动画

Step 01 单击"新建图层"按钮，插入"图层 3"图层，选中矩形工具，拖动鼠标在舞台的左侧绘制一个无边框的、任意颜色的矩形条，尺寸为 20px×300px，如图 12-31（左侧绿色矩形条）所示。

图 12-31　绘制矩形条

Step 02 在第 150 帧处按 F6 键，插入关键帧，将矩形条调整为覆盖整个舞台，如图 12-32 所示，鼠标右键单击第 1 帧，在弹出的快捷菜单中选择"创建补间形状"命令，创建形状补间动画，打开"属性"面板，将"补间"中的"缓动"设置为 100，如图 12-33 所示。

图 12-32　调整矩形条

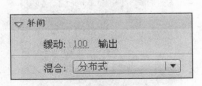

图 12-33　设置补间参数

Step 03 将鼠标放置在第 150 帧处，按下 Ctrl 键，当鼠标变为双向箭头时，按住鼠标左键，将 150 帧处的关键帧移动到第 100 帧处。

Step 04 选择"图层 2"图层的背景元件，单击鼠标右键，在弹出的快捷菜单中选择"复制"命令。鼠标右键单击"图层 3"图层的名称处，在弹出的快捷菜单中选择"遮罩层"命令，将"图层 3"图层设置为遮罩图层。

Step 05 单击"新建图层"按钮，插入"图层 4"图层，选中该图层的第 1 帧，选择"编辑"|"粘贴到当前位置"命令，选中所复制的图片，选择"修改"|"变形"|"水平翻转"命令，将图片水平翻转 180°，然后将图片移动到舞台的左侧，使翻转后图片的右边缘与舞台的左边缘对齐，如图 12-34 所示。

图 12-34　粘贴并移动图片

Step 06 在第 100 帧处按 F6 键，插入关键帧，移动图片元件到舞台的右侧，使元件的左边缘与舞台的右边缘对齐，如图 12-35 所示。鼠标右键单击第 1 帧，在弹出的快捷菜单中选择"创建传统补间"命令，创建运动补间动画。

图 12-35　移动图片元件

Step 07 打开"属性"面板，设置"补间"中的"缓动"值为 100，如图 12-36 所示，将"图层 4"图层隐藏。

图 12-36　设置补间参数

Step 08 单击"新建图层"按钮，插入"图层 5"图层，选择矩形工具，打开"颜色"面板，设置"线性"填充类型，填充颜色从左到右为白色（Alpha 为 100%）、白色（Alpha 为 0%）、白色（Alpha 为 100%），如图 12-37 所示，拖动鼠标在舞台的左侧绘制一个与舞台同等高度的长条矩形，选择该矩形，选择"修改"|"转换为元件"命令，将其转换为名为"玻璃棒"的图形元件，如图 12-38（左图）所示，单击"确定"按钮。

Step 09 在第 100 帧处按 F6 键插入关键帧，将"玻璃棒"元件实例移动到舞台的右侧，如图 12-38（右图）所示。

图 12-37　设置参数

图 12-38　转换元件并移动矩形条

Step 10　鼠标右键单击第 1 帧，在弹出的快捷菜单中选择"创建传统补间"命令，创建运动补间动画，并将"属性"面板中的"补间"选中，修改"缓动"值为 100。

Step 11　鼠标右键单击"图层 5"图层的名称处，在弹出的快捷菜单中选择"遮罩层"命令，将"图层 5"图层设置为遮罩，此时的"时间轴"面板如图 12-39 所示（将各个图层的帧都延续到第 150 帧）。

图 12-39　"时间轴"面板

Step 12　制作结束后，保存文档，按 Ctrl+Enter 组合键，浏览并测试动画效果。

12.5 运动补间动画——旋转残影字

✊ 实训说明

本实例制作一个文字在旋转过程中呈现为洋葱皮效果的动画，其效果如图 12-40 所示。

图 12-40　效果图

效果文件	素材与源文件\第 12 章\运动补间动画\旋转残影字.fla
同步视频文件	同步教学文件\第 12 章\12.5 运动补间动画——旋转残影字.avi

✎ **实训目标**

通过对本例的学习，读者可以掌握文本工具、墨水瓶等工具的使用，并学会传统补间动画的创建，具体操作步骤如下。

1. 创建元件

Step 01 启动 Flash CS5，创建一个新文档，设置背景为蓝色，修改帧频为 12fps，默认其他属性选项。

Step 02 选择"文件"|"保存"命令，将新文档保存到"素材与源文件\第 12 章\运动补间动画"文件夹中，并为文档命名为"旋转残影字.fla"。

Step 03 选择"插入"|"新建元件"命令，打开"创建新元件"对话框，创建一个名为"影子"的图形元件，如图 12-41 所示，单击"确定"按钮，进入元件编辑状态。

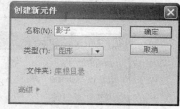

图 12-41　创建图形元件

Step 04 选择文本工具，拖动鼠标在文本框中输入文字"洒向春天的歌"，利用"对齐"面板使其相对于舞台居中对齐。

Step 05 选中文本，然后按两次 Ctrl+B 快捷键，将文字分离，选中被分离的文字，打开"颜色"面板，选择线性填充类型，设置填充色从左到右依次为红色、白色、红色、白色和红色，如图 12-42（左图）所示，被填充颜色后的文字如图 12-42（右图）所示。

图 12-42　为文本修改填充颜色

Step 06 选择"插入"|"新建元件"命令，打开"创建新元件"对话框，创建一个名为"文字"的图形元件，单击"确定"按钮，进入元件编辑状态。

Step 07 打开"库"面板，将"影子"元件拖入到编辑区，利用"对齐"面板，使其相对于舞台居中对齐。选中该图形元件，按 Ctrl+B 快捷键将其打散，选择墨水瓶工具，在"属性"面板中，设置笔触颜色为黄色，拖动鼠标单击文字的边框，为文字添加边框，如图 12-43 所示。

图 12-43　为文本添加边框

Step 08 选择"插入"|"新建元件"命令,打开"创建新元件"对话框,创建一个名为"文字2"的影片剪辑元件,如图 12-44 所示,单击"确定"按钮,进入元件编辑状态。

Step 09 单击"新建图层"按钮,添加 9 个新图层(一共 10 个图层)。在"图层 10"图层的第1 帧处,按 F11 键,打开"库"面板,从中将"文字"元件拖入舞台,利用"对齐"面板使其相对于舞台居中对齐。

Step 10 在第 40 帧处,按 F6 键插入关键帧,鼠标右键单击第 1 帧,在弹出的快捷菜单中选择"创建传统补间"命令,创建运动补间动画,打开"属性"面板,选择逆时针旋转 1次,如图 12-45 所示。

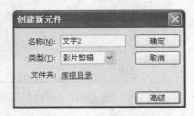

图 12-44 创建影片剪辑元件

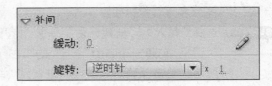

图 12-45 选择"逆时针"旋转

Step 11 在第 58 帧处,按 F5 键插入普通帧,返回第 1 帧,单击"绘图纸外观"按钮 ⬜,舞台上的文字呈现洋葱皮效果,如图 12-46 所示,锁定"图层 10"。

Step 12 在"图层 9"图层的第 3 帧处,按 F7 键插入空白关键帧,从"库"中将"影子"元件拖入到舞台,相对于舞台居中对齐,在"属性"面板中,设置 Alpha 值为 85%,如图 12-47 所示。

图 12-46 洋葱皮效果

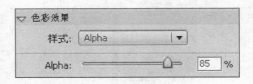

图 12-47 设置 Alpha 值

Step 13 在第 42 帧处,按 F6 键插入关键帧,鼠标右键单击第 3 帧,在弹出的快捷菜单中选择"创建传统补间"命令,创建运动补间动画,并选择逆时针旋转 1 次,如图 12-48 所示。

图 12-48 设置补间参数

Step 14 选中"图层 9"图层的第 3~42 帧,然后单击鼠标右键,在弹出的快捷菜单中选择"复制帧"命令,选中"图层 8"图层的第 5帧,单击鼠标右键,在弹出的快捷菜单中选择"粘贴帧"命令,选中首尾两帧的舞台中的对象,设置其 Alpha 值为 75%。

Step 15 分别将复制的帧粘贴到"图层 7"~"图层 1"的相关帧,每个图层粘贴的相关帧和元件的 Alpha 值如下。

- "图层 7"粘贴的帧为第 7 帧,元件实例的 Alpha 值为 65%。
- "图层 6"粘贴的帧为第 9 帧,元件实例的 Alpha 值为 55%。

- "图层5"粘贴的帧为第11帧，元件实例的 Alpha 值为45%。
- "图层4"粘贴的帧为第13帧，元件实例的 Alpha 值为35%。
- "图层3"粘贴的帧为第15帧，元件实例的 Alpha 值为25%。
- "图层2"粘贴的帧为第17帧，元件实例的 Alpha 值为15%。
- "图层1"粘贴的帧为第19帧，元件实例的 Alpha 值为5%。

Step **16** 元件制作结束后，"时间轴"面板如图 12-49 所示。

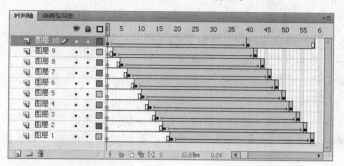

图 12-49 "时间轴"面板

2．组织场景

Step **01** 按 Ctrl+E 组合键，返回主场景。在"图层1"的第1帧处，按 F11 键，打开"库"面板，从中将影片剪辑元件"文字2"拖入舞台。选择任意变形工具，将元件实例调整到适当的尺寸，并利用"对齐"面板使其相对于舞台居中对齐。

Step **02** 制作结束后，保存文件。按 Ctrl+Enter 组合键，输出动画并浏览测试动画效果。

12.6 运动补间动画——风吹文字

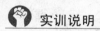 实训说明

本实例制作一个风吹文字效果的动画，其效果如图 12-50 所示。

图 12-50 效果图

效果文件	素材与源文件\第12章\运动补间动画\风吹文字.fla
同步视频文件	同步教学文件\第12章\12.6 运动补间动画——风吹文字.avi

![实训目标图标] **实训目标**

通过对本例的学习，读者可以掌握文本工具、墨水瓶等工具的使用，并学会传统补间动画的创建，具体操作步骤如下。

1. 创建元件

Step 01 启动 Flash CS5，创建一个新文档，设置背景为黑色，修改帧频为 12fps，默认其他属性选项。

Step 02 选择"文件"|"保存"命令，将新文档保存到"素材与源文件\第 12 章\运动补间动画"文件夹中，并为文档命名为"风吹文字.fla"。

Step 03 选择文本工具，设置笔触颜色为白色，拖动鼠标在文本框中输入文字"洒向春天的歌"，如图 12-51 所示。

Step 04 选择"修改"|"分离"命令，将文字打散。在被分离的文字上单击鼠标右键，在弹出的快捷菜单中选择"分散到图层"命令，此时的"时间轴"面板如图 12-52 所示。

图 12-51　创建文本　　　　　　　　　　　　　图 12-52　分散到图层

> **提示**　如果要对文本执行"分散到图层"命令，只需将文本分离 1 次。

Step 05 选中舞台中的每个文字，将它们全都转换为同图层名的图形元件，并将"图层 1"图层删除。

Step 06 选中所有的文字元件，将其移动到舞台下方，在每个图层的第 25 帧处，按 F6 键插入关键帧。选择"视图"|"标尺"命令，在舞台中拖出标尺线，如图 12-53 所示。

Step 07 选中第 25 帧处的"洒"字，将其拖动到舞台上方，并利用任意变形工具将其缩小、变形，如图 12-54 所示。

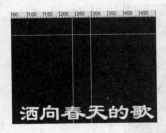

图 12-53　移动文字元件并打开"标尺"

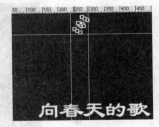

图 12-54　移动并变形文字

Step 08 选中文字，在"属性"面板中将其 Alpha 值调整为 0，如图 12-55 所示，在第 95 帧处按 F6 键插入关键帧，在第 130 帧处按 F6 键插入关键帧，在该处按 Delete 键删掉变小的文字。

图 12-55　设置元件的 Alpha 值

Step 09 返回第1帧，鼠标右键单击舞台中的文字，在弹出的快捷菜单中选择"复制"命令，然后单击第130帧，选择"编辑"|"粘贴到当前位置"命令。

Step 10 鼠标右键单击第1~25帧中的任意一帧，在弹出的快捷菜单中选择"创建传统补间"命令，同样，鼠标右键单击第95~130帧中的任意一帧，在弹出的快捷菜单中选择"创建传统补间"命令，创建运动动画，并在第135帧处按F5键插入普通帧。

Step 11 在每一个图层中重复步骤7、8、9、10的操作，完成操作后的"时间轴"面板如图12-56所示。

图12-56 "时间轴"面板

Step 12 选中"向"图层的第1帧，按住Shift键单击该图层的第25帧，将选中第1~25帧，将选中的帧向右移动4帧，同样选中第95~130帧，将选中的帧向左移动4帧。

Step 13 选中"春"图层的第1帧，按住Shift键单击该图层的第25帧，选中第1~25帧，将选中的帧向右移动8帧，同样选中第95~130帧，将选中的帧向左移动8帧。其他图层依此类推，完成后的"时间轴"面板如图12-57所示。

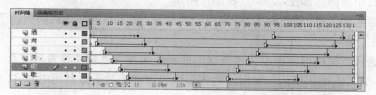

图12-57 "时间轴"面板

Step 14 制作结束后，保存文件，按Ctrl+Enter组合键，输出动画并浏览测试动画效果。

12.7 运动补间动画——水滴

实训说明

本实例制作一颗水珠落入水中荡起涟漪的动画，其效果如图12-58所示。

图12-58 效果图

效果文件	素材与源文件\第 12 章\运动补间动画\水滴.fla
同步视频文件	同步教学文件\第 12 章\12.7 运动补间动画——水滴.avi

实训目标

通过对本例的学习，读者可以掌握图形元件和影片剪辑元件的创建、传统补间动画与形状补间动画的创建，具体的操作步骤如下。

1. 创建元件

Step 01 启动 Flash CS5，创建一个新文档，设置舞台尺寸为 400px×300px，修改背景为黑色、帧频为 12fps，默认其他属性选项。

Step 02 选择"文件"|"保存"命令，将新文档保存到"素材与源文件\第 12 章\运动补间动画"文件夹中，并将文档命名为"水滴.fla"。

Step 03 选择"插入"|"新建元件"命令，创建一个名为"水滴"的图形元件，如图 12-59 所示，单击"确定"按钮，进入元件编辑状态。

图 12-59 创建图形元件

Step 04 选择椭圆工具，打开"颜色"面板，在面板中设置为"径向渐变"填充类型、填充色从左到右为白色和淡蓝色，如图 12-60（左图）所示，拖动鼠标在舞台中绘制一个无边框的小椭圆，如图 12-60（右图）所示。

Step 05 选择颜料桶工具，单击椭圆，调整中心控制点，使中心色移动到椭圆的下方，如图 12-61（左图）所示。

Step 06 利用选择工具将椭圆修改为水滴状，并在"属性"面板中设置尺寸为 11px×22px，如图 12-61（右图）所示，利用"对齐"面板使其相对于舞台居中对齐。

图 12-60 绘制椭圆

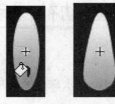

图 12-61 调整椭圆形状

Step 07 选择"插入"|"新建元件"命令，创建一个名为"水波"的影片剪辑元件，如图 12-62 所示，单击"确定"按钮进入元件编辑状态。

Step 08 选择椭圆工具，拖动鼠标在舞台中绘制一个无填充颜色、边框为白色的椭圆，设置尺寸为 40px×12px，并将其相对于舞台居中对齐，如图 12-63 所示。

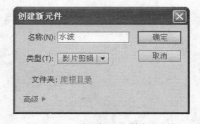

图 12-62 创建影片剪辑元件

Step 09 在第 20 帧处，按 F6 键插入关键帧，并修改椭圆的尺寸为 100px×30px，利用"对齐"面板，使其相对于舞台居中对齐。

Step 10 鼠标右键单击第 1～20 帧中间的任意一帧，在弹出的快捷菜单中选择"创建补间形状"命令，创建形状补间动画，"时间轴"面板如图 12-64 所示。

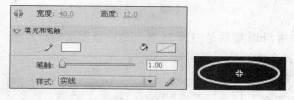

图 12-63　创建"水波"元件

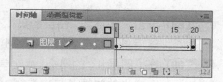

图 12-64　创建形状补间动画

2. 组织场景

Step 01 按 Ctrl+E 组合键返回"场景 1"。选择"文件"|"导入"|"导入到舞台"命令，从配套光盘的"素材与源文件\第 12 章\运动补间动画"文件夹中导入名为"背景 1.jpg"的图片，调整大小使其与舞台尺寸相同，如图 12-65 所示。在第 60 帧处，按 F5 键插入普通帧。

Step 02 锁定"图层 1"图层，单击"新建图层"按钮，添加"图层 2"图层，选中"图层 2"图层的第 1 帧，打开"库"面板，将"水滴"元件拖入到舞台的上部中间位置。

Step 03 在第 15 帧处，按 F6 键插入关键帧，使用选择工具选中水滴，按住 Shift 键的同时，按键盘上的方向键将其垂直移动到舞台的下方位置。

Step 04 鼠标右键单击第 1～15 帧之间任意一帧，在弹出的快捷菜单中选择"创建传统补间"命令，创建运动补间动画。在第 16 帧处，按 F7 键插入空白关键帧，锁定"图层 2"。

Step 05 选中"图层 1"图层，单击"新建图层"按钮，添加"图层 3"图层，在第 15 帧处，按 F7 键插入空白关键帧，将影片剪辑元件"水波"从"库"中拖入到舞台，使水滴正好位于水波的中间，如图 12-66 所示。

图 12-65　背景图片

图 12-66　"水滴"和"水波"元件

Step 06 在第 35 帧处，按 F6 键插入关键帧，选中"水波"元件实例，在"属性"面板中设置其 Alpha 值为 0%，如图 12-67 所示，鼠标右键单击第 15～30 帧之间的任意一帧，在弹出的快捷菜单中选择"创建传统补间"命令，创建运动补间动画。

Step 07 选中"图层 1"，两次单击"新建图层"按钮，添加"图层 4"和"图层 5"图层，此时，图层的排列顺序如图 12-68 所示。

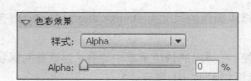

图 12-67　设置 Alpha 值　　　　　　图 12-68　图层排列顺序

Step 08 单击"图层 3"图层的第 15 帧，按住 Shift 键后单击第 35 帧，选中该图层的所有帧，然后单击鼠标右键，在弹出的快捷菜单中选择"复制帧"命令。

Step 09 在"图层 4"的第 20 帧处单击鼠标右键，在弹出的快捷菜单中选择"粘贴帧"命令。同样，在"图层 5"的第 25 帧处单击鼠标右键，在弹出的快捷菜单中选择"粘贴帧"命令，最后将各图层第 60 帧以后的帧删除，此时的"时间轴"面板如图 12-69 所示。

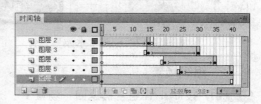

图 12-69　"时间轴"面板

Step 10 制作结束后，保存文件，按 Ctrl+Enter 组合键，输出动画并测试动画效果。

12.8 运动补间动画——金鱼吐泡泡

🖐 实训说明

本实例制作了一个水中金鱼吐泡泡的动画，其效果如图 12-70 所示。

图 12-70　效果图

效果文件	素材与源文件\第 12 章\运动补间动画\金鱼吐泡泡.fla
同步视频文件	同步教学文件\第 12 章\12.8 运动补间动画——金鱼吐泡泡.avi

📖 实训目标

通过对本例的学习，读者可以掌握如何设置遮罩图层、如何在动画中添加引导线，具体的操作步骤如下。

1. 创建元件

Step 01 启动 Flash CS5，创建一个新文档，设置舞台尺寸为 400px×300px，修改背景为蓝色、帧频为 12fps，默认其他属性选项。

Step 02 选择"文件"|"保存"命令，将新文档保存到"素材与源文件\第 12 章\运动补间动画 8"文件夹中，并为文档命名为"金鱼吐泡泡.fla"。

Step 03 选择"插入"|"新建元件"命令，在弹出的"创建新元件"对话框中创建一个名为"小水泡"的图形元件，如图 12-71 所示，单击"确定"按钮，进入元件编辑状态。

Step 04 选择椭圆工具，按下 Shift 键，拖动鼠标在舞台中绘制一个无边框、任意颜色的正圆，调整其尺寸为 14px×14px，选中所绘制的正圆，利用"对齐"面板，使其相对于舞台居中对齐。

Step 05 选中正圆，选择"窗口"|"颜色"命令，打开"颜色"面板，在面板中选择"径向渐变"填充类型，填充颜色从左到右均为白色，四个色标的 Alpha 值从左到右为 100%、40%、10% 和 100%，如图 12-72（左图）所示。

Step 06 选择颜料桶工具，拖动鼠标在正圆的左上角点一下，将发光点移动到正圆的左上角，形成一个球状，如图 12-72（右图）所示。

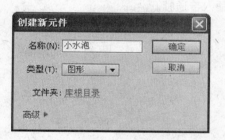

图 12-71　创建图形元件

图 12-72　创建"小水泡"元件

Step 07 选择"插入"|"新建元件"命令，在弹出的"创建新元件"对话框中创建一个名为"矩形"的图形元件，单击"确定"按钮，进入元件编辑状态。

Step 08 选择矩形工具，拖动鼠标在舞台中绘制一个无边框、任意颜色的矩形条，修改其尺寸为 420px×30px，利用"对齐"面板使其相对于编辑区居中对齐，如图 12-73（左图）所示，利用选择工具，将矩形条向下方拖出一个弧度，如图 12-73（右图）。

图 12-73　绘制并变形矩形条

Step 09 选中该矩形条，多次执行"复制和粘贴"命令，复制出一个矩形条矩阵，其尺寸为 420 px×600px，如图 12-74 所示。

2. 设置遮罩层

Step 01 按 Ctrl+E 返回主场景，选择"文件"|"导入"|"导入到舞台"命令，从配套光盘的"素材与源文件\第 12 章\运动补间动画"文件中导入名为"背景 2.jpg"的图片，调整图片与舞台同等大小，利用"对齐"面板，使其相对于舞台居中对齐，如图 12-75 所示。

图 12-74　创建矩形矩阵

图 12-75　导入背景图片

Step 02　选中背景图片，选择"修改"|"转换为元件"命令，将背景图片转换为名为"鱼"的图形元件，如图 12-76 所示，单击"确定"按钮。鼠标右键单击第 1 帧，在弹出的快捷菜单中选择"复制帧"命令，在第 40 帧处按 F5 键，插入普通帧。

Step 03　单击"新建图层"按钮，插入新图层，并将其更名为"鱼"，在"鱼"图层的第 1 帧处单击鼠标右键，在弹出的快捷菜单中选择"粘贴帧"命令，选中舞台中的图片元件，按键盘上的方向键，将其向右移动 1 个像素，在"属性"面板中设置其 Alpha 为 60%，如图 12-77 所示，在第 40 帧处按 F5 键，插入普通帧。

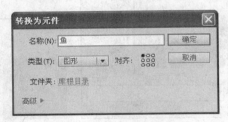

图 12-76　创建图形元件

图 12-77　设置元件参数

Step 04　单击"新建图层"按钮，新建"图层 3"图层，并将其更名为"矩形"，选中第 1 帧，打开"库"面板，从中将"矩形"元件拖入到舞台，将元件实例的下边缘对准图片的下边缘，如图 12-78（左图）所示。

Step 05　在第 40 帧处，按 F6 键插入关键帧，将矩形元件实例的上边缘与图片的上边缘对齐，如图 12-78（右图）所示，鼠标右键单击第 1～40 帧之间的任意一帧，在弹出的快捷菜单中选择"创建传统补间"命令，创建运动补间动画。

Step 06　鼠标右键单击"矩形"图层的名称处，在弹出的快捷菜单中选择"遮罩层"命令，将矩形图层设置遮罩，如图 12-79 所示。

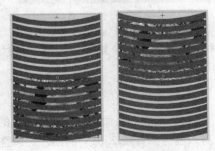

图 12-78　设置矩形元件的位置

图 12-79　图层

3. 创建补间动画

Step 01 选中"矩形"图层,单击"新建图层"按钮,插入3个新图层,从下到上分别命名为"水泡1"、"水泡2"和"水泡3"。

Step 02 选中"水泡3"图层,在其名称处单击鼠标右键,在弹出的快捷菜单中选中"添加传统运动引导层"命令,添加一个运动引导层,选中"水泡2"和"水泡1"图层向引导层移动,然后放回原来的位置,从而将"水泡2"和"水泡1"图层设置为被引导层(在添加引导层时,"水泡3"图层自动被设置为被引导层),图层分布如图12-80所示。

Step 03 选中引导图层的第一帧,选择铅笔工具,并在其辅助选项中选择"平滑"选项,如图12-81所示。

Step 04 拖动鼠标从金鱼嘴的中心向水面绘制一条任意颜色的曲线,如图12-82所示,在第40帧处按F5键插入普通帧。

图 12-80 图层分布

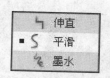

图 12-81 辅助选项

图 12-82 绘制引导线

Step 05 选中选择工具,并单击工具栏中的"紧贴至对象"按钮,选中"水泡1"图层的第1帧,打开"库"面板,从中将"小水泡"元件拖入到舞台,放在引导线的下端,当元件的中心点放大时,松开鼠标,水泡即可吸附在引导线上,如图12-83(左图)所示。

Step 06 在第40帧处按F6键,插入关键帧,将水泡元件移动到引导线的上端,如图12-83(右图)所示,并设置其Alpha值为50%,如图12-84所示,鼠标右键单击第1~40帧之间的任意一帧,在弹出的快捷菜单中选中"创建传统补间"命令,创建运动补间动画。

 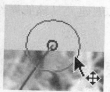

图 12-83 移动水泡元件

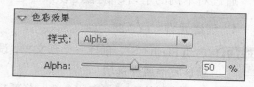

图 12-84 修改参数

Step 07 在"水泡2"图层的第10帧和"水泡3"图层的第15帧插入空白关键帧,从"库"中将"小水泡"元件拖入舞台,放在引导线的下端,在第40帧处插入关键帧,将"小水泡"元件移动到引导线的上端,并设置元件实例的Alpha值为50%,创建运动补间动画,此时的"时间轴"如图12-85所示。

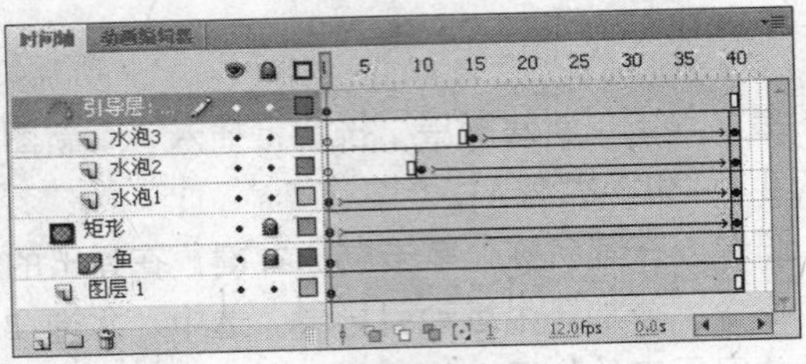

图 12-85　"时间轴"面板

Step 08　制作结束后，保存文件，按 Ctrl+Enter 组合键，输出文件并测试动画效果。

12.9 遮罩动画——百叶窗效果

实训说明

本实例运用遮罩原理制作一个百叶窗效果的动画，其效果如图 12-86 所示。

图 12-86　效果图

效果文件	素材与源文件\第 12 章\遮罩动画\百叶窗效果.fla
同步视频文件	同步教学文件\第 12 章\12.9 遮罩动画——百叶窗效果.avi

实训目标

通过对本例的学习，读者可以熟悉遮罩图层的创建，具体的操作步骤如下。

1. 创建元件

Step 01　启动 Flash CS5，创建一个新文档，设置舞台尺寸为 400px×400px，修改帧频为 12fps，默认其他属性选项。

Step 02　选择"文件"|"保存"命令，将新文档保存到"素材与源文件\第 12 章\遮罩动画"文件夹中，并为文档命名为"百叶窗效果.fla"。

Step 03　选择"文件"|"导入"|"导入到库"命令，从"素材与源文件\第 12 章\遮罩动画"文件夹中导入"1.jpg、2.jpg、3.jpg、4.jpg、5.jpg" 5 张图片。

Step 04　选择"插入"|"新建元件"命令，创建一个名为"叶片 1"的影片剪辑元件，如图 12-87 所示，单击"确定"按钮，进入元件编辑状态。

Step 05 选择矩形工具，拖动鼠标在舞台中绘制一个无边框的矩形条，设置其尺寸为 400px ×
40px，矩形条如图 12-88 所示，分别在第 30 帧和第 60 帧处按 F6 键插入关键帧，并在
第 30 帧处修改矩形条的尺寸为 400px × 1px。

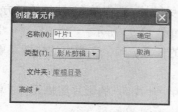

图 12-87　创建影片剪辑元件

图 12-88　绘制矩形条

Step 06 鼠标右键单击第 1～30 帧、第 30～60 帧之间的任意一帧，在弹出的快捷菜单中选择
"创建补间形状"命令，创建形状补间动画，时间轴如图 12-89 所示。

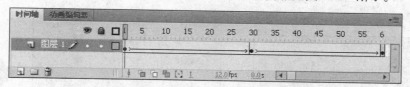

图 12-89　"时间轴"面板

Step 07 选择"插入"|"新建元件"命令，创建一个名为"叶片 2"的
影片剪辑元件，单击"确定"按钮，进入元件编辑状态。

Step 08 选择矩形工具，拖动鼠标在舞台中绘制一个无边框的矩形条，
在"属性"面板中设置其尺寸为 40px × 400px，矩形条如图 12-90
所示。

Step 09 分别在第 30 帧和第 60 帧处按 F6 键插入关键帧，并在第 30 帧
处修改矩形条的尺寸为 1px × 400px，鼠标右键单击第 1～30 帧、
第 30～60 帧之间的任意一帧，在弹出的快捷菜单中选择"创建
补间形状"命令，创建形状补间动画，时间轴如图 12-91 所示。

图 12-90　矩形条

图 12-91　"时间轴"面板

Step 10 选择"插入"|"新建元件"命令，创建一个名为"叶片 3"
的影片剪辑元件，单击"确定"按钮，进入元件编辑状态。

Step 11 选择矩形工具，拖动鼠标在舞台中绘制一个无边框的正方
形，设置其尺寸为 40px × 40px，正方形如图 12-92 所示。分
别在第 30 帧和第 60 帧处按 F6 键插入关键帧，并在第 30 帧

图 12-92　绘制的正方形

处修改正方形的尺寸为 1px × 40px，鼠标右键单击第 1～30 帧、第 30～60 帧之间的任
意一帧，在弹出的快捷菜单中选择"创建补间形状"命令，创建形状补间动画。

Step 12 选择"插入"|"新建元件"命令，创建一个名为"叶片 4"的影片剪辑元件，单击"确定"按钮，进入元件编辑状态。

Step 13 选择矩形工具，拖动鼠标在舞台中绘制一个无边框的正方形，设置其尺寸为 40px × 40px，分别在第 30 帧和第 60 帧处按 F6 键插入关键帧，选中第 30 帧处的正方形图形，在"属性"面板中修改其尺寸为 40px × 1px，如图 12-93 所示。

Step 14 鼠标右键单击第 1～30 帧、第 30～60 帧之间的任意一帧，在弹出的快捷菜单中选择"创建补间形状"命令，创建形状补间动画。

Step 15 选择"插入"|"新建元件"命令，创建一个名为"叶片 5"的影片剪辑元件，单击"确定"按钮，进入元件编辑状态。

Step 16 选择矩形工具，拖动鼠标在舞台中绘制一个无边框的正方形，设置其尺寸为 40px × 40px，选择"窗口"|"变形"命令，打开变形面板，在面板中设置其"旋转"为 45°，如图 12-94（左图）所示，变形后的正方形如图 12-94（右图）所示。

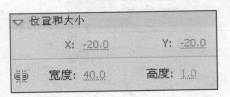

图 12-93　修改矩形尺寸　　　　　　　　图 12-94　变形正方形

Step 17 分别在第 30 帧和第 60 帧处按 F6 键插入关键帧，并在第 30 帧处修改矩形条的尺寸为 1px × 56.6 px（该尺寸是正方形旋转后，两个直角对角线长度），鼠标右键单击第 1～30 帧、第 30～60 帧之间的任意一帧，在弹出的快捷菜单中选择"创建补间形状"命令，创建形状补间动画。

2. 组织场景

Step 01 按 Ctrl+E 快捷键返回主场景。单击"插入图层"按钮，添加"图层 2"图层。分别在"图层 1"和"图层 2"的第 60 帧、第 120 帧、第 180 帧和第 240 帧处按 F7 键，插入空白关键帧，在第 300 帧处按 F5 键，插入延长帧。

Step 02 打开"库"面板，从"库"中将 5 张图片按名称顺序依次拖放到"图层 1"的 5 个空白关键帧上，设置其尺寸与舞台相同大小，然后利用"对齐"面板，使其相对于舞台居中对齐。

Step 03 分别选中 5 张图片，选择"修改"|"分离"命令，将图片打散。选择椭圆工具，分别在 5 幅图片上绘制无填充颜色的椭圆（笔触颜色任意），在"属性"面板中设置其尺寸为 380px × 350px，然后利用"对齐"面板使其相对于舞台居中对齐。

Step 04 选中椭圆以外的部分，按 Delete 键，将该部分删除，然后删除所绘制的椭圆，如图 12-95 所示。

图 12-95　分离并修改图片

Step 05 分别选中"图层 2"图层的 5 个空白关键帧,将 5 张图片按照"2、3、4、5 和 1"的顺序拖放到空白关键帧上,设置其尺寸与舞台相同大小,然后利用"对齐"面板,使其相对于舞台居中对齐。

Step 06 重复执行步骤 3 和步骤 4,操作结束后,将"图层 1"和"图层 2"锁住。

Step 07 选中"图层 2"图层,单击"新建图层"按钮,添加"图层 3"图层,并将其更名为"遮罩",然后在对应"图层 2"图层的关键帧处插入空白关键帧。打开"库"面板,将 5 个影片剪辑元件"叶片 1"、"叶片 2"、"叶片 3"、"叶片 4"和"叶片 5"分别拖放到 5 个空白关键帧上。

Step 08 将叶片元件拖入舞台后,复制多个叶片元件,不留空隙地排列起来,如图 12-96(左图)所示,直至将舞台覆盖为止,第 1 帧处的叶片排列如图 12-96(右图)所示。第 60 帧处的叶片排列如图 12-97 所示。

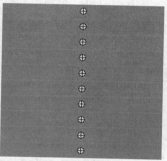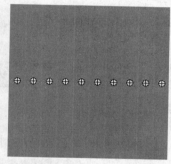

图 12-96　复制叶片元件并且排列　　　　　图 12-97　第 60 帧处叶片元件的排列

Step 09 第 120 帧、第 180 帧和第 240 帧处的叶片排列如图 12-98 所示。

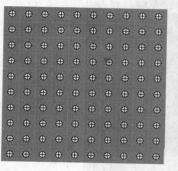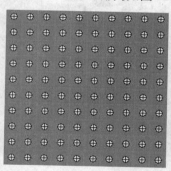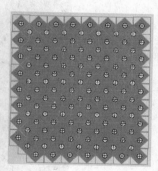

图 12-98　第 120 帧、180 帧和 240 帧处叶片元件的排列

Step 10 鼠标右键分别单击第 1 帧、第 60 帧和第 240 帧的元件实例,在弹出的快捷菜单中选择"转换为元件"命令,将其转换为名为"百叶窗 1"、"百叶窗 2"和"百叶窗 5"的 3 个影片剪辑元件。

Step 11 选中第 120 帧,选择舞台中元件实例的偶数行的元件实例,选择"修改"|"变形"|"水平翻转"命令,将选择的元件进行水平 180°的翻转,然后将元件全部选中,将其转换为名为"百叶窗 3"的影片剪辑元件。

Step 12 同样选中第 180 帧，选择舞台中元件实例的偶数列，选择"修改"|"变形"|"垂直翻转"命令，将选择的元件进行垂直 180°的翻转，然后将元件全部选中，将其转换为名为"百叶窗 4"的影片剪辑元件。

Step 13 鼠标右键单击"遮罩"图层名称处，在弹出的快捷菜单中选择"遮罩层"命令，将该图层设置为遮罩层。完成后的"时间轴"面板如图 12-99 所示。

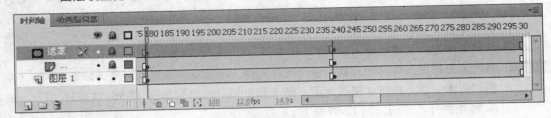

图 12-99 制作完成后的"时间轴"面板

Step 14 制作结束后，保存文件，按 Ctrl+Enter 组合键，输出动画并测试动画效果。

12.10 遮罩动画——瀑布

实训说明

本实例是利用遮罩原理制作了一个使瀑布流动起来的动画，其效果如图 12-100 所示。

图 12-100 效果图

效果文件	素材与源文件\第 12 章\遮罩动画\瀑布.fla
同步视频文件	同步教学文件\第 12 章\12.10 遮罩动画——瀑布.avi

实训目标

通过对本例的学习，读者可以熟悉套索工具的使用和遮罩图层的创建，具体操作步骤如下。

Step 01 启动 Flash CS5，创建一个新文档，修改帧频为 12fps，默认其他属性选项。

Step 02 选择"文件"|"保存"命令，将新文档保存到"素材与源文件\第 12 章\遮罩动画"文件夹中，并将文档命名为"瀑布.fla"。

Step 03 在"图层 1"的第 1 帧处，选择"文件"|"导入"|"导入到舞台"命令，从配套光盘的"素材与源文件\第 12 章\遮罩动画"文件夹中导入名为"背景.jpg"的图片，调整图片与舞台同等大小，利用"对齐"面板，将图片相对于舞台居中对齐，如图 12-101 所示，并在第 50 帧处按 F5 键，插入普通帧。

图 12-101　背景图片

Step 04 鼠标右键单击"图层 1"图层的第 1 帧，在弹出的快捷菜单中选择"复制帧"命令。单击"新建图层"按钮，添加"图层 2"图层。

Step 05 鼠标右键单击"图层 2"图层的第 1 帧，在弹出的快捷菜单中选择"粘贴帧"命令，选中图片，按键盘的向右移动键一次，然后在第 50 帧处按 F5 键，插入普通帧。

Step 06 锁定"图层 1"图层并且单击"显示/隐藏图层"按钮，将"图层 1"图层隐藏。选中舞台上的图片，选择"修改"|"分离"命令，将图片分离（呈麻点状），如图 12-102 所示。

Step 07 使用套索工具和橡皮擦工具删除图片中非水部分，锁定"图层 2"图层，如图 12-103 所示。

图 12-102　分离图片

图 12-103　删除图片中非水的部分

Step 08 单击"新建图层"按钮，添加"图层 3"图层，在第 1 帧处选择矩形工具，拖动鼠标在舞台上绘制一个无边框的蓝色矩形，设置尺寸为 550px×14px，然后复制并粘贴该矩形，使两个矩形两端平齐、上下相距 8 个像素。选中两个矩形，再复制并粘贴这两个矩形，使这两个矩形对两端平齐、上下相距 8 个像素，依次类推，直到矩形的高度超过图片的高度为止，如图 12-104 所示。

Step 09 选中矩形组，选择"修改"|"转换为元件"命令，将矩形组转换为名为"遮罩"的图形元件。显示隐藏的"图层 1"和"图层 2"图层中的图片。

Step 10 选中矩形元件，按住 Shift 键的同时，使用方向键移动矩形，使矩形的下边缘与图片的下边缘对齐，如图 12-105（左图）所示，然后在第 50 帧处，按 F6 键插入关键帧，按住 Shift 键的同时，使用方向键移动矩形，使矩形的上边缘与图片的上边缘对齐，如图 12-105（右图）所示。

图 12-104　制作"遮罩"元件　　　　　　　图 12-105　第 1 帧和第 50 帧处的"遮罩"位置

Step 11 鼠标右键单击第 1～50 帧之间的任意一帧，在弹出的快捷菜单中选择"创建传统补间"命令，创建运动补间动画。

Step 12 鼠标右键单击"图层 3"的名称处，在弹出的快捷菜单中选择"遮罩层"命令，将"图层 3"图层转换为遮罩层，"时间轴"面板如图 12-106 所示。

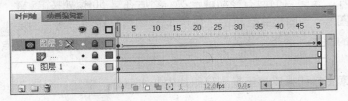

图 12-106　"时间轴"面板

Step 13 制作结束后，保存文件，按 Ctrl+Enter 组合键，输出动画并测试动画效果。

12.11 脚本动画——随鼠标移动的红心

实训说明

本实例制作了一个鼠标跟随的效果，当鼠标在舞台上移动时，便会产生随之移动的红心，其效果如图 12-107 所示。

图 12-107　效果图

效果文件	素材与源文件\第 12 章\脚本动画\随鼠标移动的红心.fla
同步视频文件	同步教学文件\第 12 章\12.11、脚本动画——随鼠标移动的红心.avi

📖 **实训目标**

通过对本例的学习，读者可以熟悉为帧添加脚本语句，具体操作步骤如下。

1. 创建元件并创建补间动画

Step 01 启动 Flash CS5，在 Flash CS5 的"引导"页面中（或在"新建文档"对话框中）选择 "ActionScript 2.0"选项，创建一个新文档，修改 帧频为 30fps，默认其他属性选项。

Step 02 选择"文件"|"保存"命令，将新文档保存到"素 材与源文件\第 12 章\脚本动画"文件夹中，并为 文档命名为"随鼠标移动的红心.fla"。

Step 03 选择"插入"|"新建元件"命令，创建一个名为 "红心"的图形元件，如图 12-108 所示，单击"确 定"按钮，进入元件编辑状态。

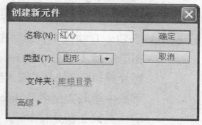

图 12-108　创建图形元件

Step 04 选择椭圆工具，拖动鼠标在舞台绘制一个深红色边框、红色填充色的正圆，如图 12-109 （左图）所示，然后选择箭头工具，调整其形状，最终调整为桃心形状，利用"对齐" 面板，使其相对于舞台居中对齐，如图 12-109（右图）所示。

将图形调整为锐角时，要在按住 Alt 键的同时进行调整。

Step 05 选择"插入"|"新建元件"命令，创建一个名为 heart 的影片剪辑元件，如图 12-110 所示，单击"确定"按钮，进入元件编辑状态。

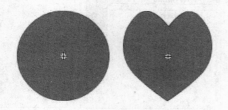

图 12-109　绘制并调整图形

图 12-110　创建影片剪辑元件

Step 06 打开"库"面板，从中将图形元件"红心"拖入舞台，利用"对齐"面板将其相对于 舞台居中对齐。在第 15 帧处按 F6 键插入关键帧，在"属性"面板中设置其 Alpha 值 为 0，如图 12-111（左图）所示，此时的元件如图 12-111（中图）所示，返回第 1 帧， 将该帧处的红心元件的宽和高设置为 2px×2px，如图 12-111（右图）所示。

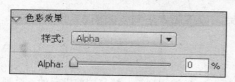

图 12-111　设置元件属性

Step 07 鼠标右键单击第 1 帧，在弹出的快捷菜单中选择"创建传统补间"命令，创建运动补间动画，"时间轴"面板如图 12-112 所示。

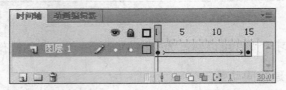

图 12-112 "时间轴"面板

2. 组织场景并添加脚本语句

Step 01 按 Ctrl+E 快捷键，返回主场景。在"图层 1"图层的第 1 帧处，打开"库"面板，从中将影片剪辑元件 heart 拖入到舞台，并在"属性"面板中输入实例名称 heart，如图 12-113 所示，在第 3 帧处按 F5 键，插入延长帧。

图 12-13 为元件实例命名

Step 02 选中第 1 帧，打开"动作"面板，输入如下脚本语句，如图 12-114（左图）所示。

```
startDrag("heart",true);          //拖动影片剪辑元件
```

Step 03 单击"新建图层"按钮，添加"图层 2"图层，在"图层 2"图层的第 1 帧处输入以下脚本语句，如图 12-114（右图）所示。

```
i=0;                    //初始化变量
```

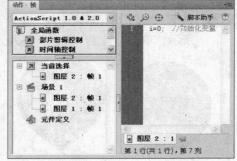

图 12-114 为帧添加脚本语句

Step 04 在"图层 2"图层的第 2 帧处，按 F7 插入空白关键帧，并输入以下脚本语句，如图 12-115 所示。

```
i++;
duplicateMovieClip(heart,"heart"add i,i);          //复制剪辑元件
```

Step 05 在第 3 帧处，按 F7 插入空白关键帧，并输入以下脚本语句，如图 12-116 所示。

```
if(i<50){
    gotoAndPlay(2);
        }else{
    i=0;                  //如果变量 i 小于 50，继续回到第二帧复制剪辑元件，否则 i=0
}
```

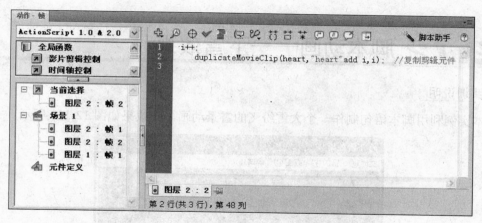

图 12-115　为帧添加脚本语句

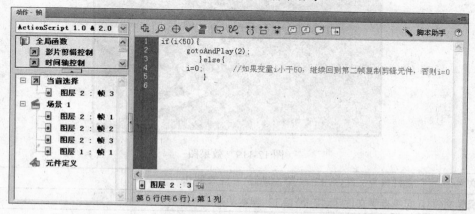

图 12-116　为帧添加脚本语句

Step 06 选中"图层 2"图层，单击"新建图层"按钮，插入"图层 3"图层，并将其拖放到最底层，在"图层 3"图层的第 1 帧处，选择"文件"|"导入"|"导入到舞台"命令，从配套光盘的"素材原文件\第 12 章\脚本动画"文件夹中导入名为"背景 1.jpg"的图片，设置其尺寸与舞台相同，利用"对齐"面板，使其相对于舞台居中对齐，如图 12-117 所示。

Step 07 完成制作后的"时间轴"面板如图 12-118 所示。

图 12-117　导入背景图片

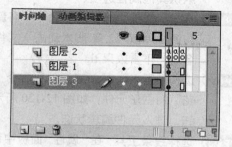

图 12-118　"时间轴"面板

Step 08 制作结束后，保存文件，按 Ctrl+Enter 组合键，浏览并测试动画效果。

12.12 | 脚本动画——下雪效果

🤜 实训说明

本实例利用脚本语句制作一个大雪纷飞的雪景动画，其效果如图 12-119 所示。

图 12-119 效果图

效果文件	素材与源文件\第 12 章\脚本动画\下雪效果.fla
同步视频文件	同步教学文件\第 12 章\12.12 脚本动画——下雪效果.avi

📖 实训目标

通过对本例的学习，使读者学会为元件实例命名，并且熟悉如何为影片剪辑元件和帧添加脚本语句，具体的操作步骤如下。

1. 创建元件

Step 01 启动 Flash CS5，在 Flash CS5 的"引导"页面中（或在"新建文档"对话框中）选择"ActionScript 2.0"选项，创建一个新文档，修改帧频为 12fps，修改背景颜色为黑色，默认其他属性选项。

Step 02 选择"文件"|"保存"命令，将新文档保存到"素材与源文件\第 12 章\脚本动画"文件夹中，并为文档命名为"下雪效果.fla"。

Step 03 选择"插入"|"新建元件"命令，创建一个名为"雪花"的图形元件，如图 12-120 所示，单击"确定"按钮，进入元件编辑状态。

图 12-120 创建元件

Step 04 选择线条工具，在"属性"面板中设置笔触大小为 0.25，笔触颜色为白色，如图 12-121（左图）所示，拖动鼠标在舞台中心点处，绘制 3 条交叉的短线，如图 12-121（右图）所示。

Step 05 选中舞台中所绘制的图形（雪花），调整其大小为 3px×3px，利用"对齐"面板，使其相对于舞台居中对齐，并选择"修改"|"转换为元件"命令，打开"转换为元件"对话框将其转换为名为"雪花 1"的影片剪辑元件，如图 12-122 所示。

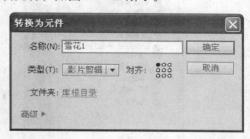

图 12-121　设置"属性"面板并绘制"雪花"　　　图 12-122　将图形转换为元件

2. 组织场景

Step 01 按 Ctrl+E 组合键，返回主场景。将"图层 1"图层更名为"背景"，选中"背景"图层的第 1 帧，选择"文件"|"导入"|"导入舞台"命令，从配套光盘的"素材与源文件\第 12 章\脚本动画"文件夹中导入一张名为"背景 2.jpg"的图片，调整其大小与舞台相同，如图 12-123 所示。

Step 02 单击"新建图层"按钮，添加新图层，将新图层更名为"雪花"，选中第 1 帧，打开"库"面板，从中将影片剪辑元件"雪花 1"拖入到舞台的任意地方，选中该元件实例，在"属性"面板中，输入实例名称 snow，如图 12-124 所示。

图 12-123　导入背景图片　　　图 12-124　为影片剪辑元件命名

3. 添加脚本语句

Step 01 选中"雪花 1"影片剪辑元件，添加以下脚本语句，如图 12-125 所示。

```
onClipEvent (enterFrame) {
this._x = this._x + ((Math.random() * this._xscale) / -10);
 this._y = this._y + ((Math.random() * this._yscale) / 10);
 if (this._x < 0) {
this._x = 550;
 }
if (this._y > 400) {
this._y = 0;
 }
 }
```

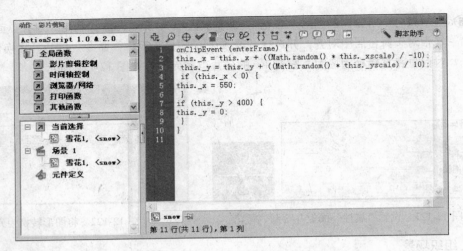

图 12-125　为元件添加脚本语句

Step 02 单击"新建图层"按钮，添加新图层，并将其更名为 AS，选中第 1 帧，添加以下脚本语句，如图 12-126 所示，此时的"时间轴"如图 12-127 所示。

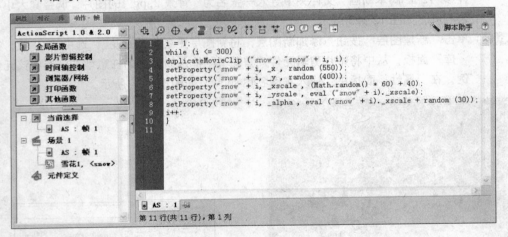

图 12-126　为帧添加脚本语句

```
i = 1;
while (i <= 300) {
duplicateMovieClip ("snow", "snow" + i, i);
setProperty("snow" + i, _x , random (550));
setProperty("snow" + i, _y , random (400));
setProperty("snow" + i, _xscale, (Math.random()
         * 60) + 40);
setProperty("snow" + i, _yscale , eval ("snow"
         + i)._xscale);
setProperty("snow" + i, _alpha , eval ("snow"
         + i)._xscale + random (30));
i++;
}
```

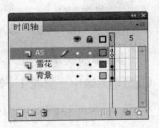

图 12-127　"时间轴"面板

Step 03 制作结束后，保存文件，按 Ctrl+Enter 组合键，输出文件并测试动画效果。

第13章

课程设计

本章提供了 3 个课程设计，并针对这 3 个课程设计选题，为读者提供详细的视频演示，从而指导读者完成课程设计，巩固所学知识。

本章知识点

- ◎ 动画片头
- ◎ 网站导航栏
- ◎ 植物生长过程

13.1 课程设计 1——动画片头

✊ 实训说明

片头是整个网站内容的高度集中与体现，代表或象征着网站的整体形象。片头能够引领浏览者直接了解和透析网站，在学会片头的制作方法后，读者可以尽情地发挥自己的创意，制作出精彩的片头。例如要将片头用于自己的个人网站，则可以充分地利用片头展现自己；如果是为公司、企业制作片头，则可以将新产品、新技术用短暂的几秒进行展示。片头不要过长、过大。

本实训通过制作一个餐饮公司的首页片头，使读者掌握 Flash 片头动画的制作步骤。动画的最终效果如图 13-1 所示。

图 13-1　前沿食府片头广告效果

通过对本例的学习读者可以掌握如何搭配使用元件，并学会为动画添加背景音乐。

📚 辅助文件

素材与源文件	素材与源文件\第 13 章\课程设计 1
同步视频文件	同步教学文件\第 13 章\13.1 课程设计 1——动画片头.avi

🔍 操作提示

Step 01 首先创建动画的播放平台，然后为动画制作背景。

Step 02 制作动画元件。

Step 03 制作动画。

Step 04 设置背景音效。

13.2 课程设计 2——网站导航栏

✊ 实训说明

网站导航栏是网站中引导观众对主要栏目进行浏览的重要途径，它可以展示出清晰的网站结构。利用 Flash 的动画编辑和动作脚本的控制功能，可以制作出精美的动态导航栏。导航栏的最终效果如图 13-2 所示。

图 13-2　网站导航栏效果

通过对本例的学习，读者可以掌握网站导航栏的制作方法。

辅助文件

素材与源文件	素材与源文件\第 13 章\课程设计 2
同步视频文件	同步教学文件\第 13 章\13.2 课程设计 2——网站导航栏.avi

操作提示

Step 01　首先制作导航栏的背景效果，这主要通过绘制矩形并设置渐变填充来实现。

Step 02　制作主题名称，并通过设置遮罩来制作文字的闪光效果。

Step 03　为网站的导航栏制作一个标志，并为该标志设置旋转的动画。

Step 04　开始制作网页导航栏中最重要的部分——按钮，主要通过制作按钮元件来实现。

Step 05　为了使导航栏看起来更加美观，为其绘制高光区域。

13.3 课程设计 3——植物生长过程

实训说明

在 Flash CS5 中，制作如图 13-3 所示的植物生长过程效果。

图 13-3　植物生长过程效果

📚 **辅助文件**

素材与源文件	素材与源文件\第 13 章\课程设计 3
同步视频文件	同步教学文件\第 13 章\13.3 课程设计 3——植物生长过程.avi

🔍 **操作提示**

本例主要使用遮罩层，演示出植物的生长阶段，主要操作步骤如下。

Step 01 新建一个 614×384 像素的文档，将素材导入到舞台中，并调整图像的位置和大小。

Step 02 新建一个图层，设定帧的位置，就是遮罩层中的图像，使用刷子工具，在舞台中描绘显示区域，并间隔插入关键帧。利用同样的方法设置第二个图片。

Step 03 把两个植物的关键帧扩展到一个位置，把两个植物放入不同的图层，调整植物的大小。

Step 04 按 Ctrl+Enter 组合键测试影片。